爆肝工程師的異世界狂想曲

12

★★★

愛七ひろ

Death Marching to the Parallel World Rhapsody

Presented by Hiro Ainana

Kadokawa Fantastic Novels

插畫／shri

C O N T E N T S

Death Marching to the Parallel World Rhapsody 12

久違的迷宮

「我是佐藤。所謂的麻煩就是即使小心翼翼卻還是會主動找上門來的東西。不光是如何迴避，我想怎麼控制損害並回復原狀也是很重要的。」

「糟糕！逃到空中了！露露！蜜雅！」

亞里沙將紫色頭髮向後撥起，指著逃走的魔物——苔蟹蜂。

裝備明明像魔法少女一樣可愛，卻因為言行和動作的關係，令人有種英勇更勝於可愛的印象。

流淌著綠色血液飛行的苔蟹蜂，一隻腳不自然地切斷脫落了。

這恐怕是亞里沙無詠唱釋放的空間魔法所致吧。

「開始亂射！」

身著武裝女僕裝備的露露，此時舉起狙擊步槍般軍武外觀的輝焰槍，將射擊模式切換成連射。

長長的槍身所射出的耀眼子彈照亮昏暗迷宮，反射在廣場各處生長的水晶柱上。

水晶反射出的亮光照耀著露露的長直黑髮，妝點露露那用「傾城」二字仍不足以形容的清秀美貌。

——KWHAAAAANYWEE。

被火焰子彈追殺的苔蟹蜂用冰魔法製造出盾牌打算保護自己。

冰盾起先擋下了幾發，不久便伴隨清脆的劈啪聲破碎四散，其身體直接承受火焰子彈。

苔蟹蜂接連中彈，翅膀最後受了無法靈活飛行的重傷。

「[redacted]　強風。」

蜜雅展開手持長杖的雙臂，施展精靈魔法。

相當於風魔法「氣槌」的強烈風勢將勉強飛行中的苔蟹蜂砸落至地面。

其餘波使得蜜雅綁成雙馬尾的青綠色頭髮向後飄動，露出了精靈極具特色的微尖耳朵。

——話雖如此，露出來的並非耳朵而已。

同伴們的裙子也被強風掀起，五顏六色的內褲都暴露在外。

亞里沙擺出向這邊炫耀的姿勢一邊喊著「討厭」，不過還是將其淡然忽略吧。

「逃走的怯懦魔物啊！說清楚你是螃蟹還是蜜蜂吧——這麼要求道！」

面無表情這麼平靜呼喊的，則是外表為金髮巨乳美女，但實際年齡卻是零歲的魔造人娜娜。

面對娜娜加上挑釁技能的這句話，在地面掙扎的苔蟹蜂展開破爛不堪的翅膀威嚇娜娜。

「翅膀．劈砍者～？」

將白色頭髮剪短的貓耳貓尾小玉從苔蟹蜂的死角撲過去，以帶有魔刃的雙劍砍下一邊的翅膀。

然後再對雙劍注入魔力準備更進一步追擊。

「有機會了喲。」

將褐色頭髮剪成鮑伯頭的犬耳犬尾波奇，此時利用瞬動技能從側面逼近打算砍下苔蟹蜂的腦袋。

大概是想要以這一擊來決定勝負吧。

魔劍上挾帶的魔刃，散發出迸裂般的強烈紅光。

「波奇！危險。」

我的警告來不及生效，視死如歸的苔蟹蜂便振起剩下的翅膀橫向急加速，將波奇撞飛了。

原本在苔蟹蜂背上準備追擊的小玉，也不敵出乎意料的急加速而滾落在地。

在我的視野角落處，可以見到露露正跑上前營救波奇。

「一口氣解決掉吧。」

「嗯。」

聽了亞里沙的發言，蜜雅也開始詠唱攻擊魔法。

或許是對手等級低的緣故，她們並非採取以麻痺或禁足系的魔法先束縛後再穩紮穩打的戰鬥方式，而是注重效率一鼓作氣打倒對方的方針。

「瞬動──」

飄逸著朱紅色頭髮的橙鱗族莉薩，在魔槍上附加魔刃後發動了瞬動技能。

然後挾帶著瞬間移動般的速度逼近至苔蟹蜂的眼前，朝著六隻複眼的中央處刺出魔槍。

魔槍釋放出的紅光，化為一條軌跡殘留在眼底。

「──螺旋槍擊！」

魔槍周圍翻騰的紅光，彷彿勾勒出螺旋一般撕裂了苔蟹蜂的頭部。

苔蟹蜂原本剩下三分之一的體力計量表一口氣減少。

──ＫＷＨＡＡＮＹＮＹＭＹＮＹＷＥ。

不久，發出死前咆哮的苔蟹蜂眼中失去光輝，那猶如螃蟹和蜜蜂融合的巨軀伴隨地面的震動倒在地上。

「傻眼~又被莉薩小姐搶走最後一擊了呢。」

「姆，可惜。」

取消魔法後的亞里沙和蜜雅聳聳肩膀，一邊施展著探查魔法。

大概是在確認有沒有新的魔物接近吧。

正如亞里沙所言，最近莉薩的攻擊在前鋒成員當中愈來愈突出。其中雖然也有僅她一人具備必殺技系技能的緣故，但我想魔刃的效率比其他孩子們更高也是原因之一。

「波奇好像不要緊的樣子。」

擔心被苔蟹蜂撞飛的波奇而跑上前查看的露露這麼向我報告。

在碎裂的水晶殘塊另一端，波奇忽然探出臉來。即使透過主選單的情報得知她不要緊，能看到平安無事的模樣才終於放心。

「粗心大意害死人～？」

小玉不知什麼時候也來到了波奇身旁。

「抱歉讓大家擔心了喲。」

「流血了～？」

「這點小傷不算什麼喲。」

似乎是被水晶碎片割到了。

小玉灑上手中的魔法藥加以治療。

果然，看樣子還是不要使用有露出部位的輕裝鎧，而是準備全身覆蓋式的鎧甲比較好。

「主人，苔蟹蜂要進行解體嗎？」

「既然身上沒有花，青苔和蟹肉也都很充足，我就先收納起來吧。」

「好——」

我觸碰巨大的苔蟹蜂屍體將其回收。

苔蟹蜂背部的青苔是下級體力回復藥的素材，至於偶爾開在青苔間的小花則可以成為治療各種疾病的藥品。

蟹肉整體來說略硬且滋味粗糙，但由於存在些許蜂蜜般的甘甜所以很受年少組的歡迎。

苔蟹蜂的外殼不但堅硬且輕巧，似乎可製作成不錯的防具，然而還比不上同伴們的裝備，於是一向只用在蟹鍋的容器上。

另外，翅膀據說還能夠作風魔法的觸媒。

會施展冰魔法的個體，其翅膀似乎也具有冰屬性，注入魔力後會變得略微冰冷。

有了利用這種翅膀製作而成的團扇或風扇，夏天似乎就能過得相當舒適了。

「佐藤。」

蜜雅冷不防地抱住了我的腰部。

我垂下目光，只見蜜雅浮現滿面笑容的臉龐。

「上升了。」

應該是等級提升了的意思吧。

蜜雅提升等級所需的經驗值約為其他孩子的兩倍，所以升級的時間點是和其他人錯開的。

「稱讚。」

「恭喜妳，蜜雅。」

我應蜜雅坦率的要求誇獎之後，其他孩子們也紛紛道出了祝賀。

「這樣一來，所有人都有三十八級了呢。」

亞里沙朝這邊投來挑戰性質的目光。

「差不多可以挑戰區域之主了吧？」

「還不行哦。得先打倒其眷屬呢。」

稱號裡有「區域之主」的魔物最差也是五十級，所以未免還太早了點。

換成其眷屬的話，四十級左右的實力恰到好處，就先從那邊挑戰起吧。

撫摸著急性子的亞里沙腦袋，我一邊向大家說道：

「時候也差不多，這次的迷宮探索就到此為止吧。」

「咦──要結束了？」

「嗯嗯，畢竟敵人都沒了呢。」

儘管還有個位數等級的小嘍囉，但打那些並不符合提升等級的目的。

在連續夜宿迷宮的攻略中，我們於事先預計的六個區域內濫捕濫獲，最終幾乎將可以用來賺取經驗值的較強魔物都獵殺殆盡了。

這次的迷宮攻略裡，同伴們奮鬥的意欲相當驚人。

畢竟最近這陣子，都在忙著發端於迷宮都市流浪兒童問題的育幼院開設、迷宮內的迷賊掃蕩以及支援平民區火災中救出的女性們獨立生活，所以遲遲沒有時間進迷宮呢。

進入迷宮前與出現在西公會前方的魔族化迷賊們交戰之際，面對銀色中級魔族卻落於下風的事實或許也讓她們耿耿於懷吧。

在那次事件之後，引發各種問題的綠貴族波布提瑪顧問遭到「綠色上級魔族」用精神魔法洗腦的事實曝光，使得我們得知諸多事件都是企圖在迷宮都市復活魔王的「綠色上級魔族」所策劃的陰謀。而這些陰謀似乎也被我不知情地摧毀了……

於是，我洩憤般地消滅了那個「綠色上級魔族」所留下，名為「擬體」的其中一具，然後對另外一具加上標記後放任其活動。

這次的迷宮攻略之前原本還待在王家直轄領北端都市的「擬體」，剛才確認時已經穿過位於王家直轄領北邊的傑茲伯爵領，移動至列瑟烏伯爵領了。

從列瑟烏伯爵領往東北前進的話就是聖留伯爵領方向，不過「擬體」的目的地似乎是西北的比斯塔爾公爵領，所以似乎不用擔心潔娜或聖留市認識的那些人會暴露在危險之中。

「那麼就按慣例，用尋找寶箱和採集來劃下句點吧。」

亞里沙的發言，讓我關閉地圖中斷了思考。

至今為止都是交由小玉負責發現寶箱，但從本次的迷宮攻略開始我們已經決定在獵光魔物之後大家一起探索。

根據在新人探索者講習會聽來的知識，岩石背後、灰塵堆積的凹洞或蜘蛛網底下都會隱藏有寶箱，於是針對這些場所重點尋找。

或許是辛苦有了回報，最後成功在每個區域都找到了一至三個寶箱。

每個寶箱都未裝有什麼大不了的東西，不過幾乎都能夠找到帶有魔力的裝飾品、被詛咒的武器或失去藥效的魔法藥等物。

「亮晶晶～」

「要當作禮物喲。」

小玉和波奇撿起掉落地面的水晶，收納至自己的妖精背包內。

「主人，有需要的話我會前往採集，您意下如何呢？」

「我已經採集了大塊的水晶，所以不用了哦。」

透明的水晶和因為顏色而被忌諱的紫水晶是以十噸為單位，至於受眾人珍愛的水色和藍色水晶也以噸為單位回收完畢了。

儘管是沒有多大價值的物品，但我考慮給那些從迷賊手中救出來的人們當作家庭代工的素材。

也就是打算在合適的小碎片刻上可能會受迷宮都市的市民青睞的「招福」、「家內安全」、「戀愛成就」、「武勇」之類的符文，讓她們製作成護身符性質的裝飾品。

「啊！找到了喲！」

「波奇Nice～？」

前往波奇和小玉出聲的方向一看，只見岩壁的凹陷處貼附著一個巨大蜂窩。她們找到的似乎並非寶箱而是苔蟹蜂的蜂巢。

這裡的「區域之主」女王森蟹蜂的蜂巢是堡壘般巨大的結構物，所以這應該算是比較年輕的蜂巢。

女王森蟹蜂的肉和素材相當優秀，毫無可棄之不用的地方，其中從八對翅膀獲得的風晶珠更是初次取得的貴重品。

這樣的收穫使得巨大蜂巢裡取得的大量蜂蜜和蜜蠟也相形失色。

「甜甜的好吃～？」

「非常甜喲！」

用手指撈起苔蟹蜂的蜂巢滴落至地面的蜂蜜品嚐之後，小玉和波奇都一臉幸福地瞇細雙眼。

儘管比普通的蜂蜜還要淡，風味也略遜一籌，但由於甜味依舊，所以或許很適合拿來製作甜味飲料或調理之用。

「這裡的蜂蜜好像沒有發酵成為蜂蜜酒呢。」

我在女王森蟹蜂的蜂巢獲得的蜂蜜有三分之一左右已經變成了蜂蜜酒。

雖然蟹蜂的蜂蜜庫存已經用之不盡，不過既然都已經找到，我於是決定將其一併回收。

「啊，那個！」

「那不是寶箱嗎。」

回收蜂巢後的岩石上，有個金屬材質的寶箱。

大概是苔蟹蜂將蜂巢築在寶箱上面了吧。

「沒有陷阱～？」

「真稀奇呢。」

我的「發現陷阱」技能也未能偵測到陷阱，我便用指甲尖延伸出的魔刃切斷寶箱的鎖並將其打開。

「似乎是小冊子、卷軸，還有一個小瓶子呢。」

根據AR顯示，小瓶子的內容物是萬能藥，卷軸是萬能藥的製作法。

至於小冊子則好像是記載著魔巨人系製作土魔法的咒語集。

我將透過AR顯示獲得的情報告訴同伴們。

「哦──那豈不是賺到了嗎？」

「說得也是──」

──奇怪？

「怎麼了嗎？」

「這個萬能藥的製作法似乎只有半份。」

剩下的半份或許還藏在其他的寶箱裡，真是會刁難人。

我已經得知了精靈們的製作法所以可以從中類推加以補齊，不過光是這半份根本就沒有什麼用處吧。

說不定，這或許是某種收集製作法殘片的任務呢。

「可惜～？」

「垂頭喪氣～喲。」

「這種事情偶爾會遇到的哦。」

畢竟光是這個魔巨人系製作魔法的咒語集和萬能藥的小瓶子，就是頗貴重的寶物了呢。

我們進行了一輪寶箱探索，將剩餘魔核投入別墅的保管庫裡後，就前往迷宮蛙所在的第八區確保準備送給私立育幼院那些孩子們的禮物了。

◆

「會很遠嗎？」

「徒步大概兩個小時吧？」

「嗯～」

「嗯嗯～？」

「嗯嗯嗯，喲。」

小玉和波奇模仿著亞里沙的聲音和態度。

「討厭，都是因為亞里沙發出怪聲。」

「對不起～」

「反省～」

「是喲。」

亞里沙被露露責備後做出反省動作，小玉和波奇又再次模仿了。

她們大概正處於以模仿為樂的年紀吧。

「喵？」

小玉和波奇的耳朵微微動了一下。

「戰鬥聲～？」

「有很多在戰鬥的聲音喲。」

在小玉和波奇察覺之後過了五分鐘左右，我們抵達了有許多探索者集團在戰鬥的大廣場。

雖說是大廣場，但到處都是足以蓋住胸前的廣大雜草和天花板垂下的簾狀遮蔽物所以視野很差。這種垂簾狀的遮蔽物是比較常在各處廣場或迴廊見到的蜘蛛絲殘骸堆積了灰塵所形成的。

「唉呀？不是青蛙，居然在跟螳螂戰鬥嘛。」

「因為這個區域主要都是蟲系。青蛙則是在區域的角落哦。」

探索者們劈開分布廣大的雜草建立陣地，正與螳螂和蝗蟲的魔物戰鬥中。

每個集團都是由赤鐵探索者率領的十人至二十人的大集團，其組成大多為數名二十級以上的主成員和十級上下的輔助成員。

雖然幾乎都是戰士，但每個集團中都有神官或魔法使的身影。

螳螂系是可賣出高價的素材，所以就由裝備充實規模較大的隊伍來布陣了。

為了不妨礙他們，我們沿著大廣場邊緣處略高的通道前進。

「亮晶晶～？」

「有鏘鏘的聲音喲。」

小玉和波奇所指的方向，有個身穿銀色光澤金屬鎧的集團。

根據ＡＲ顯示，似乎是名為「銀光」且全由貴族女性組成的隊伍。

她們以穿上金屬甲冑的四名重戰士作為肉盾，穿著鎖子甲的中衛則是從肉盾後方用長槍及球頭鎚進行攻擊。

「主人，那些孩子不是之前在迷宮蟻連鎖暴走時救出來的嗎？」

「嗯嗯，是『美麗之翼』的孩子們呢。」

之前在迷宮都市碰面時，她們提到願意讓兩人加入的赤鐵探索者遠征隊似乎就是「銀光」了。

她們所在的解體組，這時飛進了五級左右的迷宮飛蝗。

「危險。」

「不用擔心——這麼告知道。」

娜娜這麼安撫轉過頭來的蜜雅。

手持圓盾負責護衛解體組的兩名少女與迷宮飛蝗展開了戰鬥。

解體組的少女們見狀也拿起武器準備加入掩護行列，卻被負責監督的金屬鎧少女制止而返回了解體作業。

總覺得，解體組的少女們似乎很不滿的樣子。

「話說回來，拿圓盾的另一個人笨手笨腳的呢。」

其中一人似乎是個老手，但亞里沙所指的另外一人動作顯然很笨拙。

「是新人探索者講習會上見過的女孩呢。大概是還不習慣在迷宮裡的戰鬥。」

聽莉薩這麼一說後我終於回想起來。

記得應該是達利爾士爵的千金——名叫吉娜的少女。

「那邊的幾個人！沒事找我們『銀光』的話就趕快離開吧！」

察覺我們的存在，負責監督的金屬鎧少女舉起斧槍一邊這麼大聲威嚇道。

說到這個，其他的探索者隊伍在迷宮中也算是戒備對象吧。原本以為距離相當遠所以沒有問題，但似乎因為一直盯著看而讓對方心生警戒了。

為自己的失禮道歉後，我們便離開了現場。

從移動當中所觀察到的情況來看，每支隊伍都未拿出全力和魔物戰鬥，必定都會留有未加入戰鬥的預備戰力。

想必是在戒備那些等待精疲力盡之際發動攻擊的魔物和迷賊，或是提防遭到沒有公德心的探索者隊伍襲擊而從旁搶走辛苦削弱的獵物。

當然，為應付魔物的闖入和不測事態的發生，保持安全的體力界限也是一個辦法。

◆

「有血的味道喲！」

來到連接剛才吉娜小姐等人所在的大廣場與下個大廣場之間的主迴廊中間地帶，我們發現了數名遭到魔物啃食的屍體。

他們似乎正被一種黑色扁平的蟲型魔物所啃食當中。

「等一下！」

小玉厲聲制止了正準備前往那裡的同伴們。

其目光的盡頭處，主迴廊的拱門滴下了紅黑色的液體。

——是血。

蜈蚣型的魔物從拱門的暗處成團地掉落。

明明只有十五級，腦袋卻像枕頭一樣大，全長達五公尺左右。

「我用空間掌握的魔法來確認周圍——天花板附近還附著兩隻迷宮百足，大家要注意哦。」

亞里沙以無詠唱的空間魔法進行確認的期間，剛才落在地上的蜈蚣已經襲來了。

「蜈蚣啊！那麼多隻腳並沒有什麼了不起——這麼宣告道！」

——我想蜈蚣大概也不這麼認為吧。

面對衝撞而來的蜈蚣，娜娜用大盾擋下來了。

蜈蚣挾帶衝撞的力道攀上大盾襲擊娜娜，其腦袋卻被娜娜的魔劍從下方貫穿了。

緊接著，波奇的魔劍迅速砍斷了蜈蚣停止動作後的分節處。

「果然，這一帶的魔物很弱呢。」

這麼嘀咕的亞里沙，其目光盡頭處可以見到露露的雷杖槍發出電擊將蜈蚣擊落地面，莉薩則是用魔槍在迅速解決地面蜈蚣的景象。

「粗心大意害死人～？」

至於未參加與蜈蚣戰鬥的小玉，獨自解決掉了從亞里沙背後接近的影小鬼。

「嗯——謝……謝謝妳，小玉。」

「不客氣～」

影小鬼是一種利用狹窄的通道從暗處偷偷接近的殺手型達米哥布林，一旦疏忽了背後就會遭到偷襲。

明明是三級至五級的魔物，根據在新人探索者講習會學到的資訊，探索者一年裡的死亡人數，有三成都是這種影小鬼造成的。

結束遭遇戰後，我們便前往收拾剛才聚集於遺體處的魔物。

——噁噁！

之前心想那種黑溜溜光澤的軀體很令人熟悉，原來是一公尺大小的蟑螂。

真不想展開近戰呢。

「主人，我來焚燒，請先將牠剝離開屍體。」

「嗯嗯，知道了。」

我用「追蹤震撼彈」從遺體上剝離開來的巨大蟑螂——迷宮油蟲，被亞里沙釋放的「火球」焚燒殆盡了。

看樣子，似乎是相當易燃的魔物。

「莫非他們是在和蟑螂戰鬥的時候，被蜈蚣從上方偷襲的嗎？」

「肯定。建議小孩子不要看。」

莉薩從遺體身上回收青銅證及作為遺物的頭髮之際，站在她身後的亞里沙目睹了被啃得慘不忍睹的探索者之後做出這樣的推測。

由於蜈蚣將犧牲者拖進了位於拱門上方的凹陷中，我於是用天驅上升將留在那裡的遺體放回地上。看來是一支五人隊伍。

「遺體就燒掉了哦。」

「嗯嗯，拜託妳了。」

亞里沙用火魔法「火焰放射」燒掉了遺體。

一旦放著遺體不管，最後就會變成名為「無核」或「帶詛咒者」的不死生物，所以一般似乎都建議遭遇遺體時回收遺物並燒掉屍體。

「有沒有倖存者呢？」

「我來找找看吧——」

我打開地圖試著查看，但附近並沒有少人數且正在移動中的探索者。

在這前方的十字路口右轉之後的廣場上，有二十人以上的大規模隊伍正在待命，更往內的通道裡則是有數名探索者在離群行動，那想必是大規模隊伍的斥候部隊，所以應該不是倖存者。

「好像沒有呢。」

就在我正打算關上地圖時，發現了異變。

剛才的斥候部隊似乎挑選魔物失敗，居然帶著十多隻魔物回到了大廣場。

看著看著，魔物的數量愈來愈多，最後成長為五十至六十隻的大集團。

「糟糕，是魔物的連鎖暴走。」

「唉呀，好久沒見到了呢。」

正如亞里沙所言，是自從迷賊們人為挑唆後攻擊迷宮方面軍以來的頭一次。

說到這個，我們第一次進入賽利維拉的迷宮時好像也遇到過吧。

「不要緊嗎？」

「我們倒是沒事。」

問題是大規模隊伍那邊。

儘管也有寡不敵眾的因素存在，但隊伍的等級整體來說並不高。

五名核心成員為二十級以上，其餘十五人卻僅有五到十級左右，要對付這一帶的魔物實在有些靠不住。說明白一點就是太亂來了。

就連同伴們剛才輕鬆打倒的迷宮油蟲和迷宮百足也有九到十五級。

這樣下去的話就算不會全滅，核心成員以外大概會犧牲許多人吧。

雖然沒有救他們的義務，但如果見死不救也會過意不去。

換成我們的成員應該能毫髮無傷地戰勝，所以還是過去打擾一下看看好了。

「可以先繞個遠路嗎？」

面對我的問題，同伴們理所當然地做出了肯定的回答。

◆

「滾開滾開————！」

「有誰敢擋住我們的去路就砍了他！」

來到通往廣場的十字路口之際，只見有兩名胡亂揮舞出鞘劍的男人跑了過來。

兩人都汗流浹背渾身鮮血，雙眼也處於充血狀態，要是不小心擋住去路可能真的會被他們砍殺。

君子不立於危牆之下。

我們於是讓全速奔跑的兩人通過了

「貝索！不光是新人，就連特洛伊也沒跟上來啊。」

「哼！那群蠢蛋就別管了！乘那些傢伙被吃掉的時候趕快跑吧。」

「啊，嗯嗯，知道了，貝索！」

男人們跑走的方向傳來了這樣的對話。

看樣子，剛才那兩人是拋下同伴逃走了。

這裡距離迷宮的出口有相當距離，雖然不知僅他們兩人能否抵達，但這並非我要操心的事情，所以便將其存在驅除出腦海中。

「剛才那兩個人，之前的連鎖暴走時也見到過吧。」

「是這樣嗎？」

「是的，主人。沒有錯。」

據亞里沙和莉薩的說法，迷宮蟻的連鎖暴走時那些人也在場。

「主人，前方有敵人過來——這麼報告道。」

雖然有點像在幫助那兩個問題兒童而令人火大，不過他們前進的方向有蛙廣場，所以為了保護獵場還是先將魔物打倒吧。

我下達戰鬥指示後，露露的輝焰槍、蜜雅的精靈魔法「風刃」和亞里沙的火魔法「連鎖小火焰彈」便紛紛擊出，轉眼間殲滅了通道裡的魔物。

「……好像……挺不妙的呢。」

我們所抵達的廣場上儘管陷入了明顯的劣勢，戰線卻還未崩潰。

大概是隊長先生的指揮出色的緣故吧。

話雖如此，眾人已經被逼至廣場的角落。只要有一處崩潰，就有一口氣遭到全滅的危險。

蟑螂們在位置上處於將探索者們所在角落包圍住的場所。

而我們恰好將形成從其側面攻擊的狀態。

「蜜雅妳等我發出信號後用精靈魔法製作出照明，亞里沙妳就在照明出現的同時以無詠唱針對魔物們中央施放『火球』。我會配合『火球』命中的時候將魔物驅離探索者身邊，所以麻煩四名前鋒發動突擊，將那些蟑螂各個擊破。至於露露，就拜託妳護衛亞里沙和蜜雅了。」

我傳達作戰計畫，一邊對同伴們施展「物理防禦附加」。

另外，露露的輝焰槍威力太過強大，於是就禁止使用了。

前鋒成員的魔刃和理術，亞里沙的無詠唱及空間魔法也同樣都禁止使用。這並非玩遊戲時的那種規則束縛，而是為了保密才加諸了限制。

「那麼，騎兵隊要登場了！」

「等一下，亞里沙。」

我抓住亞里沙的衣領制止了心急的她。

「在出手救援之前，先對他們出個聲吧。」

「說得也是。不然明明是來救人卻被當作迷賊攻擊的話就太討厭了呢。」

畢竟剛才的「銀光」等人也戒備著其他的探索者，因此我們的存在本來就會使得眼看陷入恐慌狀態的探索者們更加混亂，很可能會被判斷為前來礙事而非救援。

「我們是探索者『潘德拉剛』！這就來幫忙你們！」

「噢，真是得救了！要是平安活下來，就請你們喝不完的酒啊！」

原以為會爭執一番，但對方的隊長當下就認同了我們的參戰。

果然沒錯，他們大概已經被逼到絕境了吧。

「蜜雅！」

「■■　陽光。」

一開始，蜜雅的精靈魔法照明從天花板附近照亮了戰場。

亞里沙刻不容緩地釋放出的火球則是命中了蟑螂們的中央處引發了爆炸。

被直接命中的蟑螂起火燃燒，並延燒至其周圍的蟑螂們。

在爆風和粉塵的掩護下，我用時常發動中的術理魔法「理力之手」——魔法性質的念動力將緊逼探索者們的那些蟑螂逐一拋飛至稍遠的場所。

「噁！好噁心！」

「姆。」

自己很能體會亞里沙和蜜雅皺眉的心境。我也深有同感。想不到拋飛之後，牠們竟然會在半空中轉正姿勢飛起來。真不愧是蟑螂。

「我們上吧。」

「塔里荷～？」

「喝——喲。」

「執行殲滅，不必手下留情——這麼告知道。」

前鋒四人拖帶著魔劍和魔槍的紅光一邊往戰場突擊。

——根本就是單方面的蹂躪。

波奇沒入至劍柄處的魔劍一擊，將蟑螂的體力徹底奪去。

小玉舞動般的雙魔劍斬擊，不容對方反擊地削去了蟑螂的體力。

娜娜以魔劍劈開地上的蟑螂，針對飛行襲來的蟑螂則用大盾的盾擊粉碎了對方。真是很有震撼力的戰鬥方式。

至於莉薩則是穿梭在魔物之間，一邊施展肉眼無法捕捉的連續突刺不斷貫穿打倒了蟑螂。

不堪一擊這句話簡直再適合形容不過了。

「好厲害……那種滑溜溜的外皮，居然輕輕鬆鬆就劈開了。」

「嘖！要是我有魔法武器也能辦到啊。」

「不可能啦～我的螳螂劍！也是魔劍的一種！可是，你也看到是什麼下場了！」

順風耳技能捕捉到對面的探索者隊伍的聲音。

由於我利用「理力之手」持續限制蟑螂們的前進，使得數量控制在他們能應付的程度，所以好像有了從容交談的時間。

螳螂劍我也曾製作過，但僅僅是將兵螳螂的素材拿來製成，還稱不上是魔劍。要將其製作為魔劍，還需要經過頗為麻煩的工序。

事實上，不同於莉薩的魔槍多瑪，他們的劍根本就未發出紅光呢。

當然，不光是前鋒成員，亞里沙她們後衛成員也在大顯身手。

「呼哈哈哈！蟑螂就像垃圾一樣～」

亞里沙亢奮的情緒相當危險。

「唉呀～真不愧是被稱為油蟲，很容易就點燃了呢。好，再加把勁。這次試試看『火輪』吧～」

即使如此她仍確實詠唱之後才施展魔法，而且看來起還有分辨能力，轟炸的位置不至於將前鋒成員及對方的隊伍一併捲入其中。

「主人，上面！」

露露發現了天花板上爬行的蜈蚣——迷宮百足。

我已經暗中用「理力之手」將其拋至遠處，但似乎還有剩下的。

「露露，可以開槍哦。」

「是的！」

露露火杖槍的火焰彈貫穿了天花板的蜈蚣。

這不同於步槍一般的輝焰槍，而是具有步槍外觀的一種長杖，吸收使用者的魔力作為扳機，從位於槍身前端的火石擊出小型的火焰彈。

露露的魔力不如亞里沙或蜜雅的那樣多，但如今提升至三十八級後僅僅是火杖槍的連射是很難耗盡魔力的。

面對經不住攻擊而從天花板掉落的蜈蚣，我用妖精劍給予致命一擊。

將露露留下作為亞里沙的護衛後，我又帶著掛上紅十字臂章的蜜雅開始移動。

另外，蜜雅的角色扮演用臂章不用說，自然是亞里沙製作的。

「我們要進行治療！受傷的人請聚集過來。」

通過前鋒成員和亞里沙所開闢出來的空間，我來到了探索者們的陣地。

「蜜雅，拜託妳了。」

「嗯，交給我。」

我請蜜雅用水魔法「輕治癒：水」和「解毒」的魔法治療探索者們的傷勢及狀態異常。

我自己則是充當蜜雅的護衛兼經紀人。

「疼痛慢慢消失了。」

「哦哦，傷勢治癒了。這樣一來又可以戰鬥了。」

「什麼，麻痺的手腳居然又恢復感覺。」

「我也是。」

「謝謝妳！魔法使女孩！」

蜜雅戴著兜帽所以好像並未被察覺精靈的身分，但可看出來那纖瘦的身體，所以探索者們似乎將蜜雅當成了少女或是小孩子。

「嗯。」

蜜雅看似難為情地點點頭。

在蜜雅的治療之下，原本無法戰鬥的探索者們漸漸返回了前線。

多虧如此，我們這邊的戰線也變得穩固起來。透過集體攻擊同一隻魔物的戰法，等級不足的探索者們似乎也順利打倒了蟑螂。

自從戰況進入相當的優勢後，一邊戰鬥一邊閒聊的人就變得愈來愈多。

「可惡的貝索，這哪裡是好賺的獵場啊。」

「還說這裡有離群的迷宮油蟲會單獨出沒，所以可以放心地盡情獵殺。」

「先是吹噓『引誘魔物的事包在我們身上』，結果卻是這種局面。」

似乎是剛才逃走的二人組推薦了這個獵場的樣子。

「對了，那些傢伙跑去哪了？」

「該不會被魔物吃掉了吧？」

「真是大快人心。」

他們好像挺不受歡迎的。

「佐藤。」

治療結束的蜜雅，前來拉扯我的衣袖尋求指示。

「戰鬥似乎就快結束了，就待在這裡看著吧。」

「嗯，一起。」

我們坐在一塊岩石上，透過投石和治癒魔法進行輔助一邊關注著戰況。

至於戰鬥終結，已經是在這之後大約一個小時的事情了。

「謝謝您的救援，貴族大人。」

「不不，來得及趕上真是太好了。」

自稱擔任這支多人隊伍召集人的赤鐵探索者可辛先生，前來向我這麼道謝。

他的隊伍「白馬之鬣」僅有四名資深成員，剩下的成員都是可辛先生招募而來的臨時成員。

「關於救援的謝禮——」

「不用了。」

我打斷了看似還想說些什麼的可辛先生。

「可是——」

「以後你們遇到有危險的探索者時，請伸出援手吧。」

「哦，哦——這樣就可以了嗎？」

「可辛，你還是一樣沒有學問呢。這想必是所謂的『轉送恩情』吧，貴族大人？」

站在可辛先生一旁的眼鏡男性這麼插嘴道。

轉送恩情——希嘉王國似乎也存在這種「把愛傳出去」的思考方式。

我肯定眼鏡男性的發言後，可辛先生便詢問眼鏡男性其為何意。

這時，其他的探索者們闖進來報告道：

「可辛！到處都找不到貝索那傢伙啊。」

「他們帶來的兩個新人，都死在巢穴那邊的通道裡了。」

似乎在我們過來之前就有人犧牲了。

「找到特洛伊了！居然躺在岩石後面。」

某人這麼大叫的聲音傳來。

根據周遭的對話聽來，名為特洛伊的男性是貝索的隊伍成員。

被帶過來的特洛伊遭到可辛先生的質問。

據對方的描述，他們打算掠奪位於迷宮油蟲住處的「魅油涎」這種稀有素材卻失敗，結果才引發了迷宮油蟲的連鎖暴走。

「主人，我們從打倒的魔物身上回收完魔核了。其他的素材要如何處置呢？」

「那些體積大太，就棄置好了。」

畢竟蜈蚣的肉有毒，迷宮油蟲似乎又有病原菌所以就建議棄置了。

「——咦？」

聽到我的發言後，可辛先生中斷了訊問猛然轉過頭來。

「您在說什麼啊，貴族大人。」

據他所言，蜈蚣的外殼是很受歡迎的盾牌和鎧甲素材，蟑螂的背甲以及翅膀也被視為斥候和輕戰士製作裝備時的珍貴素材。

至於蜈蚣的毒腺和蟑螂的臭油袋似乎可以在鍊金術士公會或黑市裡交易。

「既然能賣錢的話，就由你們處理好了。」

我已經擁有堆積如山的迷宮系素材。

要是拿走全部作為救援的報酬，度量也未免太小了點。

「可辛先生，魔核已經回收了。除了貴族大人的這些姑娘們所回收的部分，應該全都收集起來了。可以開始解體素材了嗎？」

「啊，嗯嗯，開始解體吧。」

從渾身是血的男性手裡接過裝有魔核的袋子後，可辛先生下令開始解體。

「貴族大人，素材我們就感激地收下了。所以，請您至少將魔核全部帶走。」

一味拒絕的話給人的感覺也很差，我於是決定從他那裡收下裝有魔核的袋子。

「那麼，我們先告辭了！」

「貴族大人！回到地上後要按照約定讓我請喝酒啊！」

「好的，我非常期待。」

點頭答應可辛先生後，我們便離開了蟑螂的解體現場。

◆

「沒有青蛙～？」

「有很多探索者的人還有蒼蠅先生喲。」

儘管來到了蛙廣場，學校操場般大小的廣場裡卻僅有幾隻迷宮蛙，而這些少數的迷宮蛙也正在和其他的探索者們戰鬥中。

地形多起伏的廣場上有好幾處散發腐臭味的直坑，裡面好像棄置了迷宮蛙的內臟和解體時的垃圾。

波奇發現的小狗般尺寸迷宮腐蠅，似乎就將那裡當作覓食場。

或許是因為食物豐富，牠們看起來只要不被打擾進食就不會襲擊人。

「人真的很多呢。」

正如莉薩所言，這裡聚集了將近十支隊伍。

其中也有我所認識的隊伍。就是我從迷賊手中救出的女性探索者們——斯密娜大姊頭所率領的八人隊伍。

她們平常是以靠近我們這邊有薯類和豆子的區域作為獵場，所以今天大概是僅有等級較高的幾個孩子過來這裡遠征的吧。

「主人，哪裡會有青蛙呢？」

「有哦。」

我這麼說著，指向分割了廣場中央的混濁池子。

池畔聚集了擁有遠程攻擊和「挑釁」技能的探索者，似乎正等待著青蛙冒出水面的那一刻。

其中甚至有人將綁了繩子的迷宮腐蠅拋入池中打算引誘迷宮蛙。

「看起來很像網路上的多人參加型ＲＰＧ那樣在守候稀有怪物。」

「嗯，殺氣騰騰呢。」

我點頭同意亞里沙的感想。

帶著同伴們，我往探索者較少的方向走去。

「釣魚。」

「主人，有釣客——這麼告知道。」

讓娜娜將自己扛在肩膀上的蜜雅，這麼指著池畔的釣客們。

他們也算是探索者，不過給人的感覺完全就是釣客。

我試著靠近主動出聲：

「釣得到東西嗎？」

「今天都是無眼魚啊。岩石螯蝦就連一隻也沒來哦。」

釣客爽快地回答道。

所謂的岩石螯蝦，似乎是一種會擬態為岩石的龍蝦大小螯蝦。

「美味～？」

「岩石螯蝦和無眼魚都可以賣出好價錢，不過港口城市出身的我實在受不了那股土味啊。」

看樣子，對方並未讓螯蝦吐沙就直接調理了。

儘管他聲稱價格昂貴，根據我後來在迷宮門的公布欄所見，無眼魚是兩枚銅幣，岩石螯蝦則是一枚大銅幣而已。

「你們是過來釣什麼的？」

「釣青蛙喲。」

「──啊？」

聽了波奇的回答，釣客的目光離開水面的浮標望向我們。

他先是露出傻眼的表情，接著嘆了一口氣提出忠告。

「青蛙可不會過來這邊哦。看到那邊的紅色花朵了嗎？因為討厭那種花的氣味，所以不會來這裡的。」

望著漂浮於水面的蓮花般花朵，釣客這麼告知我們。

真是個好心的人。

「要在池畔守候青蛙的話，去那顆岩石的對面會比較好。」

「在水邊不要發呆哦。否則——」

在另一名釣客說話中，可以見到位於岩石對面的探索者掀起水花被拖進池子裡的景象。

他的同伴們急急忙忙地拉著看似救生索的繩子。

原本還打算過去救人，看來沒有這個必要了。

我向釣客致謝後，便前往剛才對方所提到的岩石。

「那麼，我們來獵青蛙吧。」

「加油～？」

「波奇也要『把盤子當作眼睛一樣大』尋找喲。」

波奇，妳說反了吧。

「好像很費事呢。」

「沒有這回事哦。」

透過雷達的光點確認迷宮蛙的大致位置後，我便利用「透視」魔法掌握了其正確位置。

然後再從萬納背包裡取出魚叉綁上繩子，朝著潛伏在池子裡的迷宮蛙拋去。

——GWELOROOON。

被魚叉貫穿的迷宮蛙，怒氣沖沖地爬到了地上。

話雖如此，即使是三百公斤級的迷宮蛙，也僅有十三級，所以同伴們還用不著奮戰便輕鬆將其解決了。

這裡的迷宮蛙似乎比其他區域的要小號一些。

「那位少爺，我來幫你們丟掉內臟，所以能不能把骨頭和軟骨送給我呢？」

「既然不需要，就連皮也一起給我們吧。必要的話，我們也能幫忙解體。」

在觀看莉薩她們的解體作業之際，一群背著籃子看似探索者的男人們靠了過來。他們的稱號欄裡有「撿屍人」這一項目。

「解體就不必了。骨頭和皮可以作為清理垃圾的報酬，至於軟骨就不行了哦。」

畢竟軟骨的唐揚可是公會長的最愛。

「對了對了，皮是要拿來做什麼的呢？」

「當然是賣給工房了。」

根據亞里沙打聽到的說法，迷宮蛙的皮似乎用在防水袋或水滴區專用的雨具上。

我手邊的清單裡也有製作法，但似乎很不耐用所以就不打算製作了。

將清理垃圾和善後作業交給他們負責之後省了不少力氣，我們於是又接連打倒了兩隻迷宮蛙，取得了用來贈送的蛙肉。

斯密娜大姊頭和其他的探索者們紛紛前來向我詢問在池中發現青蛙的訣竅，但我並沒有據實以告，而是藉助詐術技能隨口回答：「大概是靠著發現水面氣泡的眼力還有直覺吧？」

◆

「前方有紅色集團——這麼告知道。」

「姆，擋路。」

結束獵殺青蛙後，我們回到了第一區最初的房間裡。

接下來只要登上長長的階梯便能返回迷宮都市，但由於一堆身穿相同紅色外套的探索者們在前方排隊的緣故，導致我們被擋住了去路。

他們接下來似乎要前往中層的樣子。

「唉呀呀～？是潘德拉剛士爵哦。」

「午安，金庫利先生。」

出聲的人是迷宮方面軍的狐軍官。

總是和他一組的隊長先生不見人影。今天好像不在的樣子。

取而代之在場的是其他人。

「好久不見，傑利爾大人。您接下來要討伐『樓層之主』嗎？」

「嗯嗯，我會用這把向你借來的火焰魔劍完美打倒對方的。」

赤鐵探索者傑利爾先生舉起青銅材質的魔劍向我展示道。

這是參加太守夫人的茶會時，我順勢借給對方的第三世代型魔劍的試作品。

雖然只要有亞里沙和蜜雅的協助無論多少支都可以量產，但這畢竟是祕密技術的結晶所以還是不能輕易轉讓出去呢。

「話雖如此，在召喚『樓層之主』前，得先排除掉『試煉廣場』上的魔物才行，所以討伐本身應該會延後半個月左右。」

「既然是傑利爾大人，想必一定能辦到哦。」

儘管講起來相當悠哉，但對方打從一開始並未設定以爆肝修羅場為前提的時程表這點讓我很有好感。

之後從公會長那裡聽來才知道，據說將「區域之主」的魔核供奉在「試煉廣場」的祭壇後，「樓層之主」便會出現了。

「傑利爾！」

「同伴在叫我，那麼這就失陪了。」

「是的，祝您旗開得勝。」

「加油哦～」

背負著我和狐軍官的聲援，他晃動著紅色斗篷離去了。

我們接著向揮手的狐軍官道別，然後往地上走去。

「復舊作業好像幾乎都完成了呢。」

穿過迷宮都市的西門，沿著碗狀的門前廣場前進之際，張望四周的亞里沙忽然這麼喃喃道。

或許是長期處在涼爽的地下之故，總覺得挺熱的。

同伴們好像也微微出汗了。

「說得也是。似乎只剩下修復西公會的高塔而已。」

距離中級魔族化的迷賊王魯達曼大鬧西公會前一事，才過去不到半個月而已。

之所以能高速度進行復舊作業，想必是多虧了代替重型機具的魔巨人和土魔法使他們的「建築魔法」吧。

「少爺！要不要吃吃看新開發的章魚燒啦？」

攤車當中的一輛，約高中生年紀的紅髮少女——妮爾頂著下層人語氣這麼喚道。大概是因為工作要操作滾燙的鐵板，她身穿吊帶背心卻不穿胸罩，實在令我不知要將目光放在哪裡。

她是我在平民區火災中即將燒死之際營救出來的少女之一。

如今位於我另一個偽裝身分庫羅的庇護之下，和我從迷賊手中救出的少女們一起經營攤車和從事家庭代工來謀生。

「謝謝妳。就拿我們幾個人份的，一共多少錢呢？」

「怎麼可以跟少爺收錢啦。」

儘管妮爾推辭，我仍強行讓她收下了費用。

欣賞著同伴們不斷呼氣吃著章魚燒的模樣，我也享用了一顆。

「真好吃。這是迷宮章魚嗎？」

「呵呵呵！猜錯啦。這是庫羅大人幫忙進貨的章魚型海魔肉塊啦。」

妮爾自豪般地回答我的問題。

因迷宮攻略而與同伴們一起在外過夜的期間，我以庫羅的姿態獨自返回地上，將滯銷的章魚型海魔及大海蛇的肉提供給居住在長屋裡的妮爾等人，順便也批發給幾家大商會。

「哦——很厲害呢。」

「什麼啦，反應跟想像中的不一樣。」

妮雅嘟起了嘴巴。

似乎是因為我表現得不夠驚訝的樣子。

「銷量如何呢？」

「普普通通啦——小玉老師！請像其他的攤車一樣，把章魚燒也畫成招牌啦。」

「ＯＫ～！」

面對妮爾的懇求，小玉語帶輕鬆地答應了。

她想要的似乎是與其他的攤車的「跳舞的可樂餅」、「勝利的炸豬排串」和「展翅遨翔的炸薯塊」相同水準的招牌。

無論哪個招牌裡的食物都充滿著不像食物圖案的躍動感，具備了令人衝動之下想要品嚐的神奇魅力。

「少爺，來點可樂餅怎麼樣呢？」

「炸豬排串也是剛炸好的哦。」

「點心就來點鹽味的炸薯塊吧。」

三輛攤車裡負責接待客人的店員們也加入了我們的對話。她們暴露的穿著同樣不輸給妮爾。

即使出現了販賣類似商品的模仿店家，她們的生意似乎好得仍大排長龍的樣子。

「啊——咳咳。」

這個有些刻意的咳嗽聲讓我回頭一望，只見那裡站著令人眼熟的貴族少年。

記得應該是迷宮都市的太守三男蓋利茲的跟班，托凱男爵的次男魯拉姆才對。

「午安，魯拉姆少爺。」

「嗯……嗯嗯。潘德拉剛勳爵也無病無災，真是太好了。」

儘管知道對方正處於喜歡裝酷的年紀，但兩手拿著的炸豬排串和可樂餅卻將他的氣勢破壞殆盡了。

根據攤車少女們的說法，魯拉姆似乎是攤車的常客。

「您今天來做市場調查嗎？」

畢竟要是詢問「您來買零食嗎」很有可能會傷害到少年的自尊心，於是我便嘗試使用了市場調查這個詞彙。

「市場？——嗯……嗯嗯，正是如此。是市場調查沒有錯。市場調查是很有必要的。畢竟我的——本少爺的托凱男爵家也負責露天攤販的管理。今天是來調查攤車的味道有無降低，同時也看看價錢——呃，市場行情的變動。」

魯拉姆一開始顯得有些茫然，但好像很中意市場調查這個詞，在口中不斷重複了好幾遍。

和蓋利茲在一起時儘管顯得怯懦，他今天卻強迫自己使用了艱難的詞彙。

這個年紀的他大概很想要逞強，藉此表現出成熟的言行舉止吧。

「——啊，是梅莉安。」

魯拉姆這時恢復至原本的語氣喃喃道。

他的目光盡頭處，是杜卡利准男爵的千金梅莉安向女性探索者們攀談後遭到冷淡對待的景象。

梅莉安小姐也和魯拉姆一樣，都是蓋利茲的跟班成員之一。

「明明就被父親大人禁止迷宮探索，卻還沒有死心嗎……」

魯拉姆自言自語著，不像在說給其他人聽。

大概是因為之前和蓋利茲的跟班成員一起進行迷宮探索時，索凱爾前任代理太守的陰謀讓她面臨生命危險，所以好像被父母禁止進入迷宮了。

由於和他們的關係並非特別親近，況且要是貿然加入討論的話很有可能會被要求帶隊進行迷宮探索，我便找個適當的時機告辭了。

◆

「歡迎您回來，老爺。」

「「「歡迎回來。」」」

招來一輛攬客馬車返回房子之後，以女僕長米提露娜小姐為首，正式女僕蘿吉和亞妮，以及擔任見習女僕的小女孩們都出來迎接我們。

「我回來了。米提露娜，我不在的時候有發生什麼怪事嗎？」

將外套遞給對方後我一邊這麼詢問。

「老爺您進入迷宮的同時，西門子爵大人的使者恰好來訪了。」

我從米提露娜小姐手中接過包裹。

看來我所委託的卷軸已經完成了。

這一次請對方製作的是——

和「煙火」一樣子爵可以從中獲利的「操螢光」。

在砂糖航線上航行時製作出來的魔法「操霧」和「麻痺水縛」兩種。

迷宮探索時可能會派上用場的「閃光彈」、「音壓彈」、「空間切斷」三種。

——大致就是這樣了。

在這其中，「操霧」和「閃光彈」兩種是擾亂視線用，「麻痺水縛」和「音壓彈」為非殺傷壓制用，至於最後的「空間切斷」則是為了在不損傷肉質的情況下打倒魔物而委託製成的。

「老爺您讓我保管要給西門子爵大人的訂單也交給對方了。」

「謝謝妳，真是幫了大忙。」

我所追加訂購的卷軸是可讓魔法道具和「主選單」技能連攜在一起的原創魔法。

這是沿用之前製作的「錄影」、「錄音」、「標準輸出」、「影像輸出」等其中的技術和子程式製成的輸出入媒介魔法，還嘗試附加了透過虛擬鍵盤的輸入機能。

卷軸名為「虛擬鍵盤」、「情報輸入」和「情報輸出」。

每一種都是下級的術理魔法，所以有十天時間應該就能完成了。

「信件已經按照寄件人進行分類了。」

「謝謝妳，米提露娜。」

信件被分類在辦公室桌上的書信匣裡。

坐上略硬的椅子，我逐一檢查寄件人的封蠟。

信件幾乎都來自於太守夫人在內的迷宮都市貴族們，但也夾雜著歐尤果克公爵領我所認識的貴族封蠟。

據米提露娜小姐所言，除貴族外，商人、工房及神殿等等也寄來了書信和禮物。

私立育幼院的院長寫來的信中，則是附上了新僱用職員的履歷表。

「主人，工作很忙嗎？」

「不，沒有什麼緊急的要事哦。」

「我們現在想去育幼院發放肉類作為禮物。」

點頭同意亞里沙她們一同前往的邀約後，我便闔上書信匣離開了座位。

「瓦帕，揮棒的時候小指要用力。」

「這樣？」

「嗯，非常有天分哦。」

房屋旁的空地上，沙珈帝國武士卡吉羅先生正在教導孩子們如何揮劍。

女武士綾女小姐則似乎在屋子周圍的隘道巡邏中。想必是因為在迷宮中失去一隻腳的卡吉羅先生行動不便，她才會獨自一人巡邏的吧。

「對了對了，老師——我們也能成為探索者嗎？」

「笨蛋，還早得很呢。」

面對心急的孩子，卡吉羅先生來回撫摸著對方的腦袋一邊這麼笑道。

「嘖——像波奇和小玉那樣每天可以吃肉還要等很久嗎。」

啊啊，想起來了。

他們就是之前在育幼院舉行漢堡排祭的時候，宣示「長大後要當探索者」的那些孩子們。

看來每個人都確實朝著目標努力當中。

「午安，卡吉羅先生。」

「士爵大人，恭喜你平安歸來。」

「謝謝。」

和卡吉羅先生寒暄之後，可以見到小玉和波奇從房子的後門跑了出來。

我於是告別了吉羅先生，動身前往育幼院。

「肉～？」

「是禮物喲！」

小玉和波奇舉著五十公斤級的肉，鑽進了育幼院的大門。剩下的肉則是由莉薩和娜娜用貨車搬運。

另外，給附近鄰居的份則是拜託米提露娜小姐她們送去了。

「耶——！」

「是肉！」

「久違的肉——！」

「歡迎回來——小玉。」

「波奇也沒有受傷嗎？」

「回來了～？」

「波奇無敵又美妙，所以不要緊喲。」

「幼生體們啊，我也希望被稱讚之後擠來擠去——這麼期望道。」

「娜娜真是的，好奇怪～」

「娜娜！再高一點——」

包括舉起雙手歡呼的孩子們在內，大家都面帶笑容。

「士爵大人，恭喜您平安歸來。」

「謝謝您。」

我和前來迎接的院長及職員們打招呼。

新僱用的職員們看起來也都是喜歡小孩子的人，令我感到了放心。

「今天是燒肉祭哦！各位，把肚子填得飽飽的吧！」

「「「好——！」」」

當天的晚餐，我們就和育幼院的孩子們一起充分享受了烤肉祭。

肉在中途不夠食用，於是我又偷偷從儲倉補充了追加的分量。

發育期的孩子們食慾真是驚人呢。

原本是這麼認為的——

「好吃～？」

「波奇如果是肉的話都還吃得下喲！」

「孩子們食量都很小呢。不多吃一點的話會長不大哦！」

——不過看來還輸給我家的那些孩子們。

肚子鼓鼓地隆起的小玉和波奇還另當別論，莉薩苗條的身體裡究竟如何裝下那麼多的肉，實在是令我感到納悶。

世界上真是充滿了神祕呢。

感謝之宴

「我是佐藤。我滿喜歡下班回家時和同事一塊前往的露天啤酒園。倘若只是乘涼的話只要去有冷氣的居酒屋即可，但我實在很喜愛那種夜市般的氣氛呢。」

從迷宮歸來的隔天傍晚，我們獲邀參加了探索者們的宴會。

宴會場地選在西門和迷宮方面軍的駐地之間，座落於平民區角落的探索者專用廉價旅館及長屋林立處的某個寬廣空地上。

「主人，好像是那邊的團體。」

「有很多攤車呢。」

彷彿在填滿該空地的周圍一般，外圍都是販賣食物和飲料的攤車。

似乎是採用了在攤車購買之後來到中央處吃吃喝喝的模式。

儘管沒有升起篝火，半數以上的攤車招牌卻都會發出亮光。看樣子，好像是生活魔法使施加了照明的魔法。

「總覺得就像是夜間賞花或廟會一樣呢。」

聽了張望著攤車的亞里沙這番感想，我也點頭表示深有同感。

「本日感謝各位的邀請。」

「士爵大人！來，請到上座吧。」

發現我們之後，擔任幹事的可辛先生便朝我們招手。

我向可辛先生打招呼，同時將帶來作為禮物的蒸餾酒和葡萄酒小木桶交給對方。

這裡沒有椅子或桌子，似乎是圍坐在地面上吃喝的。我們所坐下的一角已經先行由露露和莉薩鋪上了墊子。

這個廣場除我們之外，還有探索者和搬運工甚至是看似臨時勞工的肉體勞動者們正開心地在攤車上購買酒食。

不時還有衣著挑逗的姑娘們和看起來出奇嫵媚的大哥哥們夾雜其中散發著性感魅力。

他們每一個人似乎都是妓女或男娼的樣子。

這種下流雜亂的氣氛我並不討厭，但要帶著孩子們過來或許就有些不太適合了。

「那麼，這就向前來救援的『潘德拉剛』諸位表達感謝！同時也為了慶祝我們的生還，今天就喝個通宵吧！」

「「「噢！」」」

我們似乎是最後抵達的，宴會就在可辛先生的致詞之下開始了。

這次的宴會菜色是裝在籃子裡的黑麵包、烤過的某種肉塊，還有水煮豆以及水煮薯塊這四種主菜。這些食物每樣都堆得小山一般高。

酒類則是在大家圍坐的中央處擺放了好幾桶看似麥酒的桶子，想喝非酒精飲料時似乎就只有水罐裡的水了。

宴會開始前有人出言挖苦可辛先生「很捨得下重本嘛」，所以這種菜色應該算不上簡陋吧。

在可辛先生和周圍的探索者們勸用之下，同伴們也開始用餐。

當然，酒精是禁止的。

「好硬～」

「這個肉的人非常棘手喲。」

「哈哈，小不點們，那種吃法是咬不斷的啊。必須用刀子邊削邊吃哦。」

波奇噗滋一聲咬斷了肉。原本提出忠告的年輕探索者見狀後瞪圓了雙眼。

「是筋肉嗎？」

露露將削成小塊的肉放在小碟子裡遞給我。

我把這種肉含一塊在嘴裡，發現的確很硬。用壓力鍋烹煮應該會改善一些才對。因為存在獨特的臭味所以很難稱得上美味，但還不至於難吃到讓人想吐出來，味道挺微妙的。

「這是廉價的魔物肉，所以可能不合貴族大人的胃口。」

「雖然蟲肉很便宜，每天吃的話可是會上癮的呢。」

見到我的微妙表情，女性探索者們出言替燒肉辯解。

這種燒肉的材料似乎是昆蟲系的肉。在燒烤之前是黑漆漆的肉，口感比起動物的筋肉要更硬一些。

至於是何種昆蟲的肉似乎會根據當天的進貨狀況而有所變化，探索者們也都稱之為「蟲肉」或單純的「肉」而已。價格非常便宜，肉串一支據說只要一枚劣幣。

儘管滋味和口感有些差異，這種黑黑的顏色卻很類似我在穆諾男爵領吃到的蝗蟲系魔物肉。

難吃這一點是共通的，不過這裡的肉腥味較少所以還好上一些。

就連不想再吃第二次的感想也相當類似。

「我剛成為探索者的時候，經常跟在強隊後面，從被剝光的魔物屍體回收肉呢。」

「雖然可以賺錢，不過常常被刁難呢。」

剛才替燒肉說好話的女性探索者們道出了這樣的回憶。

許多探索者似乎僅回收昆蟲系魔物的甲殼或獠牙之類值錢的部分，至於被棄置的魔物肉據說也有其他的探索者專門回收。

這些魔物肉的回收者們就被稱為「撿屍人」，好像很被人看不起的樣子。

說到這個，之前迷宮裡見到在回收哥布林屍體的少年探索者也講過同樣的話。

明明就是一種支撐起人們日常生活的神聖工作，真是不可思議。

「少爺，我們來倒酒。」

二十歲左右的探索者少女們穿過圍坐的中央處來到我面前幫忙倒酒。

「謝謝。」

我道謝後將麥酒拿到嘴邊。

——酸酸的真難喝。

味道就像是沒了氣的啤酒兌水之後加醋混合而成的。對他們來說似乎是嗜好品，大家都喝得津津有味。

每個人都異口同聲地表示「跟哥布林酒不同，麥酒真是好喝」。

所謂的哥布林酒好像是迷宮的酩酊哥布林——達米哥布林酒鬼所持有的發酵酒。

「少爺，您要吃嗎？」

「蟲肉雖然硬，不過這邊的豆子和薯塊都很柔軟哦。」

出現在麥酒少女後方的其他探索者少女們這麼向我和同伴們推薦道。

這種豆子和薯塊是從名為「步行豆」和「跳跳薯」的魔物身上取得的食材，要是貿然食用就會導致麻痺或吃壞肚子，是很棘手的東西。

由於便宜且耐餓，這已經成了收入不多的新手探索者或搬運工的寶貴熱量來源。

「來，少爺。」

「謝謝。」

我收下親切的探索者少女幫忙放入小碟後遞給我的豆子。

對方遞來時的天真無邪笑容，讓我很難開口表示難吃所以不需要。

只要避開薯塊和豆子裡會造成苦味和澀味的紅黑色纖維應該會改善一些吧。

我於是從懷裡透過儲倉取出較細的湯匙，削去紅色纖維，以湯匙舀出內容物食用。

因為避不開較細的纖維所以多少殘留些苦味和澀味，但已經是可入口的味道了。

「真不愧是貴族大人。吃起東西來真文雅呢～」

「我也來試試看用湯匙吧？」

——糟糕。

明明就無意裝出文雅的樣子，卻被大家胡亂佩服了一番。

或許是被文雅這個關鍵字觸動了內心，蜜雅和亞里沙也從妖精背包裡取出自己的湯匙開始食用豆子和薯塊。

那拿著湯匙的手還筆直地翹起了小指，表情看似有些得意忘形。

「水……水！」

亞里沙佯裝文雅吃下的薯塊似乎噎到了喉嚨。

露露將裝有水的杯子遞給亞里沙。

「嗚嘔，好難喝！」

「河裡的水對千金小姐來說太難喝了嗎？」

「那邊的水舖有賣井水哦。」

見到亞里沙喝下水的瞬間就吐出來，女性探索者們這麼笑道。

我的腦中浮現水渠裡滿是垃圾的景象。

要喝那個的話實在有些敬謝不敏呢。

「主人！下一個服務活動的目標就是水渠了！飲用不衛生的水是不可原諒的哦。」

亞里沙將怒氣轉化為積極的動力。

由於賑濟廣場的撿垃圾活動已經有將垃圾驅逐出廣場鄰近道路上的趨勢，所以把服務活動轉向水渠的話應該也沒有問題。

因為可能需要申請許可，我於是囑咐亞里沙必須先向政府機關確認後才能夠打掃水渠。

「小姑娘，妳就喝這個水罐裡的水吧。」

將水罐遞給亞里沙的是擔任幹事的可辛先生。

「士爵大人，讓我來倒吧。」

可辛先生晃了晃拿在另一隻手裡的葡萄酒瓶和杯子。

在他身後，衣著挑逗的少女們則是手裡端著裝有肉串、炒蔬菜、春捲風格料理以及烤過的堅果等食物的盤子。

後方的女性似乎並非女性探索者，而是可辛先生僱來的伴遊女郎。主要是夜生活那方面的。

「喂，可辛！沒我們的份嗎？」

「你們去吃薯塊跟肉吧！這可是恩人專用的特別菜單。」

可辛先生這麼怒斥身材魁梧的探索者後，周圍便傳出了大笑聲。

看來對方特地為了沒有食慾的我們準備了稍微高級的料理。

「不好意思，士爵大人。那些傢伙重量不重質，請士爵大人幾位享用這些吧。」

「抱歉讓你費心了。」

「這點小事就不用在意了。」

對於心裡過意不去的我，坐在對面的可辛先生則表情恭敬地向我深深低下腦袋：

「真是非常感謝士爵大人。那個時候，要是士爵大人你們沒有前來救援，我也就無法帶回今天在場的大部分人了。」

明明不知已經道謝過多少次，對方似乎還覺得不夠的樣子。

在和可辛先生對飲的同時，我一邊請他講述各種探索經歷。像本次這樣集結兩支以上的隊伍前往內地似乎並不是第一次了。

「任何人都有因為失敗而大吃苦頭的時候——」

在大多僅有男性或僅有女性的遠征隊當中，據說他這種不分男女一律招募的做法連帶也造成了許多問題。

「不過像這次那麼危險的狀況，打從迷賊引發連鎖暴走以來還是第一次啊。」

「是人為的連鎖暴走嗎？」

說到這個，之前因為中了迷賊引發的人為連鎖暴走，導致迷宮方面軍差點就全軍覆沒。

「嗯嗯，迷賊可是把新人或奴隸當成活祭品，讓他們跑在連鎖暴走的前頭啊。」

然後，沒能逃出前頭的那些人似乎就會成為魔物的食物。

這種殘忍的方式真有迷賊的風格。

「哇啊——喲。」

「噢，Fantastic～？」

就在湧現些許的殺意之際，包括波奇和小玉在內的探索者們發出歡呼聲，將我的內心導引至開朗的方向。

圍坐的中央處，一名熊人大個子仰躺在地，用雙手雙腳將大鼻子的男子——草原妖精像皮球一般不斷轉動著。

——這有什麼好玩的呢？

我這麼傾頭納悶的瞬間，草原妖精咚的一聲向上躍起了將近三公尺的高度，歡呼聲同時也響徹廣場。

不光是熊人的剛力技能，草原妖精在熊人踢出的瞬間想必也要配合時機跳起來才能達成這樣的高度吧。

「那些傢伙是從旅行藝人轉行為探索者的怪胎啊。」

「很有趣的經歷呢。」

可辛先生告訴我關於兩人的事情。

「Let's challenge～？」

「波奇也想試試看喲。」

小玉和波奇望向這邊徵求我的同意。

「小心別受傷了哦。」

「系！」

「是喲。」

擺出「咻比」的姿勢回應後，小玉和波奇便噠噠跑向圍坐的中央。

我則是朝莉薩和娜娜使了眼色，拜託她們在緊急狀況時出面協助。

當然，我的「理力之手」也在待命中，但這算是最後的手段。

「波奇——」

「小玉——喲。」

小玉要當台座，而波奇似乎要當球的樣子。

轉動的速度有些太快了。

「出發～？」

「Go——喲。」

不斷轉動的波奇眼珠子也跟著打轉，整個人往截然不同的方向飛出去。

「危險。」

看準即將飛向圍坐處外面的波奇，莉薩跳起來將她抓住。

或許是抓住波奇的腳踝讓她停下的緣故，莉薩落地時波奇卻是臉部先著地。

「痛痛——喲。」

「抱歉，波奇。我失敗了。」

「這點小事不要緊喲。」

拍去臉上附著的沙子，波奇露出了笑容。

「沒事～？」

「鼻血。」

蜜雅對波奇施展了下級的治癒魔法。

「有魔法使真是好啊——」

「要讓會使用神聖魔法的神官大人加入隊伍，果然還是需要大筆的捐獻嗎？」

「好像需要滿滿的金幣啊。」

可以聽到探索者們見狀之後羨慕的交談聲。

「咦——既然這樣改用魔法藥不就行了嗎？」

「公會的廉價魔法藥倒是隨時都買得起。」

「不過藥店的魔法藥就貴得嚇人，而且露天攤販的魔法藥根本無效啊。」

「畢竟露天攤販賣的都是非法鍊金術士製作的劣質品或魔力洩光的不良品啊。」

「不過啊——要是不帶上一瓶的話就不放心呢。」

「等到獵場裡有高等級魔物混進來時就走投無路了。」

魔法藥不但價格昂貴且不耐存放，所以對於初出茅廬的探索者們來說就像是必須一直繳錢卻無法還本的保險一樣。

「赤鐵的庫姆利先生和『甲蟲破殼手』馬基爾先生都因為受傷而退休了。聽說那也是手邊的魔法藥用完而來不及治療的緣故哦。」

「哇──原來赤鐵的人也一樣嗎──」

「不過啊，我聽說那是因為魔法藥用完後他們硬要繼續獵殺才會這樣哦。」

「那就是自作自受了。」

那些沒有保持安全體力界限的探索者似乎都會遭到無情的批評。

畢竟退休後的探索者好像有不少人都很窮困潦倒呢。

「最後的一瓶就像是護身符呢。」

「唉──豈止是護身符，我們打從一開始就沒有攜帶魔法藥了哦！」

「是啊──畢竟太貴了呢。」

我的話讓初出茅廬的探索者嘆了一口氣。

「據傳聞說，是因為有壞貴族在作後盾，藥店的魔法藥才會那麼貴吧？」

「好像是杜卡利那傢伙在搞鬼啊。」

「唉──那傢伙怎麼不快點死一死呢──」

「笨蛋──就算那傢伙死了，其他人也會來頂替的。」

探索者們熱烈地談論起杜卡利准男爵的壞話。

我也從酒館的探索者們那裡聽到過相同的傳聞。杜卡利准男爵據說擁有魔法藥及魔法道具的廣泛利權，所以這說不定就是事實了吧。

「話說，最近武器和防具也漲價了，莫非也是這個原因嗎？」

「是這樣嗎？」

「廉價品倒是沒變，不過像『蟻翅銀劍』和『螳螂大劍』都雙雙漲價了哦。」

「真的假的——這下距離目標又更遙遠了——」

「笨蛋——你先買個像樣的武器再說吧。」

原本彼此抱怨的探索者們，聯合吐槽一名裝傻的年輕人之後哄然大笑。

一旦喝了酒，大概什麼事情都會變得歡樂起來吧。

「哦哦！好厲害——」

「喂喂，真的假的。」

在圍坐的中央處，小玉和波奇成功做出了剛才的表演。

而且，等級提升後的兩人力氣相當驚人，就算不使用身體強化也能跳得比剛才的兩人還要高。

「很像是小翼主將裡面出現的雙胞胎必殺技呢。」

「好像叫『愛愛龍捲風』？」

「噗噗——錯了——是『空空颱風』哦。」

亞里沙提到的足球漫畫典故讓我覺得很耳熟，不過由於記憶太遙遠所以搞錯了招式名。

「——是必殺技嗎？」

「連攜技有考慮的價值——這麼建議道。」

莉薩和娜娜則是往不同的方向思考了。

不過，在具有等級制的這個世界裡，即使是僅出現在漫畫或動畫中的招式說不定也能照樣施展出來呢。

「可辛先生，來點詩歌如何？」

「噢，是吟遊詩人嗎？麻煩來些助興的吧。」

一手拿著魯特琴現身的吟遊詩人，從可辛先生的手裡接過大銅幣後便走進了圍坐當中。

「那麼，就容我玷污各位的耳朵了——」

脫下寬緣帽之後行了一禮，吟遊詩人零星撥弄一下魯特琴的琴弦。

「——浮現於暮色下的白堊宮殿。」

他所唱的歌曲描述了前些日子的魔族魯達曼與我們之間的戰鬥。

儘管主要是以艾魯達爾將軍、公會長和賽貝爾凱雅小姐這三人為中心，但我也在「貴族公子」和「美麗祕銀劍的年輕人」樂句當中登場了。

當然，最後是結束於「勇者的隨從庫羅」現身，從天降下閃電之雨打倒了與桃色史萊姆融合的魔族魯達曼這一幕。

自己的戰鬥經人潤色後講述出來，實在是非常難為情的一件事。

不過佐藤和潘德拉剛的名字並未出現，算是不幸中的大幸了。

◆

「真是涼爽啊。多虧了潘德拉剛勳爵，這下似乎可以舒服地過日子了。」

根據米提露娜小姐的說法，迷宮都市的氣溫正在上升當中，我便嘗試將使用了苔蟹蜂翅膀的風扇當作禮物贈送，結果獲得了意料之外的高評價。

今天是前來拜訪曾經討厭我的貴族——莫弗男爵邸，但對方簡直就像對待十年的好友那樣毫不拘束地接待我。

冷風風扇型魔法道具還真是可怕——

由於是臨時趕製而沒有加裝魔力儲藏器，所以正如這個屋子裡的女僕小姐現在所做的那樣，是個必須不斷注入魔力的瑕疵品，但這種事情似乎無所謂。

說到這個，稱號裡也不知不覺增加了「賄賂高手」這一項。

「這是你製作的嗎？」

男爵一臉想要追加訂購的表情這麼問道。

「這是我家的特許商人從魔導王國拉拉基回來時順道採購的，所以很遺憾，目前沒有再進貨的打算。」

「是嗎，那真是可惜。」

我並未明言是在拉拉基採購而且也未必是買來的，所以沒有再進貨打算的說法就不算是謊言了。

這個房間裡的管家老爺爺擁有烏里恩的天賦「判罪之瞳」，於是我試著做出了有些繞圈子的回答。

這種天賦應該沒有識破謊言的力量才對，但由於我並不了解其天賦的全貌，只好事先提防一下了。

「不過，這樣的東西我一個人獨占真的好嗎……」

「請您放心。另外還有獻給太守閣下的份。」

不光是太守，獻給公會長和艾魯達爾將軍的份也已經製作完畢，況且一隻苔蟹蜂就可做出二十台左右，所以材料還綽綽有餘。

此外，我也已經在育幼院裝設了三台冷風風扇。

由於大家必須輪流注入魔力以驅動風扇，所以我暗自期待著孩子們會不會學到魔力操作技能。

「這樣啊——」

男爵手貼下巴思考著。

對方吹著風扇的冷風看起來相當舒坦的樣子，如今臉上露出了嘻皮笑臉的表情，但我還不至於不解風情地去糾正這一點。

「為答謝如此貴重之物，我就提供你兩個情報吧。」

他裝模作樣地提供的兩項情報為——

「——戰爭嗎？」

「嗯，這是剛從大陸西方歸來的商人所帶回的情報。不僅食物和鐵礦石價格高漲，魔劍和作為魔劍素材的祕銀以及魔物素材，在那個國家似乎都被禁止出口了。」

對方表示實際開戰似乎還要很久之後，但特地透露遙遠大陸盡頭所發生的事情，對我來說感覺也只能拿來當作閒聊時的話題罷了。

「你似乎還聽不懂呢。搶在我們國家開始管制出口之前，商人們應該會打算囤積魔物素材才是。」

男爵頂著彷彿看待不成材學生的眼神望著我。

換句話說，對方似乎建議我獵殺那些可當作武器素材的魔物，注意在不被砍價的情況下賣掉之後大賺一筆。

「另一個情報則是和魔法藥有關。」

「意思是價格也水漲船高了嗎？」

「不，迷宮都市有杜卡利勳爵在調整價格所以沒有變化。」

我猜錯了。

「至於國王直轄領和沿岸領附近的魔法藥材料應該會漲價，所以公會的魔法藥價格可能將會上升或者導致進貨數量減少。」

感覺這方面會造成許多探索者的困擾。

要是進貨數量減少太多的話，由我換上庫羅的裝扮將灌水魔法藥批發給公會似乎會比較好呢。

「稍微離題了呢——」

男爵津津有味地將冰點送入口中後呼出氣來。

這個冰點是我和冷風風扇一起帶來作為禮物的。

「我想說的是，關於太守的跟班私造魔人藥一事。」

我的腦中浮現出太守的跟班也就是前代理太守索凱爾的模樣。

他如今正被關在太守城的貴族專用牢房裡。

「塔爾托米納的港口處被查獲了大規模的魔人藥走私活動。」

位於王都直轄領的交易都市塔爾托米納我也曾經去過。

說到這個，那時候好像也目擊了禁藥的交易現場。

所幸走私本身似乎被成功阻止，但走私船好像就逃之夭夭了。

當初從船的形狀來看推測是鼬人族的商船，不過原本應該已經入港的巴里恩神國軍艦也一併消失，所以事情據說變得有些複雜了。

我並沒有當偵探的天分，所以對於遙遠都市的事件並不感興趣。

況且，這應該不是對方要特意賣關子告訴我的情報才對——

「嗯，別急。接下來才是重頭戲。」

吃完冰點後，男爵命令女僕端來下一碗的同時一邊揮動著湯匙。

「被查獲的犯罪組織，據說他們似乎供稱提供魔人藥的就是凱爾登侯爵。」

凱爾登侯爵——記得應該是王都的門閥貴族，聽說是個對軍閥很有影響力的人。

「儘管沒有人笨到會去全盤相信罪犯所說的話，但涉及到魔人藥的事情可不能就這麼一笑置之。」

心想就這樣默默聽下去也不妥，我便隨口附和了一句「原來如此」。

「於是王國的諜報部隊暗中出動——」

他們似乎從凱爾登侯爵負責管理的軍方倉庫之一發現了大量的魔人藥。

而且，在同一個倉庫裡，據說藏有軍方目錄裡未記載的火杖和魔物素材的武器。不僅如此，好像更有對城塞用的大型魔力砲。

為此，原本以凱爾登馬首是瞻的貴族開始起鬨道「凱爾登侯爵有謀反企圖」，使得王都陷入了無比的騷動之中。

「還聽不明白嗎？即使受到太守夫人的重用，你在權術方面似乎還不成熟啊。」

根據這麼嘆息的男爵所言，凱爾登侯爵萬一失勢，這可是個藉助太守夫人的支持躋身王都的軍方關係當中獲得職務的好機會。

難得對方這麼建議，但我對於目前之上的地位並不感興趣。

我出言答謝對方的情報，同時也含蓄地告知自己無意飛黃騰達一事。

「嗯，你這種心態一輩子也當不了永世貴族哦。」

「名譽士爵的地位對我來說已經過分奢侈了……」

向激勵自己的男爵這麼告知後，我便挑在帶來的冰點吃完之際告辭了。

在這之後，我又依序造訪了同樣的貴族家。

接下來的其他貴族家門第更遜於第一家的莫弗男爵，所以我並未選擇冷風風扇，而是帶了便於乘涼的五根冰柱和冰點作為禮物。

正如之前在太守夫人的茶會上獲悉了冰柱和冰點受眾人珍愛的情報，我在每一戶人家裡都獲得了很高的評價。

儘管威力還不至於讓雙方一下子變成十年好友的關係，但起碼感覺得到成功脫離了敵對狀態。

果然，和鄰居打好關係是相當重要的呢。

◆

「唉呀，潘德拉剛勳爵的消息真靈通呢。」

結束一輪的貴族家拜訪後，我造訪了太守夫人。

這是為了確認從莫弗男爵那裡聽來的戰爭傳聞。

「大陸的西部原本就是頻繁出現小型紛爭的地方哦。」

太守夫人享受著冷風風扇的涼意一邊說道。

「複數的國家之間可能爆發戰爭的傳聞，大約在半年前就已經存在了。杜卡利告訴我，最近前來大量採購迷宮都市的武器和素材的外國商人也變多了。」

昨晚在探索者們的宴會上聽到所謂魔法武器價格上升的消息似乎是真的，而根據夫人的說法，這一波漲價是杜卡利准男爵為了減少魔劍類的外流而故意為之的。

「武器外流的話會造成什麼問題嗎？」

「是的，畢竟魔劍和祕銀劍的外流可是降低國防力而提升他國戰力的行為。」

太守夫人這麼告知後，還補充道僅僅幾把武器的話是沒有問題的。

既然要發動戰爭，感覺準備一堆魔力砲或大型魔巨人似乎會比較好，但在等級制的這個世界裡，擁有強力武器的高等級武人或許是令人無法忽視的存在吧。

儘管沒聽過什麼好評，但杜卡利准男爵好像並非是個單純的鐵公雞而已呢。

「許多魔物素材的武器一旦破損就無法修復，所以希嘉王國的騎士和士兵都不太願意使用——不過大陸西方似乎存在修復魔物素材武器的祕密技術哦。」

太守夫人小聲地告訴我後半段的傳聞。

說到這個——莉薩的魔槍又是如何呢？

至今應該留下過細微的裂痕或損傷才是，但仔細回想後，我始終想不起有那一類的裂痕或損傷。

說不定是在不知不覺中自我修復了吧。

回去後再詢問莉薩看看好了。

「至於戰爭的影響就如莫弗男爵所言了呢。乘這個機會大賺一筆是無妨，但那些可以用來製作過於強大武器的素材，販賣時對象還是慎選一下吧。」

「是的，感謝您的忠告。」

區域之主與其眷屬的素材我原本就無意出售，但其他的素材還是留意一下好了。

關於戰爭的事情就到此為止——

「我聽說在交易都市塔爾托米納查獲了魔人藥的走私，那果然是在迷宮都市私造出來的嗎？」

「原料方面恐怕是。畢竟能備妥如此大量的魔人藥製作材料，也只有迷宮了。」

太守夫人的圓臉頂著愁容這麼說道。

「包括他們走私至迷宮都市外的方法也查清楚了哦。」

據說是在紅燈區的外圍，靠外牆附近的索凱爾情婦家中的地下，建造了一條通往都市外面的地道。

「要暗中製作出那麼長的地下道，就需要多名優秀的土魔法使，但索凱爾並沒有這方面的管道。既然被曾魔族洗腦的波布提瑪也聲稱沒有涉入其中，整個王國內擁有許多這類土魔法使的人，就只有宮廷魔術師希嘉三十三杖或王國軍了。」

換句話說，索凱爾的背後很可能存在宮廷魔術師或對於王國軍有影響力的人物。

「你知道在王都也發現了魔人藥的事情嗎？」

「是的，據說是在軍方的倉庫裡找到的。」

「正是如此。這在王都引發了極大的騷動，認為負責管理之人很可能是為了謀反而準備的。」

太守夫人隱瞞了凱爾登侯爵名字這麼向我透露。

「拜這件事所賜，將索凱爾送至王都的事情也一延再延了。」

據說原本預計護送的飛空艇班次恰好捎來了本次的情報，倘若如今將索凱爾送至王都就會被拿來當作涉及凱爾登侯爵的政爭工具，於是就繼續關在太守城的尖塔裡了。

——對了。

「說到這個，索凱爾並未被魔族洗腦嗎？他被捕的時候好像精神挺錯亂的。」

我試著詢問自己一直在意的事情。

在迷宮都市發生的一連串事件似乎都和魔族及魔王信奉集團有關，所以我心想索凱爾的事情會不會也是如此。

「唉呀？我還以為潘德拉剛勳爵你對索凱爾並不感興趣呢。」

太守夫人先是眨了眨眼，然後告知了詳情。

「在讓波布提瑪進入假死狀態後，我請識破他遭到洗腦的赫拉路奧神殿老神官長幫忙看過，結果索凱爾似乎沒有被洗腦過的痕跡哦。」

索凱爾精神錯亂的原因，說穿了似乎就是相當於現代非法藥品的魔法藥副作用所導致。好像是魔人藥生成的過程中所出現的副產物。

真是的，真希望在異世界裡別再來非法藥品這一套了呢。

就這樣，我們的交談一度往略現殺機的方向偏移，但這已經是女僕端來美味冰點之前的事情了。

「這麼熱的天氣，冰涼的冰點吃起來格外美味呢。」

看似將柑橘類水果冰凍而成的冰點，其清爽的香氣和暢快的餘味真是太出色了。

「賽利維拉市由於靠近大沙漠，若不進行氣候調整的話就會變熱呢。」

「——氣候調整嗎？」

「是的，平時是我丈夫以太守之力進行調整，但這股力量已經用於探索廣範圍的魔族，所以在積蓄足夠的魔力之前一直會是炎熱的天氣。」

一旦將都市核的力量用於探索，所消耗的魔力甚至連氣候調整也辦不到了嗎……既然這樣，也可以理解為何不頻繁使用而放任魔族的入侵了。

看來跟我幾乎不消耗魔力的探索全地圖有極大的差異。

「不光是直轄領，陛下已經對整個希嘉王國下達了敕令哦。儘管王都和公爵領的領都還有充裕的魔力，但伯爵領和邊境都市的氣候就會因魔力不足而惡化了。」

她以伯爵領為例子列舉了北端的聖留伯爵領，表示氣溫下降的幅度相當明顯。

我起先還擔心發生歉收和飢荒，但魔力不足導致無法進行氣候調整的期間據說是一個月左右，所以就沒有這種疑慮了。

「不過，這麼做總算有了回報，最終在直轄領和周邊領地發現了三隻魔族哦。」

接鄰國王直轄領的傑茲伯爵領和基里克伯爵領，以及位於希嘉王國西北的比斯塔爾公爵領有下級魔族，至於列瑟烏伯爵領甚至還發現了中級魔族。

儘管對都市造成了重大的損害，但據說全都已經被討伐殆盡了。

話說回來，最容易被盯上的王都居然完全沒有魔族，這一點實在令我在意。

難道是因為有被譽為王國最強劍士集團的希嘉八劍嗎？

——對了。

我打開地圖，嘗試確認前陣子在迷宮都市引發魔族騷動的綠色上級魔族，附加在其「擬體」上面的標記。

原本在比斯塔爾公爵領和列瑟烏伯爵領的領境之間徘徊的標記消失了。

恐怕是在魔族探索中被發現，然後遭到前來遠征討伐的軍隊打倒了吧。

原本是為了獲悉魔族下次準備要幹壞事的場所而放任其活動，既然已經被打倒就沒有辦法了。

等以後發現對方露出馬腳時再標記一次好了。

「所謂都市的損害很嚴重嗎？」

「據說列瑟烏伯爵領的領都遭受極大的損害，列瑟烏伯爵本人也戰死了哦。」

說到列瑟烏伯爵領，應該就是那個對蒂法麗莎和妮爾性騷擾，最後還將她們貶為犯罪奴隸的變態領主吧。

儘管還稱不上是大快人心，但我也不會特別感到心痛。

「列瑟烏伯爵的嫡子指揮副都市的軍隊將其討伐後，據說如今在協助重建中呢。大概是為了在下次的王國會議時迎娶未婚妻希絲提娜殿下為第一夫人而拚命重振領地吧。」

他的兒子似乎比較好一些吧？

既然魔族好像被消滅，這也就不是我要關心的事情了。

「至於其他都市的損害狀況並未傳來，不過在討伐隊趕往發現地點前的這段期間通常都會造成不小的損害哦。畢竟像賽利維拉前些日子的事件那樣，有艾魯達爾將軍這樣的武人和『紅蓮鬼』佐娜女士這般的魔法使恰好在場的奇蹟可不是常有的呢。」

太守夫人這麼說完後，又補充了一句：「還包括像你這樣勇敢的年輕人呢。」

另外，她口中的「紅蓮鬼」似乎是公會長的外號。

「——那麼，不用特別徵求同意就可以清掃水渠了嗎？」

「是的，雖然不需要許可，但至少向政府機關報告一聲吧。畢竟官員並不喜歡在自己不知情的情況下有人把事情做完。」

「是的，知道了。」

由於亞里沙燃起鬥志準備要清掃水渠，所以我向太守夫人確認是否可以作為服務活動後的清掃作業之一打掃水渠裡的垃圾，結果對方欣然同意沒有問題。

政府機關據說每年也會清掃兩次水渠，但丟垃圾的人太多所以很快又變髒了。

伴隨叩叩的敲門聲，女僕小姐探出臉來。

「蕾蒂爾大人，人已經到了。」

「請他進來吧。」

獲得太守夫人的許可後，一名相貌冷酷的官員走進了房間。

他似乎是為了製作關於前陣子魔族襲擊事件的筆錄而來自王都的官員。

原本應該是我和官員兩人獨處進行訪談，不過太守夫人因為擔心我而不僅將訪談地點改至太守城裡，甚至也一併列席了。

或許是多虧如此，我只需要大致說明一下狀況即可。

只不過最後——

「——中級魔族還說了些什麼嗎？」

「您是指什麼呢？」

「是我在問你。」

「話雖這麼說，但並未提及什麼特別的內容哦。」

我試著摸索記憶，終究還是沒有說過什麼值得一提的事情。

反倒說得最多的是綠貴族的擬體。

「『再臨之杯』或『偽王』之類的詞彙呢？」

「不，並沒有。」

所以說，請不要用那種意味深長的詞彙來助長豎旗的機率好嗎。

「筆錄做完了嗎？我和潘德拉剛還有話要說。既然結束可以請你退下了嗎？」

接獲太守夫人表面上為請求的命令之後，官員便退出了房間。

儘管是一些暗示著魔王復活的詞彙，但根本用不著對方擔心，綠貴族在迷宮都市策劃的魔王復活陰謀早就已經被摧毀了。

然而倘若還存在復活「其他魔王」的陰謀就大事不妙了呢。

◆

「潘……潘……潘德拉剛勳爵！」

與太守夫人會面後，我先在政府機關取得清掃水渠的許可，接著去了一趟西公會準備告訴公會長關於戰爭的情報，但在那裡卻被個微胖的少年貴族叫住了。

「午安，魯拉姆少爺。」

整個人跌跌撞撞地驚慌跑來的，是太守三男蓋利茲的跟班之一。

「事……事情不好了！」

似乎發生了什麼事，只見他一臉相當急迫的表情。

狀況好像相當危急。

「怎麼了嗎？」

「梅……梅莉安她！」

魯拉姆緊緊抓住我的手臂這麼叫道。

「梅……梅莉安跑進迷宮裡了！」

看樣子，又發生新的事件了。

杜卡利准男爵

「我是佐藤。所謂的利害衝突，只要人類從事社會活動，規模或大或小都會發生的。即使讓所有人滿意是個夢想，我認為朝著理想彼此走近也是很重要的。」

「冷靜點，魯拉姆少爺。」

對方好像有些陷入恐慌，只是不斷重複著「梅莉安進了迷宮」和「事情不好了」這兩句話而始終沒能道出重點。

我讓對方深呼吸以恢復冷靜之後再次詢問，得知魯拉姆在購買零食的途中目睹了杜卡利准男爵的千金梅莉安在臨時隊伍的邀請之下進入了迷宮。

「准男爵家已經聯絡過了嗎？」

「啊，嗯。我讓老僕人過去一趟了。」

根據魯拉姆的說法，距離梅莉安小姐進入迷宮似乎還不到半個小時。

「那麼，我這就前往尋找梅莉安小姐吧。」

「我……我也——」

「魯拉姆少爺您要負責告知趕來的杜卡利准男爵。」

我打斷了魯拉姆準備開口一起跟去的要求，給了他一個留在原地的理由。

「我……我知道了。」

魯拉姆這麼回答後，我便留下對方獨自前往了迷宮。

穿過迷宮門，我在折返式階梯往下衝刺的同時，一邊透過地圖搜尋調查梅莉安小姐的現在位置。

在略微離開第一區主迴廊的小通道裡，她似乎和三名女性探索者一起獵殺達米哥布林。

我收斂起腳步聲，朝著她們戰鬥的場所走去。

「看吧看吧，大小姐！老纏住一隻的話，背後會被偷襲的哦！」

「哇哈哈！原來臭貴族的女兒，血也是紅色的呢！」

「唉呀呀！迷宮蛾從上方參戰了！小心麻痺哦！」

前方傳來女性們令人不快的聲音。

「拜……拜託妳們伸出援手。我一個人真的沒辦法。」

從雷達顯示的光點位置來思考，周圍的女性探索者們似乎未上前救援這麼懇求的梅莉安小姐，只是在旁嘲弄而已。

來到通道的邊緣後，她們的狀況便盡收於眼底。
這個通道似乎與她們戰鬥的通道上方相連的樣子。
「唉呀呀——妳不是說自己對付哥布林綽綽有餘嗎？」
「而且還說跟戰螳螂戰鬥過吧？」
「既然戰螳螂沒問題，就算沒有鎧甲也能輕鬆對付哥布林了吧？」
最後的少女一手拿著附帶金屬護胸的鎧甲這麼笑道。
看樣子，梅莉安小姐是在被迫被除去鎧甲的狀態下和達米哥布林交戰的。
「妳們在做什麼！」
這種厭惡感就彷彿目睹了惡質的霸淩現場。
我跳下三公尺左右的高低差，用妖精劍砍殺這些達米哥布林，然後站在保護梅莉安小姐不受女性探索者們欺負的位置。

V獲得稱號「少女的救世主」。

「唔，我們是想要鍛鍊一下這孩子……」
「不惜讓她脫下鎧甲嗎？」

梅莉安小姐被達米哥布林的爪子抓傷，襯衫上滿是傷痕。

她的體力計量表也減少至一半左右了。

「這……這就是我們的訓練哦！」

「哼，我們走吧。」

「大小姐妳就去跟自己的男人上床吧！」

看準拋下狠話後逃走的少女，我用「理力之手」抓住對方的腳使其跌倒，待後續兩人被前方絆倒之後從上方踩住了這三人。

然後再從萬納背包取出繩子將掙扎的三人迅速綑綁起來。

「你……你做什麼？」

「快放開！」

「你這變態！」

「個性稍微惡劣了點呢。我要把妳們交給公會。」

倘若我來不及趕上，這些人很有可能就會眼睜睜看著梅莉安小姐死掉了。

她們做得實在太過分，可不是斥責一聲就能了事的。

「臭貴族的女兒，憑什麼要幫她啊。」

「大家都討厭杜卡利那傢伙哦。我們明明只是想替大家出氣而已。」

「為了賺錢，你以為杜卡利害死了多少探索者？」

「要是那傢伙感到困擾而反省的話，魔法藥也會變得便宜了。」

被綁住的女性探索者們遷怒的發言，讓梅莉安小姐悲傷地低垂著臉。

看樣子，這些少女是為了報復杜卡利准男爵，才會將梅莉安小姐帶進迷宮裡教訓一番。

「妳們只是在發洩自己的不滿吧？不要隨便代表其他的探索者。」

「才不是隨便！大家都這麼說！」

「妳說的大家有誰？」

我用冰冷的眼神俯視這麼爭辯的女性探索者。

或許是目光裡加上了威迫的緣故，少女們頓時縮起身子陷入沉默。

有些探索者因為買不起魔法藥而喪命固然是事實，但因為這樣就把所有責任歸咎於杜卡利准男爵實在不對。

既然沒有魔法藥，只要保持安全體力界限就行了。

更不用說，要因此教訓她的女兒根本就毫無道理可言。

「梅莉安小姐，這樣子會留下傷痕。請喝下這瓶魔法藥吧。」

我將下級魔法藥交給梅莉安小姐。

每個傷口都很淺，但要是被達米哥布林骯髒的爪子劃傷後放著不管，就很可能會化膿。

梅莉安小姐只是望著魔法藥，並沒有喝下的舉動。

看來是因為被這些傢伙說了一番，導致她遲遲不肯飲用魔法藥。

「倘若渾身是血的話，會讓准男爵閣下擔心的。」

我取出假卷軸，在假裝使用的同時一邊用回復魔法治癒傷勢，再以生活魔法洗掉她衣服上附著的血跡。

「梅莉安小姐，這是換洗的衣服。」

清洗掉血跡後，從她被哥布林爪子撕裂的襯衫縫隙中隱約可以見到許多不該看的部分，於是我便移開目光並將露露專用的換洗襯衫遞給對方。

素材是普通的棉花，但由於是家庭妖精棕精靈們編織的衣服，穿起來非常舒適。

「謝謝你，士爵大人。」

我讓小聲道謝的梅莉安小姐再次裝備上鎧甲，然後往出口走去。

由於帶著被繩子綑綁住的少女們而使得途中遇到的探索者們嚇了一跳，但見到我身上的貴族服之後就唯恐扯上關係匆匆離去了。

在迷宮門那裡解釋原委後將少女們交給公會職員，我們便離開了迷宮。

就在從西門徒步走向西公會前之際，赫然見到一輛雅致的黑色馬車以驚人的速度衝進了公會前廣場。

載著一群武裝男人的貨車，遲了一些也跟隨馬車停下。

緊急停下的馬車車門被粗暴推開，一位老紳士——杜卡利准男爵衝了出來。

遠遠望見的杜卡利准男爵在和魯拉姆說了些什麼後，便催促著男人們快步走來。那焦躁的模樣看起來非常不鎮靜。

「有人來迎接了哦，梅莉安小姐。」

「——父親大人。」

梅莉安小姐露出夾雜著安心以及如坐針氈般的複雜表情。

「梅莉安！」

察覺到這邊的杜卡利准男爵僅瞬間放鬆了表情，便立刻換上怒容跑了過來。

原以為他會直接抱住女兒，然而卻是毫不留情地打了女兒的臉頰一巴掌。

「妳這個蠢東西！」

「父親大人，我——」

「有什麼藉口，等回房子裡再說吧。」

杜卡利准男爵打斷女兒的話，抓住了對方的纖細手臂。

他那凌厲的視線停留在我的臉上。

「感謝你的協助。日後必有答謝。」

說畢，杜卡利准男爵便拉著梅莉安小姐的手離去了。

我起先認為對方可能誤會是我帶他的女兒進入迷宮所以一時做出了提防動作，但他似乎已經從魯拉姆那裡打聽到我前往搜索的事情了。

杜卡利准男爵踩著響亮的腳步聲返回馬車的同時，魯拉姆也來到了這邊。

「梅莉安平安無事真是太好了。」

魯拉姆的肚子發出咕嚕嚕的聲音。

「放心之後，肚子就開始餓了哦。」

「這些雖然不多，不過算是獎勵幕後功臣的。」

我透過萬納背包從儲倉裡取出自製的炸鯨魚肉串交給對方。

畢竟今天的首功者是他這個告知梅莉安小姐危機的人呢。

「哇啊，吃起來比平常更美味！」

慰勞了一臉幸福地吃著炸肉串的魯拉姆，我也從路過的小販那裡購買了貝利亞水解渴。

這樣事情算告一段落了……吧？

◆

「潘德拉剛勳爵，歡迎你前來參加我們的家宴。」

「本日承蒙邀請，實在非常感謝。」

救出梅莉安小姐的隔天，我獲邀參加了杜卡利准男爵家的晚餐會。

擺放著長桌的餐廳裡，有准男爵夫婦、梅莉安小姐以及身為哥哥的長男在場。

根據事前打聽來的情報，准男爵似乎是希嘉王國的貴族當中罕見沒有任何側室或情婦的人物。

挨了父親巴掌之後的梅莉安小姐，臉頰雖然好像用魔法藥治療過而看不出痕跡，但那哭腫的眼皮卻是化妝所無法掩蓋的。

她的禮服裝扮是自太守夫人的茶會以來第二次見到，我認為比起腰上掛著細劍的男裝打扮更為適合她。

「你……你就是潘德拉剛士爵嗎？謝謝你救了我妹妹。」

臉色蒼白的長男頂著抽搐般的笑容這麼說道。

總覺得說難聽點就是給人一種短命的印象。在ＡＲ顯示中，他的狀態也是顯示為「哥布林病：慢性」。

儘管比妹妹梅莉安小姐大兩歲，十六歲的他卻看起來比對方年幼。

這樣子看過去，可以清楚知道杜卡利准男爵和孩子們的年齡相差了許多。

「為迎合你這位老饕，我們今天就極盡奢侈之能事了。」

「那真是令人期待呢。」

所謂的極盡奢侈之能事，也適用於自稱嗎？

雖然對他的發言感到有些不對勁，但料理本身正如他所言，都是使用了迷宮都市罕見的材料所製成的極美味餐點。

這恐怕是擁有「寶物庫」技能之人將其放入冷藏魔法道具當中，千里迢迢搬運而來的吧。

「喬斯，蔬菜也要一起吃。」

「我討厭蔬菜。」

順風耳技能捕捉到妻子小聲叮嚀著只吃肉和麵包的兒子。

杜卡利准男爵見狀後不悅地皺起眉頭命令道：

「荷榭絲，在客人面前別這樣。」

妻子先是僵直身子向丈夫和我賠罪，然後欲言又止地望向兒子，但對方仍完全無視蔬菜，津津有味地吃著淋上甜辣醬的奧米牛菲力肉排。

總覺得因為晚餐上的尷尬氣氛，連帶使得難得的美食都糟蹋了。

即使如此我仍義務性質地努力營造輕鬆有趣的對話，將全餐當中最後端出的糖煮梨子塞進嘴裡後結束了晚餐。

「潘德拉剛勳爵是探索者對吧？說些故事給我聽吧。」

「喬斯，我跟他還有工作要談。探索的事情等下次有機會再問吧。」

「小氣──」

面對像個孩子般嘟起嘴巴的兒子，杜卡利准男爵敲了一下他的腦袋。

「真是的，老是長不大──」

順風耳技能捕捉到他的低語。

「個性倒是很符合他這樣的年齡哦。」

「你比我兒子年輕，說這話能聽嗎？」

杜卡利准男爵苦笑著，一邊在前頭領著我前往接待室。

說到這個，我的外表年齡好像是十五歲吧。

「我兒子要是有你這樣──唔，在客人面前可不能抱怨啊。」

接待室裡給人沉穩印象的沙發稍嫌彈性不足，但這種古董品的感覺實在很棒。

「非常感謝你二度解救了梅莉安。」

杜卡利准男爵這麼說著，然後將兩卷老舊的卷軸放在桌子上。

「這是一點感謝的心意。」

「是魔法卷軸嗎？」
「因為我聽說你是個卷軸收藏家。」
「方便讓我看看卷軸嗎？」
見到對方點頭同意後，我小心翼翼地打開卷軸以防破損。
卷軸為「石製結構物」和「地隨從製作」這兩種。
這兩種卷軸的字面都令我相當興奮。
簡直立刻就想轉移至迷宮使用看看。
為防止太過興奮而弄破了老舊卷軸，我將其放回了桌上。
「真是稀有的卷軸呢。」
「這原本是受夫達伊伯爵和古哈特子爵之託所收集的卷軸，但因為沒有其他你可能會喜歡的東西，所以就先挪用了。」
「那麼，我得一併感謝夫達伊伯爵和古哈特子爵才行了呢。」
「由於實用性很低，太期待的話我會很困擾哦。」
或許是感覺到我的欣喜，杜卡利准男爵稍微提醒了一下。
「我的嗜好是收集，所以光是稀有的卷軸就讓我很高興了。」
「那就好。」

「對了，這和西門子爵家的工房所生產的似乎不同，莫非是出自賽利維拉的迷宮寶箱嗎？」

從AR顯示中可得知這些是名為沙塵迷宮的迷宮出產卷軸，但我還是試著拋出了話題。

「不，那似乎是出自於很久以前就死亡的迷宮裡。」

據他聲稱，是前些日子前來尋求魔法武器的外國商人所帶來的。

我將卷軸收納之後，女僕們隨即在桌上擺放漂亮的雕花酒杯，然後注入麥香芬芳的威士忌。

「——對了，潘德拉剛勳爵。」

杜卡利准男爵用威士忌潤潤嘴巴後開啟了話題。

「我有件事情要跟你商量。關於我兒子的事。」

「是什麼樣的內容呢？」

「你知道我兒子生病的事嗎？」

「雖然不知道病名，但聽說過他罹患了難治之症。」

杜卡利准男爵先要求我保密後，便透露了兒子患有重度的哥布林病，一直以來都透過索凱爾提供的「鬼噬藥」來緩和症狀的事實。

當然，我早已透過地圖情報得知，但總不能道出這項祕密，所以就讓對方親口說出來。

「也就是說，要拜託我製作『鬼噬藥』嗎？」

莫非他知道我的公開技能當中有「鍊成」這一項嗎？

「即使不用拜託你，鍊金術士我要多少就有多少。我想拜託你的是收集材料。」

「材料嗎……」

這種「鬼噬藥」跟禁藥「魔人藥」及「屍藥」所需的素材相當類似，所以在私造魔人藥一事鬧得沸沸揚揚的當下實在很難弄到手。

透過我的地圖搜尋可以立即找到，但要是發現得太輕鬆就很有可能會被冠上私造的冤枉罪名呢。

「我知道很難收集得到。勇者的隨從和公會長說過，迷賊們的老巢已經被燒了。然而，能前往迷宮深處的探索者卻都沉迷於討伐『樓層之主』而對我置之不理。雖然也找過『銀光』和那些中堅探索者，但卻沒有獲得積極的回應。」

能夠穩定賺取收入的中堅探索者，應該不會接受這種漫無目的徘徊在迷宮裡尋找素材的高風險委託吧。

「除了那種『鬼噬藥』，難道就沒有治療的手段了嗎？」

「當然有。『血玉粉末』或『萬能藥』效果都比『鬼噬藥』好。我已經安排妥當，但每一種都不是可以輕易動用的價格。」

會比派遣赤鐵探索者隊伍進入迷宮還要昂貴嗎？

說到這個，我在他口中並未聽到可能治癒哥布林病的「血珠粉末」這個名稱。

由於是沙珈帝國的皇族所獨佔，對方大概認為講出來也沒有意義吧？

「原本我也寄望於米提雅公主的『淨化的氣息』，但從席娜小姐的病情來看，實在無法太過期待了。」

我的腦中浮現出諾羅克王國的米提雅公主殿下年幼的模樣。

她擁有的赫拉路奧神天賦「淨化的氣息」雖然能治療太守四女席娜的瘴氣中毒，但對於哥布林病就束手無策了。

根據我手邊的資料，「哥布林病」似乎是一種缺乏維他命造成的生活習慣病，所以就算淨化也沒有多大的意義。

反倒是青汁好像還比較有效。

這個暫且不提，我之所以沒有出手治療太守四女，是因為擔心會對亞里沙她們的朋友米提雅公主帶來不利影響所以就自我約束了。

經過追蹤觀察，我大致了掌握米提雅公主「淨化的氣息」對於治療「哥布林病」無法派上用場的事實，所以心想接下來差不多也提供治療方法了。

為等待出現這個話題的那一天，我已經抄寫了手邊記載有關於哥布林病的資料。

「有萬能藥就可以根治嗎？」

「我兒子在小時候使用過萬能藥。用完之後乍看已經痊癒，但不到一年的時間就再度發病了。」

大概是萬能藥曾經一度治癒，但由於飲食習慣沒有改善所以再次發病了。

「我在得知席娜小姐的病情時曾做過調查——」

我以此作為前提，將前述的情報告知對方，嘗試建議改善飲食習慣。

為增加說服力，還出示了資料的原本。

「嗯，缺乏『維他命』嗎——我也在王祖大人留下的書籍裡看過。」

哦哦，不愧是王祖大人。

確實將有用的情報流傳給後世了。

「就是祕密居住在蔬菜和家畜內臟裡的好精靈吧。」

——錯了。

所謂的精靈到底是從哪冒出來的？

嗯，也罷。反正重點傳達給對方就好。

「是的。內臟裡富含的精靈喜歡惡作劇，所以據說一定要透過加熱來修理他們的頑皮個性呢。」

我藉助詐術技能適當地附和對方，暗示著不可生吃內臟。

「可是，我的兒子討厭蔬菜……」

嗯，剛才的晚餐時也見到過。

「既然如此，做成蔬菜汁如何呢？」

「水果還另當別論，把蔬菜做成汁？」

說到這個，我還沒有見過有類似果汁機的魔法道具。

「是的，我認識的鍊金術士擁有將蔬菜的成分變為液體的魔法道具。若給我一些時間，我就可詢問是否能獲得該道具了。」

對於我的提議，杜卡利准男爵面有難色地陷入沉思。

原以為對方會當下同意，看來似乎在煩惱什麼的樣子。

「將蔬菜變為液體嗎……會不會有害處呢？」

原來如此，真像是父母會擔心的事情。

「就跟普通的調理一樣。只不過，是使用魔法道具來代替調理器具。」

倘若對蔬菜過敏就太過危險，我於是找來長男的奶媽加以確認，對方表示吃蔬菜的時候並沒有這類的症狀。

既然如此就沒有問題了。我這麼告知後，對方便懇求我弄來魔法道具。

「那麼，我就寫封信詢問對方能否出讓魔法道具吧。由於是遠方的朋友，希望能給我一些時間……『鬼噬藥』的庫存還有多少呢？」

「一個月份。這是鬼噬藥的保存期限，所以太守閣下想必也一樣吧。」

——很少呢。

雖然認為蔬菜汁能夠改善症狀，但食療法在短短的一個月之內實在不太可能發揮效果。

「既然如此，先在探索者公會的公布欄貼出鬼噬藥所需的素材收集委託似乎比較好呢。」

「你不肯承接嗎？」

「我們並非專精於採集而是討伐魔物。移動時我們會探索有希望獲得的場所，但不知道能否在維持有效成分的情況下採集回來。」

要是對方依賴成性就很傷腦筋，我於是做出了冷淡的回答。

雖然出於太守四女的因素，所以不足的素材我還是會盡量採集就是了。

「只要發布委託的話，探索者們想必會留心尋找的，況且若是採集的專家，一旦知道有利可圖應該就會將足跡延伸至迷宮深處了。」

赤鐵探索者當中的許多人或許都已經出動，但採集方面的專家不太可能會被動員至「樓層之主」相關的戰鬥裡，所以他們應該只是評估過特殊需求之後正在採集魔法藥專用素材的途中呢。

「唔，委託就不發布了。由我發布的話可能會招致反效果。」

他似乎很自覺地體認到自己被探索者們所討厭。

「不能讓有交情的藥師或鍊金術士用他們的名義發布委託嗎？」

「都一樣。他們跟我都被探索者們所厭惡。」

所以才會被視為同一夥嗎。

「是魔法藥的事情嗎……」

「沒錯。一旦降價的話，探索者們想必就會立刻過來討好，但我不能這麼做。」

杜卡利准男爵捕捉到我的喃喃自語。

「知道為什麼嗎？」

畢竟是杜卡利准男爵的重要收入呢。

不過這種話我終究說不出口，於是便搖了搖頭。

「相較於王都周邊，迷宮都市能夠採集魔法藥所需素材的場所非常少。而且，在我將其穩定至目前的價格之前，鍊金術士們都因為材料漲價和價格競爭而無法維持生計，甚至還有人連當天的麵包都吃不起。」

原來如此，是很極端的通貨緊縮。

「在這樣的狀態下，辭去鍊金術士或離開迷宮都市的人絡繹不絕地出現。」

所以，他才把持了利權稀少的鍊金術士和藥師的公會，自願扮演討人厭的角色。

另外，公會似乎也被賦予了用等同於王都周邊的價格來販賣魔法藥的義務。

——傷腦筋。

魔法藥太貴的話會困擾探索者，但太便宜又會讓鍊金術士吃不消。

對探索者來說，魔法藥就類似發生不測事態時的「人壽保險」。按說理想的做法，最好就是控制在初出茅廬的探索者也能買得起的價格了。

但也不能因為這樣，就把鍊金術士和藥師們生活無以為繼的狀態正當化。

為尋找能滿足雙方的那塊拼圖，我在腦中整理著情報。

——材料高漲。素材採集場所太少。

換句話說，只要有便宜且大量的材料就行了嗎？

倘若前往迷宮上層的深處自然有大量素材，但這樣一來就會虧本了。

懷著一絲的希望，我試著搜尋從前活躍於賽利維拉迷宮裡的精靈賢者托拉札尤亞先生的資料。

「——貝利亞魔法藥。」

茂盛生長在迷宮都市之外被稱為貝利亞的多肉植物，似乎可以製作出體力回復的魔法藥。

「哼，那是騙徒的老把戲了。」

聽到我的喃喃低語，杜卡利准男爵不悅地用鼻子哼道。

「騙徒嗎？」

「沒錯。要是有人到你那裡推銷的話，就立刻把他扭送給衛兵吧。那傢伙是毋庸置疑的騙徒。」

杜卡利准男爵加強語氣道。

「他們將精靈賢者從前透過貝利亞製作出魔法藥的傳說描述得活靈活現，然後再高價推銷所謂失傳的冒牌製作法。」

剛來迷宮都市不久的貴族或商人可是經常受騙啊——杜卡利准男爵這麼告訴我。

「失傳……嗎？」

「在大約兩百年前為止，還可利用賢者的徒弟所留下的鍊成裝置來製作，但自從它壞掉之後，貝利亞魔法藥就成為了幻影。」

我確認資料當中的製作法。

這樣一來沒有精靈的鍊成板就無法製作了。

為了普及至整個迷宮都市，看來有必要把製作法修正為人族的鍊成板專用了。

關於這點之後再來研究，目前還是先回到鬼噬藥的素材籌措問題上吧。

「關於剛才的籌措素材一事，我會親自拜託公會長，請她以公會發布委託的名義貼出委託單，您覺得如何呢？」

「這樣一來，那夥人也會接下了嗎……」

那夥人……

真希望他能對探索者更有敬意一些。

「不夠的素材，就如同這張紙上所記載的。」

確認紙上記載的分量和種類後，我又追加了他所出示的委託金額。

仲介素材的收集對我來說純粹是當作在多管閒事，但竟然也獲得了稀有的魔法書作為仲介的報酬。

這是一本將終生奉獻給迷宮的土魔法使所留下的書籍，記載了關於魔巨人的考察資料。

大概是和我一開始拿到的卷軸一塊準備好的吧。

「對了，潘德拉剛勳爵。你知道一種叫『魔誘香』的魔法藥嗎？」

「不，我並不知道。」

魔法藥的製作法裡面也沒有記載。

「那是一種可以將鄰近魔物吸引而來的禁忌魔法藥。」

杜卡利准男爵告知我魔誘香的效果後，繼續回歸了正題。

「似乎有人將魅油涎帶去非法鍊金術士那裡，請對方製作出魔誘香的樣子。」

他表示並不清楚究竟是何人委託製作的。

我順手搜尋了一下魔誘香，但並未有所發現。由於道具箱內部的物品不會出現在地圖搜尋裡，所以我也很難斷定它不存在。

「那真是駭人聽聞呢。我進入迷宮的時候也會小心的。」

既然辦完要事，我便挑在話題中斷的時間點選擇了告辭。

「那麼就拜託你了。」

「是的，請包在我身上。」

將我送至玄關處的杜卡利准男爵這麼叮嚀道。

看來他比我想像中要更疼愛兒子。

梅莉安小姐頂著彷彿想說些什麼的表情隔著窗戶望來，但要是胡亂豎旗的話也很傷腦筋，我於是就視而不見了。

還是尋找一下類似探索者學校的地方介紹給她，讓她可以和太守三男蓋利茲一起就讀比較好呢。

貝利亞魔法藥

「我是佐藤。中介軟體的出現，讓遊戲的多機種化也變得理所當然起來，但在這之前的家用遊戲機要把遊戲精簡至掌上遊戲機的過程實在非常辛苦。」

「庫羅大人！」

「蕾莉莉爾，抱歉這麼晚打擾妳。」

我首先返回屋子，變身為假身分之一的庫羅，接著再利用空間魔法「歸還轉移」來到了「蔦之館」。

這是為了進行研究，看能否將剛才在杜卡利准男爵處獲悉的貝利亞魔法藥製作法變更為也可利用人族專用鍊成板來製作。

見到容貌年幼的家庭妖精蕾莉莉爾出來迎接，我便告知對方自己將要使用地下的研究設施。

「那麼我立刻去準備！」

蕾莉莉爾用充滿活力的聲音回答後跑了出去。

實在是很有精神。

蕾莉莉爾離開後，一名少女隨即現身。

「庫羅大人！您回來了嗎！」

在華麗的美貌上浮現出明顯喜色的，是金髮貴族少女艾爾泰莉娜小姐。

從迷賊手中救出對方後，我便將她保護在這個「蔦之館」裡。

由於是貴族籍，僅僅傳出遭到迷賊玷污的傳聞就會蒙上不光彩的名聲，所以我如今正在尋找適當的時機將她和貴族籍的同伴們從這裡釋放出去。

——對了。

「我有事情問妳。」

站著說話也很不妥，我於是讓她先坐進辦公室裡的接待桌椅組，然後試著針對她這位相當於凱爾登侯爵孫女的人物詢問昨天在貴族家聽到的傳聞。

「庫羅大人！祖父大人他是不可能謀反的！」

「有什麼根據嗎？」

「祖父大人一直都很崇拜繼承自王祖大和大人的王家血統。」

已經超越了忠誠，變成崇拜了嗎……

真是個不太想跟他保持良好關係的類型呢。

「有可能是妳被當作人質，所以才按照壞人的話去做嗎？」

「……這不可能。」

金髮貴族少女有氣無力地說道。

「倘若是祖父大人，相較於直系的孫女或嫡子，一定會優先選擇王家的。」

「真是剛烈啊。」

「這就是凱爾登一族。」

即使身為旁系，她似乎也對此感到了自豪。

「但也因為這樣，我們一族獲得了王家的極大信賴，代代都被委任指揮國王軍。」

金髮貴族少女這麼斬釘截鐵道。

既然擁有識人眼光的她都如此肯定，看起來就並非單純在偏袒自家人了。

「既然擔心，要回王都嗎？」

「不……不用了。毫無力量的我一個人回去也派不上用場。」

金髮貴族少女搖搖頭。

不過，還是一副很擔心的樣子。

「我看乾脆——」

就在我準備叫對方去一趟之際，傳來了敲響房間門的聲音。

「——庫羅大人，我是蒂法麗莎。」

「進來。」

走進房間的是擁有知性貌美的蒂法麗莎。

配合她的步伐，齊肩的銀髮也隨之晃動著。

室內燈的亮光彷彿在撫摸著那鬆散狂野捲髮一般流動著。

儘管還比不上露露，即使如此仍是引人注目的美少女。

「這是攤車的收支和家庭代工的帳簿。」

蒂法麗莎將我從迷賊手中救出的人們所居住的平民區長屋帳簿遞來。

或許是剛從連結平民區長屋與「蔦之館」附近之間的祕密地道過來的緣故，頭髮還沾有泥土。

地道是我先利用「陷阱」魔法製作，然後僅以「土壁」和「泥土硬化」補強而成，所以難免會沾上污泥吧。

剛獲得的「石製結構物」既然是有用的魔法，以後就用石頭再來補強好了。

拍打著蒂法麗莎的頭髮上所附著的塵土，我心中一邊這麼盤算。

「庫……庫羅大人——」

或許是不喜歡被人突然觸摸頭髮，蒂法麗莎紅著臉扭動身子。

「抱歉。」

僅說了這麼一句，我便從容地瀏覽起帳簿。

「嗯，是虧損啊。」

攤車的利潤相當不錯，但由於要養的人太多所以整體就陷入了虧損。

就連率領探索者部隊的大姊頭她們，除了獵蛙的部隊以外都沒什麼賺頭。

「是的，所以，大姊頭她們提出了遠征螳螂廣場的建議。」

「阻止她們。會有人犧牲的。」

先不論她們的裝備如何，由於等級不太高，對上兵螳螂或戰螳螂應該會很吃力。

「可是，願意僱用女性的臨時工作很少，家庭代工的工資也都很低……」

倘若沒有什麼可能暢銷的商品或許就很難撐下去了呢。

「庫羅大人，不妨試著在王都販賣迷宮都市製作的魔法道具，然後在迷宮都市裡同樣銷售王都製造的那些探索者所喜歡的裝飾品，您覺得如何呢？」

金髮貴族少女這麼提議道。

「交易嗎？難道妳們有人曾經當過商人？」

「是的，和妮爾在一起負責攤車的三人都有經驗。」

似乎是兩名父母從事過旅行商人的少女和一名實際當過旅行商人的女性。

既然並非都是新手，應該就沒有問題了。

「知道了。就任命妳和當過旅行商人的女性負責調查吧。」

「我明白了！」

金髮貴族少女順便還可以探望祖父的狀況，真是一舉兩得呢。

「把房子裡的其他貴族少女也帶去吧。市場調查的人數應該愈多愈好。」

聽了我打算讓其他孩子也返鄉一趟的這句話，金髮貴族少女的表情頓時僵住。

莫非是當成了把她們趕出去的藉口嗎？

「調查期間為一個月。別忘了把往返的時間算進去。」

我這麼說完後，金髮貴族少女露出了安心的笑容。

看來她完全理解回程的意義何在了。

「如果有能力，順便在王都找個可作為據點的房子吧。」

主要是為了設置我的「歸還轉移」刻印板。

「庫羅大人，在王都銷售魔法道具的話，聽說還需要商業權。」

「這點是我疏忽了。的確有其必要。」

蒂法麗莎的發言獲得了金髮貴族少女的贊同。

「那麼在展開交易之前，就必須先獲得商業權才行了。」

以勇者無名的名義拜託國王的話起碼能夠獲得商業權才對，但直接找上國王談判壓力似乎會很大。

「真是非常對不起。」

「無妨。前往交涉商業權的是我主。」

去找國王的時候，順便也推銷一下量產簡單的第一世代型鑄造魔劍好了。

之前在公都的地下拍賣會賣出，西門子爵拿來向艾魯達爾將軍炫耀的魔劍曉便是其同種類。

前陣子的魔族魯達曼騷動之後我曾向艾魯達爾將軍打聽過，發現王國軍當中擁有昂貴的祕銀劍或祕銀合金材質劍的人很少，而魔劍持有者似乎就更為稀有了。

我無意當個死亡商人，不過卻打算販賣魔劍讓眾人保護國家不受魔族侵害。

所以，拿來販賣的僅有鑄造魔劍，大型魔力砲或魔砲這些可用於戰爭的打撈兵器仍像往常一樣封藏起來。

用於飛空艇專用空力機關的怪魚和大怪魚的魚鰭還剩下許多，所以就和飛空艇或空力機關放在一起推銷好了。

畢竟等到飛空艇不再是稀奇事物的時候，佐藤也能愉快地展開空中之旅了呢。

即使無法辦到這一點，光是促進稀有食材的流通就很足夠了。

這方面的事情等到金髮貴族少女調查結束後再說吧。

「至於迷宮都市的商品調查就交給波麗娜和斯密娜負責。剛才也說過，調查期間為一個月。兩天後會透過我的轉移將妳們送至分歧都市。做好萬全準備吧。」

這麼告知兩人後，我便前往了地下研究所。

◆

「先從基本的開始好了。」

我恢復成佐藤的模樣穿上白袍，在享受開發的氣氛同時，一邊參考著托拉札尤亞先生的製作法嘗試從貝利亞製作出魔法藥。

「嗯，當然會成功了——」

最高品質也只是相當於普通下級體力回復藥的高品質程度，與同等品相比時效果大概低了一兩成吧。

話雖如此，這種程度的差異應該就沒問題了。

畢竟問題在於素材的供給量和價格。

遍布於迷宮都市西方類似巨大貝利亞形狀的魔霸王樹倘若能拿來使用，似乎就可無限生產出魔法藥，不過在托拉札尤亞先生的製作法當中並未記載。

等到有空時來調查看看吧。

「佐藤大人，區區人族的鍊成板要拿來做什麼？」

見到我拿出來的鍊成板，蕾莉莉爾頂著令人懷念的口吻這麼問道。

「我要變更這邊的鍊成板所能使用的製作法，讓人族也可以製作。」

「要變更製作法嗎!?」

蕾莉莉爾驚訝的表情就彷彿眼珠子要飛出來似的。

我對她一笑置之，在腦中組合著變更順序。

——早知道就不幹了。

其麻煩的程度令我不禁感到了後悔。

畢竟是將高性能器材也難以辦到的鍊成工序，試圖以機能省略的器材重現出來，所以說是理所當然也沒有錯，但會如此費事完全就在我的意料之外。

模擬大致結束之後，我便實際展開鍊成板上的作業。

時而成分分解，又時而噴出毒煙，最後甚至還散發出臭氣，使得我和蕾莉莉爾都受了罪。

我倒是不要緊，但還是使用了久違的「萬能解毒藥」。

展開上述的艱苦奮鬥之後過去兩個小時。

終於達到了完成階段。

>獲得稱號「移植者」。

>獲得稱號「改編者」。

>獲得稱號「道路開拓者」。

總之已經完成，為了測試除我以外的人能否進行鍊成或調配，我於是變裝為庫羅的模樣叫來了鍊金術少女和藥師少女們。

「——原來真的可以從貝利亞製作出魔法藥！」

在蔦之館受保護的鍊金術少女發出驚呼聲。

「「「不愧是庫羅大人！」」」

藥師少女們和蕾莉莉爾齊聲稱讚道。

「在事前準備的調配階段，很類似貝利亞軟膏呢。」

這樣一來我們也能辦到了——藥師少女們做出了保證。

順帶一提，所謂的貝利亞軟膏是一種止血消毒用的軟膏，似乎是從貧窮探索者到資深探索者都愛用的產品。

之前參加的新人探索者講習會上並未提及，所以我還是第一次聽到。

「至於鍊成，以我目前的程度有些困難。」

鍊金術少女嘗試了幾次後這麼叫苦道。

如她所言幾乎都是失敗，就算成功也是最低品質。

「庫羅大人——」

原以為會就此放棄，但她的回答卻不一樣。

「——請給我時間！一個月……不，我會用半個月做到的。」

「知道了。貝利亞的量很多，妳就盡情地努力修練吧。」

我將鍊成所需的朱三以上魔核及裝有灌水式魔力回復藥的「魔法背包」交給她。

「妳們也製作一下斯密娜她們所要消耗的貝利亞軟膏吧。」

「「「是的，庫羅大人！」」」

看她們似乎都很閒的樣子，就讓她們努力幹活好了。

另外，她們的本名很可能以魔人藥製作者的身分流傳了出去，所以我已經讓蒂法麗莎附加了新的名字。

由於將來還要恢復本名，因此我就按照ABC的順序命名為安、貝絲、克莉絲、黛比、艾蜜莉。

「對了——妳們知道魔誘香這種藥品嗎？」

聽到我隨口這麼詢問，少女們僵直了身子。

「知……知道。」

「不方便說的話就算了。」

「不……不是的，庫羅大人！這是我們所犯下的罪過。」

據鍊金術少女所言，那似乎是迷賊們引發連鎖暴走時所使用的物品。

其製作法在迷宮都市的地下社會裡廣為流傳，據說是教導迷賊如何栽種魔人藥的黃衣——黃皮魔族的同黨所帶來之物。

真是的，迷賊和魔族盡做這種壞事。

「妳們只是被迫製造而已。我不會叫妳們別放在心上，但也不用為此煩惱。一切的罪過都在迷賊們身上。」

我安慰著痛苦地忍住淚水的少女們，待她們冷靜下來後便離開了「蔦之館」。

另外，修訂版「貝利亞魔法藥」的製作法似乎會給迷宮都市帶來相當當的震撼，所以我預計找個適當的時機再將其公開。

為了公開的那一刻，我已經先請蒂法麗莎幫忙命名了「托沙拉尤亞」這個聽起來像是源自於托拉札尤亞的假名字。

◆

「今天的服務活動是清掃水渠哦！」

「「「是。」」」

面對亞里沙的吆喝聲，孩子們一手拿著打掃用具很有精神地呼喊。

由於獲得了清掃水渠的許可，我們立刻就嘗試進行了水渠的打掃。

光是前來參加賑濟活動的孩子和老人們也太過危險，所以我僱用了平民區長屋的少女們作為援軍。

今天早上透過攤車的妮爾徵詢了意願，結果獲得了超乎預期的人數。

明明是一人一枚銅幣的低薪，大家卻都充滿了幹勁。

「少爺，這真是很奇怪的器具啦。」

見到為了收集垃圾而趕製出來的長柄取物夾，紅髮的妮爾看似很好奇地拿來喀擦喀擦夾取東西。

「妮爾小姐，攤車那邊不要緊嗎？」

「叫妮爾就行啦。攤車有其他孩子在看著所以沒問題啦！本人會使用生活魔法，所以就過來這裡啦！」

記得妮爾原本的第一人稱好像是「我」，但還是別計較這種小事了。

「真是方便啊。」

「我也想要喀擦喀擦。」

「不行，輪流！」

或許是取物夾很罕見的緣故，從老人到孩子都開心地拿來收集水渠的垃圾。

由於比想像中還要實用，明天之前再來追加製作取物夾好了。

「少爺，這種道具一定是外國的吧？請問？」

「是這樣嗎？」

「嗯，因為我從來就沒有見過。」

平民區長屋的少女操著不熟練的敬語和我交談道。

「拉動這個繩子之後，前端就會縮緊啦！非常精巧啦！」

「請問～少爺。我們可以製作和這個『取物夾』一樣的東西拿來賣嗎？」

與單純感到佩服的妮爾形成明顯對比，另一名少女表情鄭重地這麼詢問。

「沒關係哦。只要有類似這個器具的中空木頭就能輕鬆製作了哦。」

目前所使用的取物夾，桿子部分是利用樹靈珠製作成輕薄堅固的特殊產品，所以必須找到代替素材才行。

「有木材店在販賣較細的竹子，我想沒有問題！」

平民區長屋增加了新的商品是件好事。

畢竟在嘗試錯誤的過程中，她們的等級也會隨之提升，說不定還會附加勞作系的技能呢。

穿插著這麼一幕的同時，清掃水渠的作業進行得很順利。

「垃圾量真是驚人呢。」

「這些要怎麼辦？燒掉嗎？」

「都市外似乎有垃圾場，所以好像要丟在那裡哦。」

昨天獲得許可時，我已經問過了官員。

我們於是動用人海戰術將垃圾運到了都市外。

「很大的坑洞呢。」

一個直徑十公尺、深將近三公尺的坑洞，就開在距離南門五十公尺左右的場所。

「這種垃圾場是太守僱用的土魔法使們每年一次製作出來的。」

「哦——原來是這樣。」

協助搬運垃圾的老人為我講述了這樣的小常識。

「沒有人過來撿垃圾嗎？」

「因為底下有史萊姆啊。」

正如老人所言，近乎垂直的坑洞底部存在灰色蠕動的黏液。

好像是因為必須放入史萊姆以便處理掉廚餘及廢料，否則垃圾很快就會滿出來。

我還以為廚餘全都是傾倒在水渠裡的，看來並沒有這回事。

丟完垃圾後，我們來到遠離垃圾坑的場所進入了獎勵時間。

「這個『肝油糖球』實在太美味啦！」

就和參加服務活動的孩子們一樣，我也一並向平民區長屋的少女們提供了獎勵用的點心。

「比起美味的東西，無論什麼都好，我現在很想用長靴填飽肚子哦。」

「要是肚子餓了，還有餅乾哦。」

其中一名空腹少女冒出了名作動畫裡曾聽到過的台詞，我便給了她餅乾和肉乾。

「妮爾小姐，我預計從明天開始的一段期間裡都要清掃水渠，所以可以繼續僱用大家嗎？」

「這個不用擔心啦——倒是少爺不要緊嗎？」

妮爾含糊地問道。

大概是很在意三天總共就要花費一枚金幣的僱用費吧。

「費用方面完全沒問題哦。」

我換上笑容這麼回答憂心的妮爾。

一個月十枚金幣不算太大的負擔。每次打掃乾淨的範圍不大，但只要持續一個月的話，整潔的環境應該足以讓水質改善了。

像這種事情就得持之以恒才行呢。

◆

「本來以為已經沒有多少笨蛋會把加波瓜帶進迷宮裡了，這次換成魔誘香了嗎？真是的，笨蛋總是層出不窮啊。」

結束清掃水渠的作業後，我便前來告知公會長關於魔誘香和戰爭的傳聞。

戰爭的事她早已經知道，關於戰爭的影響也比我還要了解，反倒是主動勸告我不要被捲進可疑的發財機會當中。

另外，之所以禁止冒失的探索者將加波瓜帶進迷宮裡，好像是因為會助長達米哥布林的繁殖，但大部分的情況下當事人都會被爆發性繁殖的達米哥布林所淹沒而最終全滅。

「然後，你要說的就這個嗎？」

公會長看出了我一直在等待適當的時機提出素材收集的委託。

「其實我想發布鬼噬藥的素材收集委託，可以請您以公會委託的名義發布嗎？」

「太守的女兒——不，這是在幫杜卡利那傢伙仲介嗎……佐藤，你要慎選往來的對象啊。」

公會長似乎很討厭杜卡利准男爵。

「主要都是為了太守的千金哦。」

我藉助詐術技能這麼解釋道。

公會長嘆了一口氣後喃喃開口：「你真是個濫好人。」

「費用就由你們來出對吧？」

「當然。委託費就先交給您保管。」

我連同委託單一起將裝有委託費金幣的袋子交給公會長。

「我想順便再發布一項委託——」

「收購迷宮出產的卷軸？」

昨天從杜卡利准男爵那裡獲得了迷宮出產的卷軸，所以我想試著依樣畫葫蘆。

「不論魔法的種類，每一卷都是十枚金幣？」

見到我稍後拿出的私人委託單，公會長瞪大雙眼道。

以卷軸販賣的市場行情來看的確價格很高，但換成中級魔法得要五枚金幣以上，所以未必算是超出了限度。

況且僅僅十枚金幣就能增加咒語的陣容，簡直就是太過划算了。

話雖如此，由於魔法卷軸對於普通人來說是用完即丟的東西，所以看在對方眼裡大概是很荒唐的嗜好吧。

「不過使用過的卷軸就僅有一枚銀幣，而且不收購同樣的卷軸或市售品呢。」

「還是老樣子，你真是個怪胎呢。」

公會長實在沒有資格指責別人。

「下次什麼時候進迷宮？」

「明天。」

「嘖！那麼今天就不能找你喝酒了啊。等你從迷宮回來後立刻過來玩玩啊！」

面對一臉不甘的公會長，我面帶笑容地欣然同意「好的，一定會」然後便離開了她的辦公室。

「——拜託！請再給我們三天！」

「我們一定會支付利息的！」

一樓的接待櫃臺處傳來了女性們焦急迫切的聲音。

「話是這麼說，但這畢竟是我的工作。」

正在向公會職員懇求的是「美麗之翼」的兩人。

她們似乎為了讓對方寬限費用而在進行交涉中。

「不嫌棄的話，就讓我來代墊吧。」

既然不是陌生人，看起來也不像會賴帳的樣子，我就試著雞婆一下了。

「少……少爺！」

「怎麼可以給少爺您添麻煩——」

「一小月份的利息，兩人總共是兩枚銀幣。」

忽視了惶恐的兩人，公會職員報出金額。

這名公會職員是公會長酒宴上的常客，很清楚我總是帶著昂貴的酒和菜餚赴宴。

所以，應該是認定兩枚銀幣對我而言並不算什麼吧。

支付了兩枚銀幣後——

「謝……謝謝您，少爺。」

「少爺！太感謝了。」

——帶著哭腔道謝的兩人將我緊緊抱住，接下來更是嚎啕大哭，現場的氣氛變得令我很尷尬。

即使擁有無表情技能，探索者們和職員們的好奇的目光還是讓我吃不消。

由於不喜歡持續被關注，我便表示「可以傾聽妳們的牢騷」然後帶領著兩人前往附近的酒館。

「真的非常謝謝您，少爺。」

「多虧有少爺，我們不至於淪落為奴隸。簡直感激得要把捷娜的貞操送給您了。」

「為什麼是我啊？伊魯娜妳的不是也行嗎？」

「笨蛋——就算收下我的貞操也沒有人會高興吧？」

終於停止哭泣的兩人開始說起了俏皮話。

見到ＡＲ顯示後，我才回憶起可愛小姐是伊魯娜，而美女小姐則是捷娜。

「本日的推薦料理和麥酒上桌了～」

面對態度和藹的店員，我給了稍多的小費並事先點好接下來的料理。

「哇～是水煮岩石螯蝦！我還是第一次吃到！」

「這……這麼高級的食物沒有關係嗎？」

「是的，不用在意哦。」

用麥酒乾杯後，我們便開始享用巨大龍蝦般的水煮岩石螯蝦。

雖然有些土味，但實在很美味。這裡的廚師似乎手藝不錯。

「真好吃！太美味了。」

「跟盡是堅燒餅乾和肉乾的迷宮食品簡直不能相比。」

兩人彷彿感動得流淚一般大口吃著岩石螯蝦。

不過似乎不像小玉或莉薩那樣連殼都一起吃下去。

「少爺，麥酒不可以喝得那麼文雅哦！」

我只是拿又酸又難喝的麥酒沾濕了一下嘴唇來蒙混過關，但「美麗之翼」的美女小姐卻這麼糾正道。

「要像這樣子一口氣咕嚕喝下，享受通過喉嚨的快感！」

或許是對麥酒有獨特的見解，她熱烈地講述著麥酒的喝法。

「捷娜她賣弄的知識聽聽就算了哦，少爺。」

「什麼嘛——伊魯娜妳還不是對烤肉方式那麼囉唆！」

兩人和樂融融地鬥嘴，一邊享用著各種料理。

只不過，對於喝光了麥酒而看似傷心的兩人，我提出「要續多少杯都沒關係」的建議或許是錯誤的。

「少爺，請聽我說！『銀光』的那些人太過分了！」

喝醉了的美女小姐從右邊，至於目光迷濛的可愛小姐則是從左邊倚靠而來，向我道出了對於「銀光」的怨言。

我在日本當程式設計師時，本來就專門聽肥仔和前輩們倒心底的垃圾，比起那些人來，她們還可愛多了。

「難得的遠征，結果卻連一隻迷宮飛蝗都不讓我們獵殺，一直安排解體或丟垃圾之類的雜務。」

「真的把我們當成了搬運工呢。」

「雖然我們的確是以搬運工的名義加入的！可是當初明明說好會讓我們獵殺誤闖進來的小嘍囉！」

「有什麼辦法——對方既然聲稱要優先培育新人，我們還能說什麼呢——」

迷宮裡見到「銀光」和「美麗之翼」的光景浮現在我的腦中。

大概是遠征期間一直感到很不滿，言詞尖銳的兩人絲毫沒有停下來的跡象。

「真是的，這一切都是貝索那個笨蛋貪心不足，想要對女王蟻蜜球下手——」

「是啊，要是沒有那個笨蛋，我們也不會因為連鎖暴走的事而背上債務了——」

哦，抱怨的對象似乎從「銀光」轉變為貝索某某人了。

記得這個叫貝索的男人，前陣子在可辛先生的遠征隊中也做過類似的事而引發了連鎖暴走吧。

真是個學不乖的傢伙。

「以後一定會遭天譴的哦。」

「沒錯沒錯——！」

「貝索這傢伙，乾脆不小心被魔物吃掉算了！」

就這樣，我陪著她們繼續抱怨以及喝酒，不知不覺中兩人都醉倒睡著了。

周遭的探索者們投來「究竟要把哪個撿回家」的目光令人十分尷尬，於是我便用「遠話」聯絡亞里沙她們前來迎接。

「有罪。」

「真是的，把正妻叫來外遇現場未免也太大膽了哦！」

誰是正妻啊。

蜜雅和亞里沙見到醉倒的「美麗之翼」兩人後眼睛變成了三角形。

「莉薩、娜娜，妳們幫忙一下吧。」

「知道了。」

「是的，主人。」

由於不知要送回哪個住址，我便決定將喝醉的兩人載上馬車帶回房子裡。

畢竟還有空著的客房，就讓她們睡在那裡好了。

對於那些向我起鬨道「原來兩個都要」或是「少爺真是勇猛」的酒醉探索者們，我朝他們揮揮手之後坐進了馬車。

然後安撫氣呼呼的亞里沙和蜜雅，一邊用晚風吹醒微醺的感覺。

眺望沒有孩子們睡在路上的道路，我懷著些許的成就感返回了房子。

今晚似乎會睡得很香了。

實力不足

「我是佐藤。每個人都會失敗，然而，過於害怕失敗而只能做出無可非議的選擇實在太可惜了。畢竟失敗可是讓自己更加成長的肥料。」

「昨天似乎給您添麻煩了。」

「對不起。」

忍著宿醉造成的頭疼，「美麗之翼」的兩人為昨晚的事情向我道歉。

據她們反省道，儘管平時未曾在酒館裡喝得醉倒過，但由於昨天是我請客以及對「銀光」和貝索積累的怨言太深所以就沒能自制了。

我讓兩人服用了對宿醉有效的魔法藥，然後邀請她們享用早餐。

「是……是白麵包哦，伊魯娜。」

「捷娜，這是貴族大人的餐桌，所……所以別看到白麵包就被嚇到了。」

今天的早餐罕見地端出了麵包，但兩人都對於白麵包表現得異常感動。

「這種黃色的是蛋料理——這是什麼?真美味!」

「琥珀色的湯沒有配料——這是什麼?太好喝了!」

吃下起司歐姆蛋的伊魯娜以及喝了澄清湯的捷娜都「啪啪」地使勁拍打著彼此的肩膀大受感動。

嗯,我很明白,所以妳們先靜下來吃飯吧。

其他餐點似乎也都合她們的胃口,讚美之聲不絕於耳。

令我印象深刻的是,製作早餐的露露等人在難為情的同時也一臉自豪的表情。

就這樣,早餐後——

「少爺,我一定會償還您所代墊的錢。」

「我也保證絕對不會賴帳的。」

「好的,我拭目以待。不過,請不要太過勉強而受傷了哦。」

我對前往迷宮的兩人這麼叮嚀道。

「妳很替那些孩子著想嘛。難道是喜歡的類型?」

「唔,也不算喜歡的類型,只是看到努力的孩子就想要聲援一下。」

我向這麼針鋒相對的亞里沙說出了真心話。

「那就好。」

面對臉上彷彿寫著「就當作被你騙一次」的亞里沙，我抓亂了她的頭髮。

「等……等一下——！要是假髮掉了該怎麼辦啊！」

「這個樣子是掉不下來的哦。」

我們彼此歡笑著，一邊往迷宮門走去。

「奇怪？那不是雜魚林嗎？挺龐大的集團，難道目標是『樓層之主』嗎？」

亞里沙所指的方向盡頭聚集了一支七十人左右的大規模隊伍，其旁邊堆積了大量的物資。

似乎是由赤鐵探索者「業火之牙」薩里貢所率領的。

我豎起耳朵，利用順風耳技能捕捉他們的對話。

「似乎是在這之前的『區域之主』戰哦。」

而且好像已經失敗過一次，現在是第二度挑戰。

「哦——原來需要那麼大的陣仗呢。」

「而且，行李的量也很驚人。」

亞里沙和露露佩服地這麼喃喃道。

「主人，請看那裡——」

莉薩所指的地方，站著我們上次救助可辛先生的前一刻遇到名叫貝索的男人。

既然站在薩里貢一行人的行李旁邊，貝索大概也要參加「區域之主」討伐隊吧。

「會不會又引發連鎖暴走呢？」

亞里沙好像也還記得貝索。

「不用擔心。這件事已經在探索者之間傳開，薩里貢先生應該知道才對。」

這麼告知的，是一手拿著章魚燒小船的魯拉姆。

難道他想要當個情報販子嗎？

「您很清楚呢。」

「嗯，做市場調查的時候自然而然就會聽到了。」

原來如此，似乎是購買零食的嗜好立了大功。

「這是情報的謝禮。」

「哦，真是用心。」

我將裝有自製星星糖的小袋子交給魯拉姆。

薩里貢他們好像還未準備動身進迷宮，於是我們便決定告別滿臉欣喜的魯拉姆，搶在薩里貢一行人堵住通道之前先進入迷宮。

「哦──那就是迷宮村？」

「似乎是這樣呢。」

我們造訪了據說是探索者們用來作為遠征中繼地的迷宮村。

來到這裡並非是因為有什麼要緊的事，純粹為了滿足好奇心而已。

「空中～？」

「用吊橋連著喲。」

正如小玉和波奇所言，迷宮村看起來是個重新利用蜂系魔物的巨大蜂巢遺跡製作而成的場所，整體透過天花板與地板之間延伸的細長石柱來支撐著，並藉由幾座吊橋與大廣場外緣相連接。

從可供馬車通過的粗大吊橋到僅能讓一人勉強通行的細小吊橋，各式各樣都有。

「上方也有燈光。」

「那一帶似乎是蝙蝠人他們的住處呢。」

露露指著看似破裂蜂巢般的村子上半部，我於是告訴她地圖得來的情報。

夜視能力佳的蝙蝠人族士兵，似乎正在吊橋的上空巡邏著。

「是那些人建造的村子嗎？」

「似乎不是哦。根據聽來的消息──」

我向亞里沙等人講述了從平民區長屋的波麗娜和斯密娜大姊頭那裡聽來的內容。

據說是在加爾塔夫王發動亞人戰爭的期間，由躲避地上迫害的土岩人和泥人這些妖精族以及名為蜂使的魔物使人族所建設而成的村子。

「漆黑。」

「看不見底部——這麼報告道。」

蜜雅和娜娜指著圍繞著迷宮村彷彿空壕一般的深淵。

根據地圖情報顯示，那是深三十公尺，寬五十公尺左右的甜甜圈形狀空間。

從這裡無法看見，但泥人們似乎在昏暗在底部進行著某種作業。

「沒有魔物呢。」

正如莉薩所言，這個廣場裡並無魔物。

由於是座落在類似我們的迷宮別墅那樣不會產生湧穴的場所，所以想必是封鎖了一切魔物會經過的通道以建立起安全地帶。

「不過，距離迷宮的入口相當近呢。」

「那是因為走了捷徑哦。」

我們是越過斷崖絕壁，穿越那些擁有特殊技能的魔物和群體系魔物的巢穴，最後還利用了魔物專用的湧穴過來的。

這樣子大約用了三個小時。若換成其他的探索者們，赤鐵級的探索者利用危險的路線要半天時間，至於選擇安全路線來運輸物資的人們就要花上三天了。

「收起武器，出示探索者證！」

站在吊橋邊緣的男人們舉槍這麼喊道。

他們的鱗鎧底下穿著地上未曾見過的服飾，那繩帶垂落的穗飾很有特色。

至於出奇白皙的皮膚，大概是因為長期居住在地下的緣故吧？

「這樣行了嗎？」

「很陌生的面孔呢……赤鐵？一個貴族小伙子？」

「大概是用錢買來的吧。」

確認了赤鐵探索證的男人們將其丟還給我。

從頭到腳打量著我們的其中一人則是擁有名為「判罪之瞳」的烏里恩神天賦。

「可以過去了。只不過別在裡面鬧事啊。」

「村長在這裡就是法律。就算是貴族大人也會被直接處決，要留意啊。」

真是挺聳動的村子。

我回了一句「感謝忠告」卻不知為何收到了奇怪的表情。

「怪怪的味道～？」

小玉在過橋的途中捏著鼻子這麼喃喃道。

「真的呢，是什麼氣味呢？」

「很像驅魔物粉的味道喲。」

波奇一臉得意地回答了我的問題。

「妳們很清楚呢。了不起～」

「嘿嘿～」「是喲。」

面對告知氣味來源的波奇和最初察覺的小玉，我撫摸了她們的腦袋。

不久走完整座橋，我們抵達了迷宮村的門。

通行門的小窗開啟，一名男人探出臉來。

這個男人也和橋對岸的男人們一樣穿著附有穗飾的服裝。大概是這裡的民族服飾之類的吧。

「要進迷宮村就拿過路費出來。」

聽到小混混般的這句話，莉薩投以凌厲的目光。

根據ＡＲ顯示，這似乎是迷宮村的徵稅官。

我讓莉薩退下後與對方面對面：

「多少錢？」

「貴族大人一枚銀幣，探索者一枚銅幣，從外面帶食物進來的交現貨就行了。」

貴族罕見地遭到了歧視。

「酒也可以嗎？」

「噢，非常歡迎。麥酒是一桶，紅酒的話一瓶就好。」

我將萬納背包裡取出的廉價葡萄酒交給對方。

雖然想不起來是什麼時候買的，但既然未開封應該沒有問題。

「哦哦！這不是『列瑟烏的血潮』嗎！」

徵稅官發出了歡呼聲。

「要是你們手裡還有，就拿去柱前的水鋪賣掉吧。因為缺貨的關係，一定會高價收購的哦。」

向好心的徵稅官道謝後，我們便鑽入了迷宮村的門。

「魔物～？」

「是肉先生喲。」

見到位於門另一端的廄舍，小玉和波奇都雙眼發亮。

那似乎是在迷宮之外無法經營，名為從魔屋的店鋪。

「那個是從魔，所以不行哦。」

儘管大多是戰鬥用的從魔，但也有用來裝卸貨物的卡丁車般大小蟲型魔物或腳底擁有像壁虎般吸盤的四足獸。

前者是魔物訓練師寄放的從魔，後者則好像是販賣用的從魔。

根據市場行情技能顯示，戰鬥用的魔物為十枚金幣，裝卸貨物用的也要三枚金幣以上的價格。

「這位少爺！來點迷宮村名產的魔物肉串燒如何？」

「這邊的謎燉煮也很好吃哦！」

「哥布林酒一杯只要兩枚劣幣！」

位於廄舍附近的露天攤販，大鬍子的男人們很有活力地吆喝道。

老闆聲稱為謎燉煮的料理以及哥布林酒讓我不想嘗試，但串燒看起來挺美味所以就買給同伴們了。

吃著串燒，我們排成一排走在迷宮村的小路裡。

這裡許多人在角色狀態的賞罰欄裡記載有犯罪經歷但表面上卻看不出來，所以我時刻留意著隊列的順序。

當然，這個迷宮村裡似乎並沒有人能夠傷得了現在的同伴們，因此這比較像是在避免糾紛。

事實上還走不到十公尺，我們就已經目睹了兩件打架和持刀傷人事件。

「擋路～？」

「坐在道路的中間喲。」

小玉和波奇見到坐在旁道的狹窄通道上擋住去路的男人後不解地傾頭。

男人察覺我們的目光後冷淡告知「只有村民才能通過這裡」，然後做出驅趕貓狗般的動作。

根據地圖情報，這條路似乎是通往村裡居民所居住的地下街。

男人會有所戒備也是在所難免的。我向男人和藹地揮手後便離去了。

「有各式各樣的店家呢。」

「嗯嗯，是啊。」

對於從小巷裡揮手的性感妓院大姊姊，我也朝著她們揮手。

下流雜亂的氣氛和粗暴感更在迷宮都市之上。

「姆。」

「禁止東張西望！」

原本心想在妓院收集情報比較方便，但還是放棄說出口了。

「啊哈哈，抱歉抱歉。」

我在道歉的同時一邊參觀著沿途的店家。

幾乎都是露天攤販，開設店鋪的人很少。販賣食物以外商品的露天攤販中，似乎有許多是在販賣武器防具或磨刀的店家。

雜貨店裡的銷售主力是閃光彈、煙幕彈，還有驅魔物粉之類的消耗品。雖然有也藥店，但販售的魔法藥很少，大多是繃帶或貝利亞軟膏等急救用品。而令我意外的大概就是有很多販賣衣服和內衣等日常雜貨的露天攤販了。

當然，每家店的物價都很高，價格為迷宮都市的二到五倍。

「魔巨人～？」

「好像是從魔的一種。」

不同於精靈們製作的魔法裝置性質魔巨人，似乎是土魔法使利用魔法當場製作的魔巨人。

由於AR顯示裡的製作者名和帶著魔巨人之人的名字不同，便判斷為從魔的一種了。

「很多人都髒兮兮的呢。」

「大概是因為迷宮裡沒有洗澡或淋浴的地方吧。」

我試著搜尋迷宮村，發現飲水處好像僅在支撐村子上下的柱子旁而已。

圍繞著村子外的深淵底部有好幾處沼澤，生活用水似乎是從那裡汲取上來的。

「妳們幾個，跟老子有什麼過節嗎！」

柱子的方向傳來了令我感到熟悉的聲音。

在位於人群另一端的酒館裡，多森先生正和一名性感的暴露美女爭執中。

兩人好像都喝了酒的樣子。

「是多森大人和『梟之鬚』的瑪希露娜。」

「又是那群傢伙嗎。」

與憤怒的多森先生形成明顯對比，暴露美女瑪希露娜小姐卻是很愉快的表情。

瑪希露娜小姐所帶領的「梟之鬚」似乎都是女性探索者。

「沒有什麼過節哦。只不過是我們盯上的獵物湊巧跟你們重疊罷了。」

瑪希露娜小姐頂著假惺惺的口吻這麼挑釁多森先生。

「每兩次就有一次的湊巧嗎！」

既然機率為百分之五十，是很有可能出現巧合的。

「我說，多森。你好像以為是我們搶了你們的委託，不過我們的委託一樣也多次被你們搶走了哦。」

該怎麼說？瑪希露娜小姐跟多森先生交談時好像很樂在其中的樣子。

「瑪希露娜！補給完畢了哦。在從魔屋也成功確保了紅蠑螈。」

「很好！幹得不錯。再見了，多森。黃金艷金龜我們要定了！」

「嘖！果然是盯上了黃金艷金龜嗎……」

瑪希露娜小姐跟著前來呼喚的女性探索者一起離去。

「別冒冒失失的，結果被遊蕩的真硬角甲蟲吃掉啊。」

「誰會犯那種低級錯誤啊！不過，謝謝了，多森！有機會再來床上戰一場吧。」

對於多森的發言，瑪希露娜小姐僅將臉轉過來這麼得意笑道。

「原來多森大人也鬥不過前妻嗎。」

「少囉唆！」

多森先生給了吐槽的同伴一拳使其安靜下來。

原來如此，這兩人原本是夫妻。

「——嗯？這不是潘德拉剛少爺嗎！」

多森先生發現我之後大動作揮手呼喚著我們。

自從在西公會前聯手打倒魔族化的迷賊王魯達曼以來，這還是第一次遇到他。

「既然出現在這裡，莫非目標是甲蟲嗎？」

「不，我對迷宮村很感興趣，所以只是過來看一下。」

多森先生笑道：「你真是個好奇的傢伙。」

喝著一杯要價一枚銅幣的清水，我聽多森先生講述了迷宮村的事情。

似乎有強者以這個迷宮村為據點，整個月都在不斷獵殺甲蟲。

另外，據說迷宮村裡還隱居著死靈術士，幫人解咒或販賣作為從魔之用的骨兵。

至於村長家裡則是好像還設有札伊庫恩神殿和卡里恩神殿的辦事處。

「多森！終於逮到熟悉甲蟲區深處的帶路人了。」

「知道了，我立刻就去！」

多森先生的同伴帶著一名守寶妖精年輕人過來呼喚多森先生。

「對了，少爺。迷賊全滅的傳聞有可能是假的，要小心啊。」

臨走之際，多森先生給了這樣的忠告。

原以為又冒出了新的迷賊所以試著對鄰近區域進行地圖搜尋，但目前迷宮內似乎沒有迷賊存在。

「公會長和勇者隨從大人不是都掃蕩乾淨了嗎？」

「可能又冒出來了吧？」

按照多森先生的說法，其證據就是他們好幾天前在與第一區的交界處附近遭到了異常數量的魔物群襲擊。

據說魔物聚集的方式跟普通的連鎖暴走不同。

「莫非──」

「你知道些什麼嗎？」

我事先聲明自己沒有確切證據，然後透露了有人請非法鍊金術士調配了魔誘香的傳聞。

「嘖！動歪腦筋的笨蛋總是層出不窮啊。」

多森先生拋出了跟公會長一樣的感想。

為保險起見我用地圖搜尋了接鄰區域，但並沒有發現魔誘香。

「我會叫村子的門衛和嘮叨的那些人幫忙散播魔誘香的傳言。少爺你也要小心。要是發現有連鎖暴走的預兆就別以為是錯覺，必須趕快逃啊。」

這麼說完後，多森先生便離開了酒館。

「那麼，我們也繼續參觀吧。」

我們接下來參觀了位於迷宮村中央的巨大柱子，以及彷彿圍繞著該柱子般建造的村長家。

「骨頭～？」

「很大喲。」

仰望著將巨大的魔物骨頭裝飾在屋簷上顯得品味低級的村長家，小玉和波奇發出了讚嘆聲。

看樣子，這對於兩人來說似乎相當帥氣。

「對了對了，那個是在配給東西嗎？」

「好像在發放飲用水呢。」

位於村長家庭院的泉水處，一群看似村民的人們出示木牌之後正在讓人將水舀進罐子裡。

「主人，發現了水舖——這麼告知道。」

娜娜指著村長家旁邊的吊鐘形店鋪。

店鋪裡面密密麻麻地擺放有大號的木桶和瓶子。

我並未刻意尋找，但既然都來了就瞧一瞧吧。

「貴族大人，要補充一下水嗎？」

「不，水已經很夠了哦。是徵稅官先生拜託我，有多餘的葡萄酒就賣給水舖。」

「賣給我嗎？先聲明，普通的葡萄酒可不要哦？我要的是列瑟烏伯爵領的紅酒，而且還是『列瑟烏的血潮』。」

我所持有的列瑟烏伯爵領的紅酒僅有這個牌子，於是便點頭同意，從萬納背包裡取出五個酒瓶交給老闆。

「啊啊，是真正的『列瑟烏的血潮』！這樣一來無論『藍人』什麼時候過來都可放心了。」

「──『藍人』？」

老闆口中的「藍人」我有印象。

釋放從迷賊手中救出的人們時，我曾利用其作為掩飾用的封面故事，據說他們是一群只要在魔物領域深處迷路就會遇見的奇異之人。

「他們常來嗎？」

「怎麼可能，一年才來幾次而已哦。」

次數這麼少嗎……

本來很想見上一面，不過看來要運氣很好才行了。

畢竟透過地圖搜尋也找不到呢。

「對了對了，那些人是過來賣什麼東西的？」

「嗯？就是一些罕見的作物和稀有的魔物素材。」

老闆爽朗地回答亞里沙的問題。

很遺憾，我們未能問出是什麼樣的作物。

魔物素材則好像每次都不一樣。

我們向老闆道謝後便告辭，逛了整個迷宮村一圈，然後透過和進來時不同的其他出口來到外面。

離開了迷宮村，我們便在無人目睹的地方利用「歸還轉移」前往今天的獵場。

在大房間裡四下張望後，圓滾滾的魔物立刻就映入眼簾。

今天的獵場是齧齒類區。

「毛茸茸～？」

「滿滿的肉喲。」

「這個很有獵殺的價值呢。」

有迷宮兔、獵頭兔、毒針鼠以及火焰鼠，可惜的是好像沒有電氣鼠。

不光是魔物，也有許多跟火有關的植物，甚至零星可見火草、火焰花和硫磺果實等可以用於鍊金術素材的貴重之物。

位於區域角落的冰雪兔小房間裡，還生長著對於燒傷有奇效的冰結花和雪草。

等這個房間掃蕩完畢後，大家再來一起採集吧。

「主人，希望挑戰『區域之主』的眷屬——這麼告知道。」

其他孩子們對於娜娜的提議似乎也沒有意見。

這裡的「區域之主」是大王焰兔，眷屬則是王子焰兔。

每一種身上都帶著火焰，會噴出火焰氣息，而且還具有火焰抗性，所以亞里沙的火魔法和露露的輝焰槍似乎效果不大。會施展火魔法的好像僅大王焰兔而已。

雖然有些不對盤，但以同伴們目前的等級來看差距較小，應該有一戰之力才是。

「既然這樣，先掃蕩這個大房間整理出戰鬥場地，再來挑戰看看吧。」

確認大家不約而同地點頭贊成我的意見後，我便利用土魔法建立戰壕和簡易陣地並展開了戰鬥。

待在後方關注著大家的同時，我一邊測試前幾天拿到的卷軸。

首先是「石製結構物」。

以卷軸製作而成的東西很寒酸，但從魔法欄製造出來的石像或神殿卻氣派得足以讓戰鬥中的同伴們頻頻回頭。

根據結構物的大小和複雜程度，製造時的消耗魔力和疲勞度似乎會有所不同。

雖然有些費事，不過加入精細的浮雕後看起來就十分美觀呢。

除了製作射擊練習用的標靶和誘敵用的假人，這種魔法在「歸還轉移」用的刻印板設置於屋外時似乎也能拿來建構場地。

倘若事前準備好石頭便可以利用該石頭來製作，而我改用玻璃和水晶之後竟然能製作出雕花酒杯。

雖然會造成消耗魔力暴增，但素材方面似乎就連寶石也行得通，不知為何鑽石也成功作為素材了。碳元素還真是厲害——

武器好像也做得出來，我於是嘗試製作了玻璃劍和藍寶石短劍之類的東西。

各式各樣的應用方式實在讓我感到非常愉快。

得要好好感謝給了我這種卷軸的杜卡利准男爵才行呢。

倘若以後獲得了「血珠粉末」或萬靈藥，簡直就想直接送給他作為答謝了。

第二份卷軸是「地隨從製作」。

手邊的魔法書裡記載著它是中級的土魔法，在魔巨人系製作魔法當中好像是屬於最下級之物。

書中還寫著魔巨人並不具備自我判斷力，只能像死靈魔法的骨兵一樣執行單純的命令。

而且似乎還非常脆弱，不光是戰鬥就連拿來當作肉盾也很困難。

儘管不太能期待，我還是使用了卷軸並將咒語登記在魔法欄中。

卷軸製作出來的小型魔巨人就跟波奇和小玉差不多高，是個四頭身大小形狀圓滾的魔巨人。

臉部彷彿偷工減料一般僅以圓圈和線條勾勒出了眼睛和嘴巴。

這應該就是基本型態了。

根據ＡＲ顯示似乎為等級一。

即使製作出這麼弱的魔巨人也要消耗較多的魔力，換成普通的魔法使我想應該要二十級左右才具備足夠的魔力了。

接下來我試著從魔法欄使用了「地隨從製作」。

魔法一發動，地面便急速隆起逐漸形成了人形。

——好大！

形狀一樣，但身高卻有六公尺左右。

ＡＲ顯示這具魔巨人為三十級。

——ＭＶＡ。

魔巨人僅有一條線的嘴巴動了，發出聽起來像是「瑪」和「巴」的奇妙聲音。

「那是什麼？」

「用魔法製作的魔巨人哦。」

儘管只製作了一具，但就跟魔法箭一樣似乎可以同時製作出兩具以上的魔巨人。

「魔巨人～？」

「非常大喲。」

「看起來很強呢。」

戰鬥似乎恰好結束，同伴們都一臉好奇地靠了上來。

「主人，這邊小型的比較可愛——這麼告知道。」

「嗯，樸素。」

娜娜和蜜雅好像很中意以卷軸製作的小型魔巨人。

「我想讓它們戰鬥一番，就先來選一隻獵物好了。」

我這麼徵求同意，然後選擇了三十級的火焰鼠。

「魔巨人！攻擊那隻火焰鼠！」

——MVA。

——A。

大小魔巨人走向了火焰鼠。

看來必須要個別命名，否則製作出來的所有魔巨人都會聽命行事。

「魔巨人的幼生體需要保護——這麼告知道。」

娜娜這時從後方抱起了搖搖晃晃走著的小魔巨人。

小魔巨人不斷抵抗掙扎卻未能脫離娜娜的束縛。

就在欣賞著溫馨的光景之際，大魔巨人和火焰鼠展開了戰鬥。

「火焰不太有效呢。」

「畢竟是土製的魔巨人。」

「攻擊是不是動作太大了呢？」

「Yes～」

「戰鬥要更『里羅，更堅節』喲。」

波奇想說的應該是「更俐落更簡潔」吧。

正如獸娘們所言，大魔巨人的戰鬥方式相當外行。

話雖如此，咒語畢竟是用來製作非戰鬥用的隨從，這也是理所當然的。

「主人，能不能像漫畫裡一樣同步魔巨人的視野和運動機能呢？」

「這個嘛。」

在精靈之村製作的魔巨人並不具備這種機能，不過——

「——辦到了。」

「真的假的!?」

「真的。」

我不報期望地嘗試後，竟然以魔力和魔素作為媒介成功地同步了視野並且顯示在視窗。

＞獲得稱號「魔巨人使」。

包括運動機能也是——

「噢，Great～？」

「動作突然變快了喲！」

儘管對於指令的反應還存在些許的延遲，重量又相當沉重，但已經知道能夠勉強進行操控了。

＞獲得稱號「魔巨人的操控者」。

只不過，魔巨人僅有視覺和聽覺，所以沒有辦法同步除此以外的感覺。

其證據就來自於被娜娜所抱住的小魔巨人。

言歸正傳，預設值的魔巨人頂多只能排除比自己低等級的敵人，在同步狀態下則勉強可以打倒同階對手。由於身體脆弱，所以大概無法面對高等級吧。

解除咒語後，似乎就能將使用完畢的魔巨人變回土塊。

魔法書指出「製作時注入的魔力耗盡後便會自毀」，但若待在迷宮內或源泉附近就可不消耗內部魔力而僅靠外部魔力來活動。

當術者位於附近且擁有魔力操作技能時，魔巨人好像也可以持續接受來自術者的魔力供給。

當中也提及了可將蘊含魔力的魔核設定為魔力源，但僅限於製作過程中嵌入。

「對了對了，主人。只能做成那種圓滾滾的形狀嗎？」

「咒語裡有形狀方面的參數值，所以應該可以變更哦。」

除了變更形狀，好像還可以把既有的像作為魔巨人的對象。

我嘗試對剛才以「石製結構物」製造的石像使用了「地隨從製作」。

「哦哦！好厲害。」

「明明沒有關節，到底是怎麼走路的呢？」

「你在說什麼啊？剛才圓滾滾的魔巨人不是也沒有關節嗎？」

亞里沙傻眼地說道。

這麼說來的確如此呢。

「使用現有的石像，消耗魔力似乎就低了許多呢。」

多。

「而且好像還很強呢。」

我試著教唆石像魔巨人上前攻擊新的火焰鼠，結果得知比剛才的大魔巨人要明顯強得多。

明明沒有操作卻打得相當有水準。

之後我又製作了好幾種像並且嘗試了「地隨從製作」，最終明白魔巨人製作時可以加入某種程度的基本動作。

由於也能改變成人形之外的形狀，所以我成功製作出了石狼和石馬。

「鳥就不行了呢。」

「畢竟是石頭嘛。」

石頭和泥土太重，飛行型的魔巨人似乎就行不通了。

◆

「魔物枯竭～」

「終於清除完畢了呢。」

小玉的報告讓亞里沙伸了一個懶腰。

我的魔巨人測試打擾了眾人的戰鬥，所以大房間裡的魔物直到傍晚才掃蕩完畢。老實說我正在反省中。

「和眷屬的戰鬥要等到明天嗎？」

「不！在晚餐前進行吧！各位，可以吧？」

同伴們對亞里沙的發問表示了贊同之意。

於是我便在這個大房間的中央設置好「刻印板」，然後前往了「區域之主」所在的大廣場。

在遍布坑洞和草原的房間裡，「區域之主」大王焰兔威風凜凜地坐在位於中央處的大岩石上面。。

身為其眷屬的王子焰兔共有五隻，每一隻都在大王焰兔的腳邊呈等間隔圓形排列開來。

與其說是王子，更像是保護國王的騎士。

透過地圖調查時我就一直很好奇，這裡似乎沒有公主或女王的樣子。

發現我的蹤影後，大王焰兔和王子焰兔們一同發出了警戒的咆哮。

「就挑那個好了——」

我鎖定其中一隻王子焰兔，利用閃驅瞬間接近至目標的懷中。

抓住王子焰兔後，我立刻以「歸還轉移」將王子焰兔帶往同伴們等待的大房間裡。

再用「理力之手」把王子焰兔拋往大房間的深處，然後和同伴們換手。

「露露！這傢伙的抗火能力很強！輝焰槍的效果或許很弱，不過就瞄準臉部進行牽制吧！只要是生物應該會感到厭惡才對！莉薩小姐！我想頭部的瘤狀物應該是突擊之用。那裡特別堅硬，要留意哦！」

「知道了，亞里沙！」

「了解！」

調查過王子焰兔的能力後，亞里沙向同伴們發出叮嚀。

——ＧＷＵＳＡＡＡＡ。

因憤怒而體毛倒豎的王子焰兔發出咆哮後，其全身便籠罩著火焰靈氣。

根據ＡＲ顯示，那就類似於防護罩一般使其火焰傷害的減輕率上升，除此以外的物理傷害也會有所削弱。

跟那種對手展開近戰的話，很有可能會被火燒到而導致嚴重燒傷。

「各位，聚集過來！我要施展耐火附加了！蜜雅也拜託一下。」

「嗯，[redacted] [redacted]流水守護。」

在對同伴們反覆施加好幾種對抗魔法和防禦魔法後，眾人便和魔物展開了戰鬥。

慎重畢竟是件好事。

「火焰的兔子啊！等你變成烤架上的野兔後重新再來吧——這麼告知道！」

展開了自在盾的娜娜從大盾後方喊出了帶有挑釁技能的聲音。

這個隱約在哪聽過卻想不起來的料理名稱讓我頗為在意。

「氣息要來了！」

「散開～？」

「收到喲！」

莉薩察覺了王子焰兔發出火焰氣息的預備動作後下達指示，除娜娜以外的前鋒便朝著左右散開。

娜娜則是利用瞬動全力向前衝刺。

距離一縮小，比民宅還要龐大的王子焰兔就更顯得巨大。

「衝擊的盾擊——這麼告知道。」

喊出了似乎在哪聽過的語句，娜娜一邊發動盾牌攻擊。

胸部正面被大盾擊中的王子焰兔退縮了些許，但噴發氣息的預備動作卻未停止。

「呼哈哈！太拘泥於氣息就是你的敗因了——！」

聽得出情緒異常亢奮的亞里沙施展了某種魔法。

王子焰兔最終無視於亞里沙，吐出了氣息——

——不，嘴巴似乎沒有張開，火焰從嘴角和鼻子處噴出，燒到了王子焰兔自己。

話雖如此傷害值好像很低，ＡＲ顯示當中的王子焰兔體力計量表幾乎沒有減少。

亞里沙剛才的魔法似乎是用來堵住王子焰兔嘴巴的空間魔法。

「……■■■　麻痺水縛。」

蜜雅的水魔法綑綁了王子焰兔的後腿。

由於王子焰兔的身體太大，好像無法束縛住全身的樣子。

面對動作變遲鈍的王子焰兔，前鋒成員發動了猛攻。

對手身軀龐大且籠罩有火焰靈氣的毛皮看起來很堅硬，劈砍在上面會一直滑開，似乎無法造成有效的傷害。

「妳們兩人！換成突刺！」

「系～？」

「收到喲。」

兩人按照莉薩的指示以瞬動助跑後進行突刺。

小玉的雙劍淺淺刺入後便被彈開，但波奇的魔劍好像成功刺入了一半左右。

不過，動作停下的波奇卻被王子焰兔的手噗咻一聲擊飛。

「哇啊！喲～」

波奇的鎧甲似乎確實擋下了爪子所造成的斬擊和衝擊，波奇整個人發出從容的驚呼聲就這樣掉落在房間的角落處。

「嘿！」

看準正想要追擊的王子焰兔，露露的輝焰槍發動連射阻擋對方。

散發紅光的子彈接連驅散王子焰兔表面的火焰後命中，但僅僅將體表染紅，未能在毛皮留下任何燒焦痕跡便消失無蹤了。

王子焰兔只是很不悅地瞥了露露的方向一眼。

火杖之類的屬性石杖和槍械不太會受到使用者與對象之間的等級差距影響，但實在沒想到身為火杖高階版的輝焰槍居然沒有多大效果。

即使如此仍成功爭取了時間，波奇已經拔出預備的魔劍回歸戰線了。

「蜜雅，潑冷水！」

「嗯，■■■　……■　極寒流水。」

咒語完成的同時，前鋒成員立刻退後以開闢出射擊線。

蜜雅的長杖前端伴隨著嘩啦啦的聲音噴出了藍白色的流水，命中王子焰兔之後將原本泛著紅光的毛皮染成了青灰色。

——GWUSAAABB。

大房間裡響起王子焰兔模糊的哀嚎聲，其全身噴出了水蒸氣。

AR顯示中的體力計量表減少了一成左右。剛才的攻擊非常有效的樣子。

由於莉薩以外的前鋒成員和露露的攻擊不太奏效，如今看來就格外醒目了。

「再一次。」

得意地從鼻子呼出氣來的蜜雅這麼宣布後，開始詠唱第二波的極寒流水。

「蜜雅，麻痺快解除了哦。」

「姆。」

聽了亞里沙的報告，蜜雅只得中斷水魔法的詠唱，切換成麻痺水縛的咒語。

蜜雅詠唱的期間，解除麻痺後恢復敏捷的王子焰兔使得包括娜娜在內的前鋒成員疲於奔命。

即使身體強化過後的獸娘們動作再快，似乎也跟不上王子焰兔的跳躍速度。

——GWUSAAAAA。

與同伴們拉開距離的王子焰兔發出咆哮，再次讓火焰靈氣復活。

「輔助的隔絕壁！」

「……■■■　麻痺水縛。」

為輔助魔法的鎖定，亞里沙用空間魔法的牆壁阻礙了王子焰兔的行動。

蜜雅的魔法完成後，王子焰兔的下半身便覆蓋上藍色水滴，但隨即彈飛消失。

看樣子好像是蜜雅的魔法遭到抵抗了。

「姆，再詠唱。■■……」

「娜娜！阻止兔子一瞬間就好！我要擊出次元樁。」

「了解。」

同伴們毫不氣餒地展開下一波行動。

獸娘們和露露都努力進行牽制以便協助兩人，經過好幾次失敗後終於成功發動了阻礙魔法。

眷屬級的敵人對於阻礙魔法的抵抗率似乎很高。

在這之後，一進一退的拉鋸戰持續下去，出現過數次同伴們遭嚴重傷害的場面，但局勢不久後對於沒有回復手段的王子焰兔就變得不利起來。

「■■■　……■　極寒流水。」

第二波的極寒流水直接命中，剝除了王子焰兔的火焰靈氣。

「次元樁！」

亞里沙的空間魔法更進一步將王子焰兔的前肢釘在地面。

王子焰兔的體力計量表已經剩不到兩成。

就差一點點了。

「我也要加入攻擊的行列了。莉薩小姐麻煩發動猛攻。」

亞里沙集中精神準備施展上級的攻擊用空間魔法。

「了解！」

莉薩的魔槍貫穿王子焰兔的毛皮，傷及了對方的本體。

看樣子，沒有火焰靈氣後攻擊就能順利通過了。

「——娜娜！」

「被撲滅的餘燼啊！乖乖端上餐桌吧——這麼告知道。」

——GWUSAAAAA。

受到娜娜挑釁的王子焰兔頂著憎惡的眼神吼道，但預期中的火焰靈氣卻未出現。

對方的剩餘魔力似乎不足以纏上火焰靈氣了。

「小玉、波奇！展開一氣呵成的攻勢！」

「系系～」

「收到喲。」

獸娘們從王子焰兔的兩邊襲去。

「空間切斷十字斬！」

亞里沙這麼呼喊的同時，王子焰兔的額頭被深深砍出了十字形狀，ＡＲ顯示中的體力計量表減少至一成多一些。

「腦袋．粉碎者～」

「上吧——喲！」

看準十字傷痕，小玉和波奇的魔劍刺入其中。

然而還未能打倒對方。

王子焰兔在口中翻滾著火焰，準備焚燒傷害了自己的小玉和波奇。

「休想得逞——這麼告知道。」

就在王子焰兔即將吐出火焰氣息之際，站在正面的娜娜以瞬動的狀態發動了盾牌攻擊，重擊了王子焰兔的鼻頭。

原本就快壞掉的大盾分解開來掉落地面。

王子焰兔的腦袋向後仰去，嘴角一邊洩漏出火焰。

這個時候——

「瞬動，螺旋槍擊！」

莉薩挾帶著紅光以驚人的速度靠近，用魔槍貫穿了毫無防備的喉嚨處。

嗡嗡翻騰著的螺旋狀魔刃透過魔槍被王子焰兔吸入，破壞了其大腦。

——GWUS，BB。

王子焰兔的雙眼失去光彩，伴隨著轟隆聲倒向地面。

儘管打倒對方花了相當多的時間，但大家未受到什麼嚴重的傷害我也就沒有任何不滿了。

「好像打贏了呢。」

「勝利～？」

「大家一起做勝利的動作喲！」

同伴們在王子焰兔的前方擺出了勝利動作。

贏得比想像中還要艱苦。

或許是時候全面更新前鋒成員的裝備了。

不過，更換裝備獲得強化之後，前鋒成員和莉薩之間的戰鬥力差距好像會變得比現在更大。

還是找個適當的時機返回波爾艾南之森，找精靈老師們商量一下比較好呢。

「主人，這樣一來就知道火兔的攻略模式了！我們下一次想打打看『區域之主』！」

亞里沙語帶興奮地懇求道。

見到剛才的慘勝之後，我實在不敢輕易同意她們立刻與高出十級的「區域之主」交手。

「等級先提高一些再說吧。必須等到可以輕鬆打倒眷屬之後才行哦。」

「好──真是的，主人也太過保護大家了。」

這畢竟不是遊戲，必須得珍惜生命呢。

◆

「已經──非常完美了呢！面對眷屬也不會落於下風了哦！」

最初的眷屬戰過後第三天的早上，在鄰近的四個區域持續並行戰鬥之後，我為了紀念大家提升至四十二級於是讓她們嘗試與眷屬展開連續戰鬥。

儘管戰鬥的手法非常精湛，但莉薩與其他前鋒成員的戰鬥力落差也變得更為顯眼了。

至於後衛則是從容易被抵抗的阻礙系魔法，漸漸轉變成了以攻擊魔法為主體。

特別是因為小玉和波奇的攻擊力稍嫌不足，所以要是以阻礙系魔法為主的話就會拉長戰鬥時間而導致魔力消耗甚鉅。

「好，接下來終於是『區域之主』了呢！」

「嗯，快攻。」

「要向主人展現優秀的一面——這麼宣告道。」

「小玉也要大顯身手～？」

「波奇也是，要讓主人誇獎喲。」

「各位，不可掉以輕心。要穩紮穩打戰鬥。」

「呵呵，嘴巴上這麼說，大部分不都是莉薩小姐打倒的嗎？」

趾高氣昂的同伴們讓我感到了一絲的危險。

畢竟是作為近期的目標，我可以體會她們一直很期待「區域之主」戰的心態，但還是稍微叮囑一下比較好。

「各位，接下來的對手等級很高，所以要打起精神來。還有，最近的戰鬥都太過偏重於攻擊，所以必須多加注意。要把自己的安全放在首位哦。」

為保險起見，不光是平常的「物理防禦附加」，我更是對同伴們施加了「魔法防禦附加」以及很少使用的「術理盾附加」。

「知道了啦。真是的——主人實在太保護大家了——」

亞里沙看似輕佻地回答。

愈來愈令人擔心了。

萬一有人眼看快要受重傷的話，我還是迅速介入好了。

「那麼，準備完成後就開始吧？不過要是情勢危險，我就會出手打倒了哦。」

這麼宣布後，我便在同伴們準備妥當之際，利用「歸還轉移」將小山一般巨大的大王焰兔帶了過來。

對方比民宅大小的王子焰兔還要遠遠大得多，富有特色的頭上瘤狀物從頭部一直延伸至肩膀處，全身到處都長著泛紅的深灰色棘刺。

根據ＡＲ顯示竟然高達五十級。

比起同伴們足足高了八級。

果然，還是讓她們繼續提升個五級左右再來挑戰或許會比較好。

——ＭＹＷＵＳＳＡＡＡＡ。

大王焰兔發出咆哮後，全身變籠罩著王子焰兔一般的火焰靈氣。

顏色感覺也比王子焰兔的靈氣更濃更為猛烈。

「快攻。」

蜜雅開始詠唱。

其他孩子們也提防著兔子的猛衝一邊完成了散開陣形。

當然，支援系魔法已經附加完畢，ＭＰ也使用魔力回復藥完成了全回復。

——ＭＹＷＵＳＳＡＡＡＡＡ。

第二次的咆哮響起。

「……■ 極寒流水。」

蜜雅的魔法發動，長杖的前端伴隨嘩啦啦的聲音噴出了藍白色流水。

同伴們的腦中，此時想必已經浮現大王焰兔的毛皮變為青灰色的模樣吧。

「——沒有效果？」

正如露露的低語，大王焰兔的毛皮繼續維持著火焰靈氣。

仔細一看之後應該可以發現火焰靈氣已經有所消退，但焦急的同伴們似乎並沒有看出這點。

大王焰兔朝著後腿蓄力。

「空間切斷亂斬！」

亞里沙的空間魔法攻擊，徒然撕裂了大王焰兔的殘影。

大王焰兔的背後飛起破碎的土塊，掀起了塵土。

大王焰兔第二次所進行的咆哮，似乎是為了強化猛衝攻擊而施展的火魔法性質的身體強化。

「塔里荷～？」

「喝呀——喲。」

以瞬動衝入塵土瀰漫的戰場中，小玉和波奇的攻擊捕捉到了結束第一次跳躍的大王焰兔，但卻被燃燒的防禦障壁和毛皮所阻隔而攻擊未能奏效。

絲毫不介意兩人的攻擊，大王焰兔進行了下一次的跳躍。

不，或許是為了閃避舉起魔槍以瞬動發動突擊的莉薩也說不定。

「Ouch～？」

「好痛喲。」

被撞飛的小玉和波奇兩人在地面翻滾出去。

莉薩的魔槍掠過大王焰兔的後腿爪子，但似乎差了一步而未能擊中。

緊接著，大王焰兔又以第三次跳躍逼近了蜜雅。

包括蜜雅和一旁的亞里沙似乎都對敵人無比的震撼力和猛衝速度感到全身瑟縮，整個人思考陷入空轉。

後衛所處的場所有附帶了戰壕的陣地，但為了以防萬一，我還是先以縮地移動至蜜雅和亞里沙的身旁。

「保護蜜雅——這麼告知——」

娜娜在動身掩護蜜雅的同時準備使用挑釁技能，但卻被大王焰兔的頭槌命中。

原本保護著娜娜的自在盾瞬間碎裂，娜娜連同手裡的大盾一併被撞飛。

威力簡直與其眷屬王子焰兔有著天壤之別。

發動瞬動的莉薩整個人從後方側面衝撞大王焰兔，總算成功使其偏移了命中蜜雅的軌道。

「休想得逞！」

搶在莉薩穩住身子之前，怒火中燒的大王焰兔用前肢襲向了莉薩。

莉薩僅用魔槍抵擋爪子攻擊並向後退去，但在見到大王焰兔嘴裡積蓄的火焰後，便換上視死如歸的表情對魔槍灌注了魔力。

她似乎打算不顧一切發動反擊，實在是太魯莽了。

「主人，救命！」

「了解——」

我應亞里沙的要求介入了戰鬥。

先以縮地撲向大王焰兔的眼前，然後將對方準備噴出火焰的腦袋向上猛踢，利用「空間切斷」把毫無防備的脖子一刀兩斷。

斷面噴出了火焰，但在火燒到衣服之前，我便將其連同屍體一起收納至儲倉了。

另外，「空間切斷」是我最近剛從卷軸裡學到的空間魔法。

「大家不要緊吧？」

「娜娜小姐也平安無事！」

我這麼出聲後，跑至娜娜被颳飛處的露露便這麼向我報告。

被大王焰兔撞飛的小玉和波奇也飲用著體力回復的魔法藥一邊自己走了回來。

「看來挑戰『區域之主』還太早了呢。」

我用水魔法治療同伴們，然後發放了酸酸甜甜的碳酸水。

要是再提升個五級，我想應該更有一戰之力才對。

「沒想到居然會是那種怪物。」

「同意。」

「Oui oui～」

「被彈飛了喲。」

亞里沙喝光碳酸水之後喃喃說著，年少組三人也拚命點頭附和。

「莉薩小姐妳們如何？」

「敵人以超越瞬動的速度移動，根本沒有時間施展螺旋槍擊。」

「自在盾和大盾瞬間被突破——這麼報告道。」

「我也覺得輝焰槍的子彈跟不上。」

年長組也是相同的意見。

挑在這個時間點應該剛剛好吧？

「大家覺得如何？要不要返回波爾艾南之森，請老師們再訓練一下？」

「——訓練？」

面對我的提議，亞里沙表情驚訝地回過頭來。

「是修行吧！是修行階段對吧！」

亞里沙的眼底熊熊燃燒著火焰——大概是在我背後施展了火焰的緣故吧。用不著透過火魔法來營造那種效果了。妳要推廣這種風格到什麼時候啊？

感興趣的似乎並非亞里沙一個人。

「是的！就請他們幫忙再一次重新鍛鍊吧。」

「贊成再訓練——這麼告知道。」

「嗯，精靈魔法，強化。」

「我也想嘗試參加射擊的修行。」

莉薩、娜娜、蜜雅和露露好像也都沒有異議。

「在瀑布下淋水～祕密的特訓～？」

「要用頭槌打破掉下來的木頭喲！」

儘管方向有些偏差，小玉和波奇也都摩拳擦掌的樣子。

「精靈之村固然很好，不過下次在仙人居住的山中或學員都市的大圖書館裡修行也不錯呢～」

將胡說八道的亞里沙當作耳邊風，我們決定離開迷宮接受再訓練。

由於迷宮逗留的預計期間還剩下許多，所以我們未返回地上，從迷宮裡直接透過「歸還轉移」前往了波爾艾南之森。

光是一次轉移無法抵達，必須要多次接力，但比起乘船旅行算是一瞬間了。

再訓練

「我是佐藤。動畫和漫畫裡的特訓場面，我很喜歡那種重視氣勢且荒誕的情節。畢竟表現得愈荒唐，對於童心就愈有吸引力呢。」

「主人．佐藤！」

返回波爾艾南之森中途來到了拉庫恩島上，最初前來迎接我們的是紅色髮梢的黑髮美少女優妮亞。

「姊姊！快一點快一點！」

在摟住我的脖子表示歡迎之意後，優妮亞轉過頭呼喚著她位於後方的姊姊。

其目光盡頭處，可以見到藍色髮梢的白髮小女孩蕾伊輕快跑來的身影。

乍看之下蕾伊比起優妮亞還要年幼，但蕾伊實際上卻比我甚至於精靈蜜雅還更為年長。

她是一種名為半幽靈的稀有種族，繁榮於神代的拉拉其埃王朝最後的倖存者，也是知悉兩萬年前歷史的活見證人。

「歡迎回來，佐藤先生。還有各位也是。」

「我回來了，蕾伊。」

蕾伊的語氣儘管平穩，但她們兩人單獨處在這座島上似乎挺寂寞的樣子。

其證據就是她用小手緊緊握住我的手指不肯放開。

另外，抱住我的優妮亞則是已經被鐵壁雙人組剝離開來了。

「今天可以待久一點嗎？」

「不，我們正在前往波爾艾南之森的途中。」

我這麼回答後，蕾伊的笑容頓時蒙上陰影。

「要不要跟我們一起去玩呢？我之所以先過來這裡，就是為了邀請妳們參加波爾艾南之森的旅遊。」

「像我們這樣的不速之客，真的可以進入精靈們的領域嗎？」

「不用擔心哦。」

在幫拉拉其埃事件善後之際，我已經從掌管波爾艾南之森的高等精靈雅伊艾莉潔——雅潔小姐和精靈長老們那裡獲得了兩人訪問的許可。

「可是……」

「放心，精靈之村裡有雅潔小姐，瘴氣應該會被世界樹釋放的精靈光淨化才對。」

蕾伊在體質上容易受瘴氣的負面影響，所以她想必很擔心村子裡所聚集的瘴氣吧。

「優妮亞也沒問題嗎？」

「既然姊姊要去，無論哪裡我都會跟著！」

有戀姊情結的優妮亞行動方針一向都很簡潔。

我於是回收兩人，繼續回到前往波爾艾南之森的連續「歸還轉移」之旅。

◆

「好，抵達了。」

包括中途繞路至庫拉恩島在內，我們總共連續進行了八次「歸還轉移」便返回了波爾艾南之森。

不同於上級空間魔法的轉移，我的「歸還轉移」每次上限為三百公里，所以沒有辦法一口氣就抵達。

人數增加也會使得消耗魔力暴漲，因此所需的魔力將近可以施展一發流星雨了。

然後，作為我們轉移目的地的波爾艾南之森樹屋內已經有了來客。

「我回來了，露雅小姐。」

露雅小姐一臉驚訝地停下了動作。

她是精靈巫女，扮演著照料高等精靈雅潔小姐的角色。

「歡迎回來，佐藤先生，『今天』人很多呢。」

話雖如此，似乎已經習慣了我的轉移，在我打過招呼後，她立刻回以普通的問候之語。

看樣子，她今天好像是來幫房間透一下氣的。

「我希望能夠讓大家修行一下，請容我們暫時逗留。」

「好的，隨時都非常歡迎哦。」

身後的亞里沙耳尖地抓住了露雅小姐的話柄後疑惑道：「今天？」但我不予理會。

接著，我的後方——

「說到這個，抵達拉庫恩島的時候，蕾伊是不是也說過『今天可以待久一點嗎』這句話？」

「嗯。」

——傳來了這樣的對話。但我無法做出反應，於是就像河川的流水一樣華麗地將其忽略了。

「順便也向比亞他們打聲招呼吧。對了對了。妮雅她說成功抽取出香草了。」

「好的，這件事昨天已經在『遠話』裡聽雅潔小姐講過了。」

亞里沙和露露在我的背後彼此確認著昨天的行程。

嗯，兩人的記憶沒有錯。大家的確一整天都待在迷宮和魔物連續戰鬥，而我也在她們身後找時間研究魔巨人的製作魔法。

「STOP！Just a moment！」

為什麼要講英語？

「Mmomen～？」

「Jusco喲。」

小玉和波奇也模仿著亞里沙。

「什麼事？」

「問題一，為什麼要說『今天』呢？」

「唉呀，佐藤先生每隔十天都會回來一趟哦。」

正猶豫著該怎麼解釋的我毫無辯解的餘地，露雅小姐當下就曝光了此事。

從我前往迷宮都市算起，明明也才回來七八次左右而已。

「究竟是什麼時候……」

「姆。」

亞里沙和蜜雅向上抬起眼珠，對我投以責備般的目光。

「每當發現美味的食材或稀有的料理時，我都會回來分享給大家哦。」

這是事實。畢竟包括苔蟹蜂、迷宮菇、南瓜怪、古陸獸及血紅龜在內，迷宮實在是食材的寶庫呢。

另外為了探討從「爬行香蘭」抽取出香草的方法，我還特地造訪了妮雅小姐。絕對不是單純為了見雅潔小姐一面才回來的。

蕾伊和優妮亞彼此悄悄說著「次數對不起來」。

由於自由時間的限制，我有時並不會順道前往拉庫恩島呢。

不過，這種彷彿在責備老公外遇的氣氛是怎麼回事？

「哦哦？問題二，『遠話』又是？」

「奇怪？我沒說過嗎？」

我不解地傾頭，挖掘著記憶。

……或許是沒有明確告知過吧。

「我的『遠話』和雅潔小姐的『無限遠話』，都可以在迷宮都市與波爾艾南這樣的距離下進行交談哦。」

蜜雅和亞里沙立刻靠上來逼問：「姆。」「從來就沒聽說過！」

我還以為她們早就知道，只是裝作視而不見罷了。

「對了，冷藏倉庫裡冰著妮雅製作的那個，請先確認一下哦。」

或許是感覺到氣氛尷尬，露雅小姐幫我轉移了話題。

「已經完成了嗎？謝謝您，我會去確認的。」

「那個？莫非是！」

呵！呵！呵！就是砂糖航線中所找到的那個。

我已經請擅長料理的妮雅小姐她們幫忙研究了如何更加美味的加工方法。

「那是驚喜哦。今天的晚餐之後就會端上桌，可別吃太多了哦。」

「那個終於要來了呢！啊啊，能不能快點到晚上呢。對了，你身上有沒有『時間錯覺香』之類的東西？」

「沒有哦。」

雖然知道她已經迫不及待，但並不存在那種可以讓時間快快過去的道具吧。

「——佐藤先生，我已經聯絡了雅潔大人和蜜雅的父母，他們很快就會集合了哦。」

露雅小姐從窗戶派出精靈魔法製作的信鴿後這麼說道。

「佐藤先生，雅潔大人就是之前提到的高等精靈大人嗎？」

蕾伊輕輕地拉扯我的衣袖小聲詢問。

聽見我回答「是啊」之後，她有些表情複雜地喃喃道「這樣啊」。

莫非我回答的時候在語氣中表現出了對雅潔小姐的柔情嗎。

蕾伊向上望來請求道：

「佐藤先生，請給我魔力——」

不知為何，笑容顯得相當不自然。

「我希望用正式服裝向高等精靈大人打招呼。」

我欣然同意蕾伊的請求，然後注入了魔力。

原本小學低年級的外表在魔力供給的同時一併成長，蕾伊轉眼間變成了身材傲人的美女。

這並非魔法，而是蕾伊的半幽靈種族特性所致。她平時大多處於魔力效率較佳的小女孩狀態，但如今的姿態才是原本的她。

蕾伊的服裝更是變成了她的故鄉拉拉其埃的巫女服。

其身上的裝飾品和服裝，似乎和她的身體一樣都是以幽體製作而成的。

「謝謝你，佐藤先生。」

蕾伊用害羞般的笑容向我道謝。

她的巫女服有不少暴露的部位，令我的目光有些無所適從。

這時，雅潔小姐衝進了樹屋的房間裡。

「露雅！妳說的急事是什麼——佐藤！」

轉頭望向這邊的瞬間，她便換上大朵花一般的笑容叫出我的名字。

嗯，雅潔小姐無論什麼時候看都很可愛。

「我回來了，雅潔小姐。」

「歡迎回——」

雅潔小姐說道一半便停下了動作。

笑容也急遽失去了色彩。

——咦？

「歡迎……回來，佐藤。」

帶著斷斷續續的聲音，雅潔小姐開口道。

「那個，這孩子——是佐藤的戀人嗎？今天是來向我……介紹新娘……嗎？」

雅潔小姐忐忑地這麼詢問。

——為何會變成這樣？

「不是的。」

我斷然否定道。

「可……可是！」

雅潔小姐凝視著我的右手。

說到這個，打從我對蕾伊供給魔力時就一直握著了。

原本想要將手拿開，蕾伊卻緊緊握住不肯放開。

「——蕾伊？」

「啊，對不起，佐藤先生。」

我這麼發問後，蕾伊便急忙放開了手。

然後看似痛苦地將手放到了胸前。

露出那種難過的表情，實在會誤解對方是不是愛上了我。

「雅潔小姐，這孩子是蕾伊。後面的孩子則是優妮亞。」

「蕾伊和優妮亞，她們就是拉拉其埃的孩子吧！我還記得哦！」

經我解釋後，雅潔小姐終於想起了兩人的事情。

那個時候因為有我居中牽線，所以雅潔小姐並未和兩人直接見過面。

「可……可是，我聽說年紀更小一點。」

雅潔小姐見到蕾伊高戰鬥力的胸部後畏縮道。

面對不知所措的雅潔小姐，我告知了蕾伊的體質。

「初次見面，波爾艾南之森的聖樹大人。我是拉拉其埃朝最後的公主蕾亞妮・托瓦・拉拉其埃——不，是拉庫恩島的居民蕾伊。」

蕾伊跪在雅潔小姐的面前問候道。

優妮亞也模仿著蕾伊跪下。

小玉和波奇兩人原本也跟著仿效跪地，但在波奇不小心失去平衡向前滾動之後，兩人便一起滾到了房間邊緣開始玩耍。

「抬起臉來。用不著那麼拘謹。彼此彼此，初次見面。我是波爾艾南之森的高等精靈，雅伊艾莉潔哦。既然是佐藤的友人，也一樣是我的友人了。就稱呼我雅潔吧。」

雅潔小姐用平易近人的口吻讓緊張的蕾伊和優妮亞站起來。

「初次見面！我是魔造人優妮亞。姊姊，這個人就是主人・佐藤的『心上人』嗎？」

「……是的，沒有錯哦。」

優妮亞打過招呼後，便回頭望向蕾伊這麼確認。

蕾伊肯定之後，雅潔小姐隨即用雙手夾住發紅的臉頰顯得很不知所措。

大概是覺得「心上人」這個詞彙很難為情吧。真是讓人忍不住想要緊緊擁抱她。

「姆，友人。」

「是啊！主人求婚結果被甩了哦！」

——噗滋！

「所以說，所謂的『心上人』是誤會哦！」

蜜雅和亞里沙拚命否定了優妮亞和蕾伊的發言。

事實比起任何的刀刃要更深入地刺進我的內心。

總覺得紀錄裡會顯示「佐藤的內心受到了三千點傷害」的字樣。

「雅潔大人討厭主人‧佐藤嗎？」

「我並不討厭哦！」

面對優妮亞這個單純的問題，雅潔小姐竭盡全力當下回答道。

啊啊，光是這句話就足夠奮鬥十年了。

表情這麼拚命的雅潔小姐實在非常罕見。

至於偷偷用光魔法「錄影」下來的表情，就永久保存在儲倉的「照片」資料夾裡好了。

「各位都成長了不少呢。」

與蕾伊她們的見面發生了點鬧劇，但之後總算能放鬆下來報告我們的近況了。

「不不不，雅潔大人。」

露雅小姐在臉部前方揮著手，一邊對雅潔小姐的感想提出異議。

「這種急遽的成長可不是那麼簡單就能辦到的哦？」

「是嗎？既然是跟佐藤在一起，有些不尋常也是理所當然的。」

對於露雅小姐的主張，雅潔小姐一副極為合理的樣子回答道。

雅潔小姐，這麼信賴我固然很令人高興，但總覺得把我當成怪胎看待了。

在我們的身旁，剛才抵達的蜜雅父母則是正在稱讚著蜜雅。

「歡迎回來，蜜雅。妳成長了很多嘛！非常非常厲害哦！一定相當努力吧。真是個努力的孩子。有沒有受傷？一定毫髮無傷吧。今天可以多待一會嗎？一定可以吧。」

「了不起。」

「嗯，很努力。」

被父母撫摸著腦袋，蜜雅看起來相當高興。

蜜雅的青梅竹馬格亞也前來露臉，不過剛才在聽到蜜雅的急遽成長後大概是有所想法，不知道又跑去哪裡了。

——加油吧，少年。

我對年紀遠比自己還大的格亞在心中加油打氣道。

「喲！聽說佐藤他們回來了？」

「是老師喲！」

「噢，波奇！一陣子不見，變得更勇猛了嘛。」

「嘿嘿嘿，喲。」

以波奇的老師波露托梅雅小姐為首，精靈老師們都過來了。

從那粗魯的言語很難想像她是個美少女。

對方擁有著與肩膀齊高的捲髮以及洋娃娃一般的可愛臉龐。

「小玉也無病無災嗎。」

「系！」

武士精靈西西托烏亞先生撫摸著小玉的腦袋。

對方無疑是個男性，外表卻是長髮的美少女。

「魔刃。」

「是的，古亞老師。」

螺旋槍使古爾加波亞先生正在檢查莉薩的魔刃。

「很好。」

「謝謝您。」

面對簡短卻誠懇的評價，莉薩看似很榮幸地行了一禮。

「很棒的魔刃。接下來再縮短發動時間和防止多餘的魔力外洩就更完美了呢。」

「同意。」

莉薩的另一位老師守寶妖精短槍使尤賽克先生正在和古亞先生討論著改善之處。

「稱讚。」

「對老師的稱讚深感榮幸——這麼告知道。」

魔法劍士基瑪薩露雅小姐像蜜雅一樣用短文稱讚了娜娜。

至於娜娜的另一位老師矮人盾使凱利爾先生似乎並未過來。

「嗨，佐藤。大家都成長了非常多呢。」

最後是長文精靈，負責召集精靈老師們且人脈很廣的比西羅托亞，通稱比亞先生這麼稱讚了我。

「莫非，佐藤你也能夠詠唱了嗎？」

「對不起，這方面還沒有……」

「啊哈哈，用不著道歉哦。」

對於我這個窩囊的回答，比亞先生回以了笑容。

「練習都沒有懈怠嗎？」

「是的，起床時和就寢前都是。」

「那就沒問題了。人族的成長速度很快，最多努力個十年就能學會詠唱哦。」

關於詠唱總覺得再怎麼練習都沒有進步的跡象，但根據亞里沙和蜜雅所言，似乎某一天就突然能夠學會，所以我便深信著而持續乖乖練習中。

「妮雅小姐，我有很多在旅途中學到的新料理。」

「真是令人期待呢。稍後我們一起製作吧。」

「是的！」

負責教導露露等後衛成員學習防身術的妮雅小姐原本就是個喜歡烹飪的精靈，所以正在和露露暢談著料理的話題。

「我也想要一個老師。」

「嗯，雅潔。」

面對發牢騷的亞里沙，蜜雅推薦了雅潔小姐。

雅潔小姐是蜜雅的精靈魔法老師，但她除了精靈魔法之外也會使用包括空間魔法在內的所有魔法。

「咦——小潔不是無視於理論，只憑感覺來施展魔法的嗎？」

「真過分！」

我將聽了亞里沙的粗暴言論後感到悲傷的雅潔小姐抱過來安慰著。真是賺到了。

「太靠近了。」

動作比鐵壁雙人組還要快的露雅小姐將我和雅潔小姐分離開來。

「空間魔法的話只要拜託長老就行了哦。要是喜歡理論系的話題，甚至可以講上好幾年呢。」

不愧是精靈。

長篇大論似乎都是以年為單位計算。

「露雅小姐，能不能請妳幫忙介紹火魔法的老師呢？」

「每位長老都會施展足以傳授他人的四大屬性魔法，所以和空間魔法一起請對方進行指導就行了哦。」

「太好了——！」

拜託露雅小姐幫忙介紹長老後，亞里沙興高采烈地舉起了拳頭。

『佐藤，糖果！』

『糖果，給我。』

小小的羽妖精們停在蕾伊和優妮亞的腦袋及肩膀上。

我將裝有糖果的袋子交給蕾伊和優妮亞，請她們發放給羽妖精們。

「等……等一下。」

『快一點，給我。』

『糖果，喜歡。』

或許是等不及蕾伊發放，甚至還有沒禮貌的傢伙將腦袋鑽進袋子裡。

「佐……佐藤先生。」

接獲了蕾伊求助般的救援請求，我便出手協助整頓羽精靈。

至於坐在蕾伊胸部上方令人羨慕——令人不齒的傢伙則是回收至我的肩膀上。

「要按照順序排隊，否則就不發糖果了哦。」

『咱們，排隊！』

『我也會，排隊！』

『糖果，給我。』

或許是有教育技能和訓練技能的緣故，羽妖精們很快就變得聽話。

雖然他們或許只是貪吃一點而已。

『住手——！』

「主人．佐藤。這些孩子是人嗎？」

「是啊。所以不能粗暴對待。」

我制止了準備對羽妖精施以劈腿之刑的優妮亞。

猶如小孩子將玩偶的腳擰下來的這份天真無邪真是可怕。

「優妮亞！幼生體應該細膩對待——這麼推薦道。」

娜娜跑了過來指責羽妖精所遭受的待遇。

「Barricade～？」（註：細膩的外來語發音「Delicate」近似「Barricade」。）

「要Barribarri對待喲。」

小玉和波奇都模仿娜娜譴責道。

她們把單字搞錯已經是家常便飯，所以我就不特別糾正了。

「是——」

一臉茫然的優妮亞放開了羽妖精。

脫離險境後的羽妖精搖搖晃晃地飛到了我的肩膀上落地。

『真是的，傷腦筋的傢伙。』

我遞上糖果安撫著抱怨的羽妖精。

「各位，餐點已經準備好了！」

家庭妖精棕精靈們連同妮雅小姐以外喜歡烹飪的精靈們一起將料理端上來。

長桌上陸續擺放了七種咖哩、蔬菜和肉類配菜以及各式各樣的副食。

當初在精靈之村裡推廣咖哩的人是我，看來依然人氣未減的樣子。

「嗚哈！巧克力聖代！」

見到端出來當作飯後甜點的巧克力系甜食，亞里沙隨即興奮起來。

「還有巧克力蛋糕哦。」

莞爾地望著亞里沙的反應，廚師精靈妮雅小姐一邊將巧克力蛋糕放在桌上。

餐桌上還擺放了切成一口大小的巧克力。

遺憾的是我所要求的熔岩巧克力蛋糕似乎還未成功。

由於好像只差最後一步，所以感覺應該會在同伴們修行的期間完成才對。

「討厭——要發胖了——」

「肥嘟嘟～？」

「圓滾滾喲。」

見到巧克力蛋糕，亞里沙刻意做出了扭動身體的動作，而坐在其左右的小玉和波奇也模仿了相同的動作。

「等一下！！亞里沙才沒有那麼胖呢！」

「喵哈哈～」

「快逃——喲！」

『快逃——』

『會被吃掉哦——』

亞里沙假裝生氣之後，小玉和波奇便笑著逃開，羽妖精們也一起逃離了亞里沙的身邊。

「請享用。」

聽了妮雅小姐這麼說，眾人便將手伸向各種類的巧克力。

「苦苦甜甜的～」

「有點苦但是甜甜的很好吃喲！」

小玉和波奇似乎吃到了成人取向的純苦巧克力。

經過我告知有甜味的牛奶巧克力之後，她們便非常開心地直呼著：「美味美味～」「很Delicious喲。」

「真美味。」

莉薩咬著切塊前的厚塊純苦巧克力後心滿意足地喃喃道。

我想應該很硬，不過莉薩並非讓其在舌頭上融化而是一般嚼著吃。

「主人，巧克力很美味——這麼告知道。」

娜娜在分配給羽妖精們的同時也大口吃著巧克力蛋糕。

叉子的速度比平時還要快。看來她似乎相當喜歡巧克力蛋糕。

「姊姊！真的非常好吃哦！就跟草莓的蛋糕一樣。」

「真的呢。妮雅小姐，非常美味。」

「呵呵，謝謝誇獎。」

優妮亞雙眼發亮地誇獎巧克力蛋糕，身為姊姊的蕾伊也瞪圓了雙眼稱讚著製作者妮雅小姐。

「真的很美味呢。妮雅小姐，稍後請教我製作方法。」

「好的，當然可以。」

吃著蛋糕的露露一邊做出了這樣的約定。

「巧克力蛋糕。」

「巧克力聖代也很美味哦。裡面脆脆的部分，口感也很令人期待。」

「一口。」

蜜雅獲得雅潔小姐親手餵了一口巧克力聖代。實在有點羨慕。

雅潔小姐所說的「裡面脆脆的部分」就是玉米片。

我也試著嚐了一口。

聖代在口中融化，高雅的甜味和獨特的苦味在嘴裡擴散開來。

很柔和的美味。比起上一次試吃的時候要格外好吃。感覺不會輸給只有在情人節期間才能吃到的那種高級巧克力。

——哦？

只顧著吃巧克力聖代的雅潔小姐，其臉頰上沾了巧克力。

「雅潔小姐，失禮一下。」

我用手指擦掉巧克力，再以濕手帕拭去臉頰上的髒污。

然後像平常在照顧同伴們一樣準備將巧克力送進嘴裡，但想起之前雞肉飯的事情便改以手帕擦拭掉。

「有罪——」

「有罪——」

怒目而視的亞里沙和蜜雅，在見到我的處理方式後才壓低了聲音。

呵！呵！呵！我可不會重蹈覆轍了哦。

「唔唔唔——」

發出懊悔呻吟的人並非亞里沙她們。

「真是大意。」

「早知道就忍住最後的咖哩了……」

精靈老師們似乎要稍後一些才能享受到巧克力料理了。

大家都吃了太多的咖哩。

「對了，這一次是回來休息的嗎？」
「不，其實——」
既然精靈老師比亞先生主動提起，我便道出了原本的來意。
「嗯，再修行嗎？」
「可以拜託各位嗎？」
「當然。」
精靈老師們欣然同意了我的請求。

◆

「首先請大家展現一下迷宮裡修行的成果吧？」
同伴們在精靈老師的面前排好隊之後，比亞先生便這麼開口。
我們在森之妖精多萊雅德的「妖精之環」轉移下，來到了位於波爾艾南之森外圍的廣大荒地上。雅潔小姐和巫女露雅小姐也一起跟著。
確認同伴們點頭的動作後，比亞先生向雅潔小姐出聲道：
「雅潔大人，請召喚試煉用的精靈。」

「貝西摩斯可以嗎？」

「駁回。」

短文精靈老師否定了雅潔小姐的選擇。

貝西摩斯是一種類似大象與河馬混合體的擬態精靈，不僅擁有驅逐艦一般的巨軀還高達五十級。同伴們的戰鬥訓練對手要是太強的話就有些不合適了。

「既然有實體的比較好，荒地精靈或沙之精靈如何呢？」

「這樣一來應該剛剛好吧？」

比亞先生點頭同意了巫女露雅小姐的提議。

「雅潔大人，拜託您。」

「好——■■■■■……」

雅潔小姐完成漫長的詠唱後發動精靈魔法，荒地的岩石和泥土立刻聚集起來形成魔巨人一般的巨人。

感覺比我用「地隨從製作」造出的魔巨人還要更像生物。

這種精靈為四十級，所以實力應該和「區域之主」的眷屬差不多吧。

「使役權已經轉讓了哦。」

「謝謝您。」

獲得雅潔小姐轉讓了「荒地精靈」，比亞先生首先確認了精靈的操作，然後整個人面向同伴們。

「準備好了嗎？」

「當然哦！」

亞里沙代表同伴們回答了比亞先生的問題。

我則是跟雅潔小姐和蕾伊她們一起退向後方，與精靈老師們一同觀戰。

「好……好厲害。」

「娜娜她們原來這麼強呢。」

蕾伊和優妮亞驚訝道。

「都是因為在迷宮努力修行的緣故呢。」

我這麼告知兩人，同時觀察的精靈老師們的樣子。

——咦？

總覺得精靈老師們的反應很奇怪。

他們一開始還像雅潔小姐和蕾伊她們一樣相當讚許，但進入戰鬥終盤之際表情就變得有些不快了。

就在我準備出聲詢問之前，同伴們的戰鬥已經結束了。

荒地精靈恢復成原來的土塊。

「勝利～？」

「是喲！」

同伴們帶著希望獲得稱讚的表情在老師們面前排好隊。

「妳們變強了——」

波奇的老師波雅小姐走出老師們的行列這麼說道。

對於這番稱讚，同伴們的嘴角都跟著放鬆。

「——不過，那卻是危險的力量。」

波雅小姐強烈的否定語氣，讓同伴們的臉色變得僵硬。

「知道為什麼嗎？」

「因為太重視攻擊……嗎？」

面對小玉的老師西亞先生的問題，莉薩代表大家這麼回答。

「不對。因為妳們太依賴佐藤了。」

「這……這種事——」

亞里沙想要否定，但說到一半就吞回去了。

「即使到了最壞的地步，也有佐藤出面協助。就算自己沒有從旁幫忙，還有佐藤在場。

妳們難道不是這麼想的嗎？」

西亞先生的指責使得同伴們都垂下了臉龐。

「抬起臉來。」

波雅小姐這麼訓斥同伴們。

制止了還想繼續提出忠告的波雅小姐，比亞先生代為繼續說了下去：

「當然，佐藤待在後方固然有讓妳們能夠放心戰鬥的優點，但不能以此為前提來進行戰鬥哦？」

原來如此，最近的攻擊偏重傾向都是因為我過度保護的緣故嗎……

的確，就算沒有面臨最壞的情況，只要她們有受重傷的可能，我一直以來都必定會插手。

「佐藤在的時候這麼做或許無妨。不過，要是他不在時遇上戰鬥呢？」

「到那個時候——」

「有能力戰鬥嗎？在沒有佐藤的不安狀況下，妳們能以他不在場為前提展開行動嗎？」

比亞先生對想要提出反駁的亞里沙這麼柔聲問道。

「這個……」

「我想應該不行吧。」

面對欲言又止的亞里沙，比亞先生如此斷言。

嗯，我也是這樣認為的。

「看來要稍微離開佐藤比較好呢。」

「反之亦然。」

繼波雅小姐的發言之後，基雅小姐也補充道我最好改掉過度保護的毛病。

「那麼，既然知道了問題點所在，這就正式開始訓練吧？」

「妳們幾個！有忍受嚴酷訓練的覺悟嗎？」

比亞先生拋出結論後，波雅小姐對同伴們這麼激勵道。

「當然。」

「系！」

「波奇會努力喲。」

「燃起鬥志——」這麼告知道。」

「嗯，再修行。」

「好——！大家鼓起幹勁吧！」

「各位，一起加油吧。」

同伴們都換上充滿鬥志的表情點頭同意。

「嗯，很棒的表情。」

「雅潔大人，接下來請召喚精靈蜘蛛。」

「ＯＫ——！」

精靈老師們展開了正式的訓練。

信任接下來交給老師們和雅潔小姐應該沒有問題後，我便帶著蕾伊和優妮亞離開作為修行場地的荒地。

◆

「佐藤大人，歡迎您回來。」

「我回來了，基里爾。」

在淹沒於樹海的白色公館入口處，家庭妖精棕精靈基里爾先生出來迎接我們。

為開發用來獎勵同伴們的新裝備，我來到了精靈賢者托拉札尤亞先生的公館。

另外，或許是被同伴們所刺激到，蕾伊和優妮亞如今正在樹屋前的廣場上向妮雅小姐學習防身術。

「蕾莉莉爾沒有給您添麻煩吧？」

「不，她相當照顧我哦。」

我向擔心孫女的基里爾先生講述了蕾莉莉爾的近況。

即使是長壽的家庭妖精，似乎也跟人族一樣很疼愛孫子。

「水晶像？是魔巨人嗎？」

「單純用來當作模特兒人偶的哦。」

我利用「地隨從製作」將按照同伴們仿造出來的像化為魔巨人。

這種魔巨人我將拿來試穿新裝備，藉此確認可動部分以及進行耐用測試。

「您要製作鎧甲吧。」

「嗯～先從製作鎧甲的器具開始打造起好了？」

我制止了正要開始準備魔法裝置的基里爾先生，告訴他接下來要製作的裝置是什麼樣的形象。

倘若老是依賴蜜雅的水魔法和亞里沙的空間魔法來製作魔法道具的話，對於兩人的負擔也太大，無法輕易進行試作。

最終的嵌入我想還要繼續仰賴兩人，但希望至少建立起一個起碼能獨自進行簡單試作和實驗的環境。

畢竟光是在腦中嘗試錯誤果然還是有其極限呢。

我運用了館內豐富的器材，一點一滴製作出開發工具。

「佐藤大人，就快要日落了。既然您要過夜，這就為您準備餐點嗎？」

「已經這麼晚了嗎？我還沒告訴大家要過夜，所以就回去一趟用餐好了。」

我告知基里爾先生晚餐後還會回來，然後便返回了樹屋。

同伴們拖著破爛的裝備整個人精疲力竭，晚餐時卻是滿臉幹勁地狼吞虎嚥著。

我鼓勵了賣力訓練的同伴們，然後請雅潔小姐和人脈很廣的比亞先生代為介紹魔法裝置開發時會施展所需魔法的長老精靈或技師精靈。

隔天起在長老精靈和技師精靈們的協助下，搭載了魔法迴路生成機能及魔法迴路臨摹機能的試作裝置就此展開製作，短短的幾天內便完成了。

儘管是在前期設計已經結束的情況下，完成的速度依然比我想像中還要快。魔法果然非常偉大。

「基里爾和艾雅他們以前就說過，佐藤的開發速度非比尋常。」

在試作裝置完成的宴席上，一名技師精靈冒出了這麼一句話。

「是這樣嗎？」

「這次的試作裝置開發當中，你製作了幾種魔法？」

「好像三種吧？」

「不，是八種。」

我製作了那麼多嗎？

「表情不要那麼納悶。新的三種，而改良版是五種。」

啊——印象中的確是製作了五次左右的衍生版魔法。

原來那也計算在內嗎？

「就連我們精靈或聖樹大人們，製作速度也沒這麼快。」

「欽佩。」

「稱讚。」

長老精靈和其他技師精靈們都出言讚賞。

這種微妙的氣氛是怎麼回事？

「話說回來，製作完魔法迴路後，再設定好所有座標進行轉移嗎……」

望著試作魔法裝置，一名技師精靈佩服地喃喃道。

「這種事情儘管有人想過，卻沒有多少人能夠將其完成。大部分不是中途厭倦，就是在試作的第一號完成時就心滿意足了。」

「畢竟設定值的數量太離譜了。」

技師精靈之一傻眼般地嘆了口氣。

對不起，規格上要設定的參數太多了。

「只要是腦筋正常的精靈，就算有了點子也絕對不會想製作的。」

——真沒禮貌呢。

或許是喝了酒的緣故，大家說起話來都沒有顧忌。

況且即使說是數量離譜，最多也只是不滿一ＧＢ的資料而已。

區區ＤＶＤ的四分之一左右大小，只要卯足幹勁還是有辦法人工輸入的。

這次因為是測試所以僅人工輸入了簡單的資料，不過實際試作時我預計會使用和「主選單」技能連攜的魔法，所以並不如他們所想像的那樣瘋狂。

透過連攜魔法可以讀取儲倉內的資料檔，所以僅在初期階段才需要以人工輸入，等到我將不同機能的模組事先函式庫化之後，就可以跟魔法咒語的開發一樣運用已製作完畢的資產，使得作業負擔愈來愈輕鬆了呢。

另外，向西門子爵訂購的三種連攜用魔法的卷軸，今天白天我已經造訪了公都的卷軸工房拿到手了。比想像中還要更快完成，真是嚇了我一跳。

還有，我是變裝成特許商人亞金多前往造訪的，但由於身上帶著用潘德拉剛家的印章封起來的書信，很輕易就取得了對方的信任。

◆

試作裝置完成後的隔天下午——

「今天的敵人是蜘蛛嗎？」

我在前來探望同伴們的狀況同時也順便讓大家測試一下試作裝備。

只不過，試作裝置僅有臨摹長方體魔法迴路的機能，所以用在武器或防具上的話強度就會下降。

另外，在使用穩定性較差的青液時，拿來附加複雜度太大的機能是很困難的。要實際配備神授聖劍等級的機能似乎還要等上好一陣子了。

「嗨，佐藤，歡迎過來。」

我走到和藹歡迎我的比亞先生身旁。

同伴們似乎正在和雅潔小姐召喚出來大小不同的蜘蛛型擬態精靈戰鬥中。

與精靈交手的經驗值好像很低，同伴們依然維持在四十二級，即使以百分比顯示的經驗值計量表也打從開始修行之後就幾乎沒有變化。

精靈老師們的目光盡頭處，同伴們正在蜘蛛絲構成的白色鬥技場中奮戰著。

敵人數量不僅眾多，還會利用遍布整個鬥技場的蜘蛛絲盡情地發動攻擊，所以不光是前鋒就連後衛也相當辛苦。

「那個蜘蛛絲有好幾種呢。具有彈性的蜘蛛絲必須用魔刃或攻擊魔法才能切斷，而一旦胡亂施展魔刃或魔法，夾雜在其中吸收魔力蜘蛛絲就會把魔力吸走。」

比亞先生告知了此戰的麻煩之處。

前鋒成員的魔力的確即將耗盡，要維持魔刃似乎相當吃力了。

「小型的蜘蛛動作非常快，難以兼顧到後衛，大型的蜘蛛則是僅能用長柄武器才可貫穿厚實的外皮。」

畢竟是擬態精靈所以沒有內臟呢——比亞先生這麼繼續道。

只要妥善使用支援魔法和阻礙魔法，在戰略上似乎並非無法戰勝之敵。

「超電磁防護罩！」

亞里沙利用展開呈半球狀的空間魔法障壁颳飛了接近的小蜘蛛。

這時糾正她名稱完全跟電磁無關這點好像也沒有意義了吧。

「嘿！」

舉著輝焰槍的露露狙擊了冷不防被颳飛出去的小蜘蛛。

「……■　冰雪精靈創造。」

蜜雅完成精靈魔法後，便出現了四頭覆蓋白雪的冰狼。

冰雪狼的下半身透明不可見，挾帶著白色帶狀霧氣馳騁於空中。

「切斷蜘蛛絲。」

接獲蜜雅的命令，這群冰雪狼凍結了架在空中的蜘蛛絲並將其粉碎。

「再強化，要開始了哦！」

「感謝。」

擊退小蜘蛛的亞里沙並非選擇攻擊，而是對前鋒成員附加了身體強化。

由於和前鋒的距離太遠所以消耗魔力也很多。換成是再訓練之前的亞里沙一定會基於效率而毫不猶豫地選擇攻擊魔法吧。

看樣子，也把能夠擴充魔法射程類的長杖加入開發行列好了？

「喝啊啊啊啊！」

面對乘風發動偷襲的小蜘蛛，露露直接用輝焰槍的槍托鉤住將其拋飛。

「手裡劍～？」

看準飛來的小蜘蛛，小玉利用飛刀加以解決。

小玉在公都時向女武士綾女小姐學習過了飛刀，而來到迷宮都市重逢後也依然在深夜時分請教對方。

乾脆幫小玉專門製作會自動返回手中的苦無好了。

雖然還做不出像聖劍光之劍那樣可以自行飛在空中與敵人戰鬥的武器，不過區區自動返回手中的機能我想應該有辦法達成呢。

「危險哦～？」

接著，小玉並非因為打倒了小蜘蛛便感到驕傲，而是繼續以其他的飛刀牽制準備從死角處向娜娜發動偷襲的小蜘蛛。

與娜娜對峙的大蜘蛛，此時在近距離下擊出了毒液砲彈。

「盾！發動——這麼告知道。」

娜娜並未選擇消耗魔力較多的「自在盾」而是以「盾」的理術擋下了砲彈。

儘管在擋下毒液砲彈後「盾」也跟著消滅，不過魔力成本比起「自在盾」還要低且發動時間快，如今看來她已經能有效運用「盾」的理術了。

大蜘蛛用四隻腳圍困般地攻擊娜娜。

「自在盾，機動防禦模式——這麼宣布道。」

娜娜利用加上挑釁技能的聲音這麼呼喊，一邊展開三枚自在盾逐一抵擋大蜘蛛的攻擊。

至於自在盾無法防禦的部分，則是以實體的大盾來迎擊。

「波奇，要上了哦。」

「衝鋒！喲。」

原本在大蜘蛛周圍跑來跑去進行牽制的莉薩和波奇，在擊垮小蜘蛛的同時一邊逼近了大蜘蛛。

「雷杖槍，發射！」

娜娜用隱藏在大盾後方的雷杖槍擊中了大蜘蛛的鼻頭。

根據AR顯示似乎未造成多大的傷害，但好像成功地讓大蜘蛛感到了措手不及。

「瞬動！喲。」

原先以普通的衝刺呈閃電形路線接近的波奇，這時使用瞬動技能一口氣拉近最後的距離。

搶在瞬動之前發動了魔刃的魔劍，刺入了大蜘蛛的軀體直到劍柄處。

不過，AR顯示當中的大蜘蛛體力計量表卻幾乎沒有減少。

扭動身體的大蜘蛛將波奇抓住之後拋向遠方。

儘管以猛烈的速度飛出，但亞里沙用空間魔法幫忙減緩了力道，所以僅撞進位於掉落地點的蜘蛛絲裡而已，並未受到嚴重傷害。

「寄宿於我的槍身，魔刃——」

莉薩的魔槍洩漏出來的紅光籠罩了她以全速奔馳的全身。

大蜘蛛鎖定莉薩射出了毒液散彈。

「瞬動，螺旋槍擊。」

瞬動技能發動，原地留下破開空氣般「轟」的一聲，其身影轉眼間穿越了十多公尺的距離。

毒液散彈徒然擊碎了莉薩前一刻所在處的地面。

螺旋槍擊的光輝不僅槍身，就連莉薩的身體也一併籠罩起來翻騰著。

莉薩將魔槍和自己都當作了一把武器進行突擊，整個人貫穿了大蜘蛛的軀體。

——實在是很亂來的大招。

籠罩莉薩全身的螺旋魔刃挖穿了大蜘蛛的身體，撕裂那龐大的身軀。

在大蜘蛛身體的另一端落地的莉薩下意識防備反擊而毫不鬆懈之際，大蜘蛛便在她面前化為白霧和小精靈的光輝逐漸消失了。

或許是身為大蜘蛛的一部分，小蜘蛛在大蜘蛛消滅的同時也消失了。

大家的戰鬥方式都開始逐步有了進化。

能過來觀摩真是太好了。

「厲害～？」

「真不愧是莉薩小姐呢。」

「肯定，突擊很勇猛——這麼告知道。」

同伴們稱讚著莉薩。

莉薩的最後攻擊看起來令人有些捏把冷汗，但精靈老師們卻不見訓斥的跡象，所以我想她大概是在練習新的必殺技吧。

「莉薩，保留餘力。」

「要反覆測試必殺技固然很好，但唯有在孤注一擲時才能將所有力量灌注在最後一擊裡哦。當攻擊無法命中時，別忘了為自己和同伴們保留實力。」

身為莉薩老師的古亞先生和尤賽克先生這麼指導著。

畢竟螺旋槍擊的威力雖大，消耗魔力同樣也相當大呢。

「蜘蛛網不會消失呢？」

「嗯。」

面對露露的疑問，蜜雅點頭肯定道。

「精靈蜘蛛的絲線很適合當作夏季服裝的素材哦。」

「透氣。」

「直接拿來染色之後也很透明，所以經常跟其他絲線一起編織或是用在外套類的衣服上。」

精靈老師們告知了蜘蛛絲的用途。
看樣子好像能製作出羽衣之類的東西。
「波奇也辛苦了。」
我用生活魔法清洗了全身沾滿蜘蛛絲，無精打采地走回來的波奇。
「主人，想要更大的武器喲。」
波奇罕見地提出了任性的要求。
仔細一問之後才知道，之前的擬態精靈戰當中即使攻擊命中，單手劍尺寸的魔劍有好幾次都無法突破對象的外皮。
「妳想要什麼樣的武器呢？」
「最好是又大又強的武器喲。」
「好多～？」
我從儲倉裡拿出了試作品武器。
「很大的武器喲！」
雙眼發亮的波奇拿起我所取出的長劍、大劍、大鎚、長槍和斧槍不斷揮舞，測試其觸感如何。
儘管每樣武器都能輕易舉起，但波奇自身的體重很輕，所以一旦揮動沉重的大武器似乎就無法控制好慣性了。

「主人～？再拿一隻～」

小玉一手拿著大鎚並要求再拿出另外一隻，我於是便拿了出來。

雖然比起在矮人之村揮動的祕銀合金大鎚更為輕盈，不過重量比小玉自身還要重得多。

「大家看～陀螺～？」

雙手拿著大鎚的小玉轉著圈圈揮動大鎚像陀螺一樣旋轉。

由於力量上輸給了莉薩和波奇所以很容易引人誤會，其實提升至四十二級的小玉力氣已經相當驚人了。

亞里沙和露露小聲地說著「小玉變成陀螺」同時顫動著雙肩。她們好像被戳中了笑點的樣子。畢竟兩人正處於喜歡發笑的年紀，這也是沒有辦法的呢。

「嗚嗚～搖搖晃晃喲。」

波奇似乎很希望使用斧槍那樣的長柄武器或大劍，所以為了不被慣性牽著走，便在身體綁上重物後嘗試取得平衡。

實際戰鬥的時候我考慮讓她穿上同樣重量的全身甲冑而不使用重石。

「不會搖搖晃晃了，可是很重動不了喲。」

看來是增加太多重石了。

儘管聲稱動不了，波奇仍拖帶著摩擦地面的重石一邊移動。

她的意思大概是沒辦法敏捷活動吧。

「看來純粹用沉重的武器和厚重的鎧甲是不行的呢。」

我環抱起雙手盤算著。

「佐藤，改用真銀和真鋼的合金如何？」

「那是什麼樣的合金呢？」

比亞先生所提議的這兩種魔法金屬的合金，似乎會根據魔力的供給而產生膨脹或縮小現象。

聖劍光之劍的巨大化機能恐怕就是這種合金所致吧。

另外，在迷宮寶箱裡罕見出現的附帶尺寸調整機構的金屬防具，據說大多是這種合金的變化版。

至於飛翔靴之類的革製品或布製品，不是使用了會根據魔力收縮的特殊素材，就是運用了特殊的編織方法。

後者由纖維工房主人精靈凱雅小姐傳授過我，所以已經知道了。雖然還可以當作褲子的鬆緊帶來使用，不過一般的橡膠帶用起來還是比較方便。

「這方面就去請教艾雅或是她的老師吧。」

比亞先生這麼建議道。

鍊成工房的艾雅女士或相當於她老師的長老之一對於剛才的金屬比較了解，所以我打算明天過去請教一下。

據比亞先生所言，將奧利哈鋼和闇石融合在一起似乎還可以製作出注入魔力後會變輕的金屬。

這對於成功利用鍊金術製作出奧利哈鋼之後以為已經精通魔法金屬的自己來說，真是汗顏極了。

看來魔法金屬還存在著我所不了解的無數變化。

>獲得稱號「無知之知」。

>獲得稱號「永遠的學徒」。

「對了，佐藤你不是過來展示什麼東西的嗎？」

「啊啊，差點忘記了。」

被雅潔小姐這麼一說，我想起了來這裡的目的。

我向大家出示了從道具箱取出的裝備品。

「哇啊～盾浮起來了。」

「是浮游盾的試作品哦。」

見到我展示的試作裝備，亞里沙她們立刻雙眼發亮。

這是祕銀材質的鑄造品，但最終我打算利用奧利哈鋼與真鋼的合金來製作。

飄浮在空中的機制，則是沿用了術理魔法「自走板」和「立方體」魔法等理論。

「波奇和小玉的裝備是剛才的試作武器樣品和這邊的魔劍——」

我嘗試加入了砍中對手後會奪取魔力還原至使用者身上的機制。

這種設計很早就已經完成，但術式不僅相當複雜而且必須要讓亞里沙和蜜雅學會魔法才行，所以就一直猶豫著是否要製作。

而實際上我在試作至第四把的時候才成功，因此要是打從一開始就拜託兩人的話大概會讓她們體會到好幾次的空虛感吧。

發動魔刃的期間會吸收自身魔力，所以魔力吸收機構無法時常保持在開啟狀態，不過使用得當應該能夠強化續戰能力才對。

其實我本來想還想加入體力回復，不過將砍中的對手體力吸取後還原至使用者身上就需要類似於妖刀或被詛咒武器的瘴氣迴路，因此就沒有選擇了。

根據精靈們的資料，只要有血玉或血珠這種素材，就算沒有瘴氣迴路也可以加入該功能，不過這種稀有素材僅出產於沙珈帝國的「吸血迷宮」所以就保留了。

「露露的新裝備在這裡。是發射實體彈的魔法槍和使用光晶珠的光線槍哦。」

前者專門用來對付具有魔法抗性的敵人，後者則是針對動作敏捷之敵的魔法槍。每一種都附有簡單的木製槍托，外觀就跟長槍身的步槍一樣。

實體彈方面則是活用了之前失敗的教訓，追加了在「彈體射出二式」的基礎之上應用了爆裂魔法的迴路，使得初期加速度獲得飛躍性的提升。

為了能一眼分辨出來，我將前者製作為紅色槍身，後者則是白色槍身。

乾脆也來製作雷射瞄準器或狙擊用的望遠鏡試試好了？

「哦——很有趣的武器呢。可以發射看看嗎？」

「是的，請用。」

比亞先生試射了露露專用的狙擊槍和實體彈槍。

「這個光線槍更換一下集束用素材是不是會比較好？可以去詢問艾雅是否有合適的素材。」

「好的，就這麼試試看吧。」

我原本就因為魔法合金的事情準備前去造訪鍊成工房的艾雅女士，所以乾脆一起詢問吧。

「這是露露妳的武器嗎？既然這樣，我來教妳射擊好了。會使用風魔法或光魔法固然很好，但術理魔法同樣也能輔助射擊，所以最好也一起學習。」

「是的！我會努力的！」

面對比亞先生令人喜出望外的提議，露露緊緊握拳點頭道。

我本來還想主動拜託對方，看來比亞先生的觀察力還是一樣敏銳呢。

◆

「學到魔法合金了嗎？」

「是的，非常順利。」

在樹屋裡的早餐桌上，我配合同伴們享用著分量豐盛的餐點，一邊笑著點頭回答比亞先生的問題。

在鍊成工房的艾雅女士那裡，我不僅學到了主要的效果以及組合，還成功借來了過去的精靈們嘗試錯誤後所留下的龐大資料，所以應該可以製作出相當多種類的魔法金屬合金才是。

「這……這麼快？」

「實際製作出來的才五種而已哦。」

今天是第一天，所以種類少了一些。

從明天開始我會在考量優先順序的同時提高速度。

「——五種？」

「好驚人的學習速度呢。」

「艾雅也相當佩服。」

精靈老師們真會稱讚他人。

也許只是口頭上說說而已，不過聽起來他們似乎真的很驚訝的樣子。

「你很厲害呢，佐藤。」

「不，沒有那麼誇張。都是因為艾雅女士教得好哦。」

聽到精靈老師們的這番話之後，雅潔小姐出言誇獎了我。

「對了，主人。打造裝備的時候，順便製作育幼院專用的冰箱吧。」

「之前不是安裝了備用的嗎？」

「那個太小了嘛。可以的話最好分成冷藏和冷凍兩種，冷藏至少要具備五噸左右的容量。」

我確認儲倉裡的冰石有多少庫存，以便評估亞里沙的要求是否有實現的可能。

「嗯～冰石的庫存很少，要用風石和水石來製作嗎？」

以我手裡的素材來看，不是利用冰石直接冷卻，就是必須透過風石和水石來利用汽化熱加以冷卻兩種了。

後者的迴路很複雜，製作起來不僅麻煩且消耗魔力也會增加，可以的話還是希望排除在選擇之外。

「佐藤先生，如果風石有足夠的庫存，能不能請你出讓一些呢？」

「可以哦。大概需要多少呢？」

據巫女露雅小姐所言，居住在波爾艾南之森近海的鰭人族——人魚們當中的一部分將在海中建立新的開拓村，所以需要設置在該據點的風石。

據說人魚們跟鰓人族——也就是魚人族不同，並沒有魚鰓，所以需要仰賴風石在水中村裡建立可以呼吸的場所。

雖然不知道在水中無法呼吸的人魚們為何還要在水中建立村子，不過將我手裡的庫存全部出清之後好像就很足夠了。

至於冰箱專用的冰石只要在裝備試作之前去採集一趟就行了。

畢竟在波爾艾南之森附近，所幸還有積著白雪的黑龍山脈呢。

「赫伊隆——果然還在睡覺嗎？」

在黑龍山脈裡日照良好的山峰上，黑龍赫伊隆正鼾聲大作地舒服睡著覺。

明明外人已經來到了附近卻絲毫沒有醒來的跡象。正如聖留市的門前旅館老闆娘所言，龍似乎很貪睡的樣子。

我想或許是因為沒有足以威脅到赫伊隆的存在，但對方的睡相還真是毫無戒心。

那副模樣讓我受到了些許罪惡感的刺激，但數種抗性技能和高精神值隨即使讓我恢復了平靜。

「留言一下好了——」

我在赫伊隆醒來時可以看見的位置上擺放了美乃滋和辣椒美乃滋的木桶，然後寫下了我還會再過來玩的訊息。

至於來到這裡的路上在歐尤果克公爵領買來作為禮物的山羊，就先放在眼下所見的高原上吧。

包括飛龍在內的魔物應該會畏懼赫伊隆而不敢來到那片高原，所以剛剛好。

「有沒有冰石呢？」

我利用地圖搜尋在積雪的黑龍山脈東側尋找冰石。

「哦——有了有了。地點——好像在結凍的火山口湖。」

火山口湖的底部似乎還沉澱著貴重的冰晶珠。

我用閃驅高速移動至又寬又大的黑龍山脈東側，中途改以普通的天驅接近。

「好壯觀的風洞。真想登記為世界遺產呢——」

我穿過在山腰上開出來的縱長風洞。巨無霸噴射機彷彿可以直接通過似的。

總覺得這是黑龍赫伊隆頑皮之餘所留下的痕跡。

——那是……

在風洞的途中，我發現了好幾塊巨大的風石。

「莫非——」

懷著這種想法試著搜尋後，我還找到了些許風晶珠的結晶。

其中也有可從女王森蟹蜂的翅膀上取得的風晶珠，不過使用在飛空艇的推進器上似乎很方便，所以我還是採集了一半左右。透過「理力之手」將其採集至儲倉內實在相當輕鬆。

我在獲得這些外快的同時通過風洞，抵達了目的地火山口湖的上空。

「……哦哦！」

冰封的火山口湖，美麗得令人簡直說不出話來。

這其中也有湖本身的透明度所致，但更多是受惠於萬里無雲的晴空吧。

我盡情地欣賞著藍與白的絕景，之後還用光魔法「錄影」將其記錄在儲倉當中。

雖然找時間帶著同伴們過來欣賞即可，但要讓無法離開波爾艾南之森的雅潔小姐目睹，就只能播放出記錄下來的錄影資料了呢。

「呼——差不多該來採集了吧。」

我穿上防寒衣，解除了「空調」魔法。

這是因為不希望空調所產生的熱源給冰石和火山口湖帶來不良的影響。

「——好冷！」

在驚訝於寒冷的同時，我一邊朝火山口湖厚厚的冰層下伸出了「理力之手」。

火山口湖沿岸的雪地裡也有冰石，不過都是較小的顆粒，所以我便選擇位於冰下的冰石塊和冰晶珠作為目標。

由於很冷，我迅速將其回收完畢之後利用天驅升上天空。

再一次欣賞了美麗的火山口湖以及壯觀的巨大風洞後，我便用「歸還轉移」魔法返回了波爾艾南之森。

◆

「那麼，要試射了。」

我朝著架起了同伴們的新裝備——傘狀護盾的魔巨人實施了魔法攻擊。

首先擊出五枝「魔法箭」看看吧。

短槍尺寸的透明「追蹤箭」現身後朝著對象飛去。

傘狀護盾的表面出現些許扭曲，但仍順利擋下了。

「哦，居然能抵擋上級魔法『理槍亂舞』嗎。」

艾雅女士欽佩地喃喃道。

不不，這可是下級魔法「追蹤箭」。

「下一波要開始了。」

重新架起傘狀護盾之後，我擊出了下一發魔法。

這次是發射了一道中級的光魔法「光線」。

「似乎貫穿了。威力雖然減半，但面對高貫穿力的上級光魔法『光子力線』好像就無法完全防禦了呢。」

先不論艾雅女士的誤解，要是無法擋下這個，對上「區域之主」級的敵人似乎就會很辛苦了。

在多次架起傘狀護盾進行確認後，我發現距離貫穿要花費一些時間，所以又嘗試追加了讓傘狀護盾旋轉加以化解攻擊的機能。

「真是不簡單呢。不過魔力消耗量會不會太多了？」

「是的，個人使用的話應該會很辛苦呢。」

畢竟原本就是據點防衛用的防禦障壁呢。

「正因為如此，我打算將小型的聖樹石爐嵌入鎧甲裡以供給魔力。」

「鎧甲？」

我向傾頭不解的艾雅女士出示了概略圖。

「原來如此，就是在鎧甲裡接上聖樹石爐專用的亞空間吧。」

「是的，我已經請『魔法背包』工房的幾位幫忙了。」

由於憑藉我的試作裝置無法製造出來，所以目前僅準備了娜娜的鎧甲用和預備用共計兩套。

多虧有了聖樹石爐得以充分供給魔力，但運用成本太高所以並非平常用，而是打算在面對「區域之主」級的強敵時拿來使用。

「佐藤的創意真是有趣呢。」

「因為我的故鄉有許多可供參考的書籍哦。」

主要是漫畫或動畫裡的點子。

在這其中，真希望能夠實現猶如玻璃一樣打破亞空間的障壁之後登場的動力輔助鎧甲或是魔法少女般的變身套裝。

話雖如此，那就必須用到我自身的詠唱了呢。

「哇——好多裝備。」

「佐藤先生，我們帶便當來了。」

就在檢查開發完畢的裝備之際，優妮亞和蕾伊兩人恰好過來玩了。

「圓滾的……鎧甲？」

「那是波奇和小玉專用的呢。像這樣子——」

「哇啊！變瘦了。」

代號為「圓鎧」的波奇&小玉專用鎧甲使用了那種會收縮的魔法合金，所以能夠切換成抗衡擊用的圓滾型態和高速戰鬥用的瘦身型態兩種。

體格比兩人高的莉薩和娜娜無法靈活使用這種機制，因此就沒有搭載了。

「時髦的長靴——這邊的好可愛！姊姊，妳看妳看！」

「是亞里沙她們的嗎？」

「也有蕾伊和優妮亞妳們的份哦。」

至於給兩人和後衛成員準備的則是僅為堅固一些的普通革製品，不過娜娜專用的長靴則是附加了肉盾角色用的鞋釘以及強化接地用的錨釘發射機。

另外，獸娘們的靴子也試著搭載了輔助瞬動時初期加速度的瞬間推進機能。

從瞬動狀態施展必殺技時，想必能發揮各種用途才對。

「佐……佐藤先生，這邊白色的長槍不是龍的爪子嗎？」

蕾伊見到莉薩專用的龍爪槍之後發出了驚呼聲。

這是我使用了之前獲得的「龍爪矛的槍尖」以及堅固的真鋼合金材質槍桿，製作而成的莉薩專用龍爪槍。

至於黑龍赫伊隆的獠牙，我打算等到針對槍桿部分的加工技術更為熟練之後再拿來使用。

「妳很清楚嘛，蕾伊。猜對了哦。」

「我在拉拉其埃看過了好幾次。」

據蕾伊的說法，上面所散發的生機似乎和其他生物的爪子有所不同。

「哇──好多槍。」

「那是露露的裝備哦。」

附帶望遠鏡看似近未來步槍的是改良型的光線槍，至於看似可以用來射殺大象的粗獷外型步槍則是發射實體彈的試作二號。

露露的光線槍我嘗試將集束器換成了大怪魚的水晶體，結果威力躍升了好幾倍，所以今後我打算讓她將輝焰槍作為平時之用，消耗魔力甚鉅的光線槍就留待終盤圍剿敵人使用好了。

另外，實體彈型雖然差不多成功實用化了，但便利性比起輝焰槍或光線槍都略遜一籌，威力也比光線槍還差，所以感覺上會專門用來對付魔法無效的敵人。

「這個很漂亮呢。」

「那是使用冰晶珠的冰彈自動裝填型大砲哦。」

看起來很帥氣，但畢竟脫離不了浪漫武器的領域，所以我決定封藏起來。

「這邊較短的也是槍嗎？」

「這邊的手槍是防身用的呢。也有妳們兩人的份哦。」

我嘗試製作了好幾種比起在「龍之谷」獲得的魔法槍還要小型的手槍。

外觀是槍，事實上卻是射程十五公尺左右的對人壓制用雷杖槍——也就是類似於魔法性質的電擊槍。可以切換成碰到之後僅會麻痺一下的牽制模式和足以令對方氣絕的壓制模式兩種。

「這個是大砲？」

「是魔巨人兵專用的小型魔砲哦。」

蕾伊向傾頭不解的優妮亞告知了正確答案。

這是我為了後衛成員當中火力較低的露露正在開發中的武器。最終考慮製作成類似搭載於飛行帆船上，安放著五連裝魔砲的浮遊砲台那種東西。

「這邊是短劍和什麼呢？」

「那個是名叫『苦無』的短劍和名為『手裡劍』的暗器哦。」

手裡劍是我消遣之餘製作的，所以沒有任何特殊效果，但苦無則是運用了「理力之手」的技術之物，投擲後會自動返回與苦無搭配成對的手套裡。

「看好了——」

我戴上手套將苦無拋向目標，中途又轉動手腕把苦無收回手套之中。

「哇啊！飛回來了。」

「要不要試試看？」

「嗯！」

我將手套交給吃驚的優妮亞讓她遊玩。

手套是以奧利哈鋼纖維製成，所以就算些許的失誤也不會割到手，而且還會像磁鐵一般吸附著因此不用擔心掉落。

「大型的劍就很普通了嗎？」

「不，那也有各種機能哦。」

我嘗試在小玉和波奇的劍上附加了利用那種收縮魔法合金延伸三倍長度的機能，娜娜的劍則是加上了牽制用的電擊和衝擊波的投射機構。

另外我在透過試作裝置測試能否使用青液和奧利哈鋼的時候，試著製作了好幾把長劍大小的奧利哈鋼材質聖劍，不過卻找不出有什麼用處。

要當作魔力電池來使用的話只要有量產型的鑄造魔劍就很足夠，所以這些我打算以勇者無名的姿態活動時再拿來用。

「這邊的衣服？鎧甲？雖然不清楚，不過很可愛。」

「那是亞里沙她們後衛專用的裝備哦。」

或許是看起來很可愛的緣故，蕾伊和優妮亞都很感興趣。

看兩人似乎很中意的樣子，所以我準備贈送僅有外觀相似的裝備給她們。

在介紹完亞里沙和蜜雅專用的新長杖之後，我們便移動至擺放非裝備品的倉庫。

「主人·佐藤，這邊是什麼？」

「那個是義足哦。」

為了順便測試試作裝置，我還製作了卡吉羅先生專用的義足，但先不提跳躍力增強和踩踏力強化的要素，當初採用了亞里沙的意見一併附加了從膝蓋發射火箭砲和緊急用防護罩產生裝置實在是相當失敗的主意。要是送出這種義足的話會出問題吧。

需要安裝在他義足上面的機能，等我徹底調查過後再來重新製作好了。

「然後，旁邊的是攪拌機和果汁機。大型的則是各類冰箱和名叫『真空凍結乾燥裝置』的東西。」

「果汁機？」

「真空凍結乾燥裝置？」

我向腦袋浮現問號的兩人解釋道。

真空凍結乾燥裝置是我取得了冰石和風石之後，心想或許有辦法長期保存蔬菜及輕鬆製作出粉末狀的青汁，故而試作出來的東西。

「既然是調理用，拉庫恩島也想要一台哦。對吧，姊姊。」

「嗯，如果有的話應該很方便……」

「當然了，也有拉庫恩島的份哦。」

我向客套的蕾伊這麼告知。

這方面的調理器具，我還打算提供給廚師精靈妮雅小姐以及棕精靈等人。

大致參觀完畢後，我們便離開了倉庫。

「什麼嘛，原來你在那邊的倉庫裡。」

「有何要事嗎？」

來到外面，只見艾雅女士正在找我。

「你現在有來客吧？午餐之後我會再過來的。」

「那個，不嫌棄的話——」

蕾伊挽留了準備離開的艾雅女士。

由於便當的分量相當多，於是她邀請艾雅女士一併舉辦了午餐會。

「哦——今天是魚類料理呢。」

「主人‧佐藤，吃吃看醬煮。是姊姊做的哦。」

「優……優妮亞……」

據說兩人在學習防身術的課程當中和妮雅小姐處得相當融洽，甚至還向她學習了烹飪。

「嗯，真好吃。」

甜甜鹹鹹的醬煮六線魚實在很美味。

搭配白飯固然不錯，但感覺上真想喝著辣口的日本酒一邊享用呢。

「真的嗎？」

「不是客套，非常好吃哦。」

我誠心這麼回答後，蕾伊便紅著臉浮現出盈盈的笑容來。

「主人・佐藤，也吃吃這邊的飯糰。是我做的！」

「哦──我嚐嚐。」

──好重？

製作時似乎捏得很用力的樣子。

「鹹味恰到好處呢。」

「喜歡嗎？可以多吃一點哦？」

「嗯嗯，我不客氣了。」

雖然有些硬，不過比起黑麵包或堅燒餅乾要好得多，所以我便毫不在意地享用著兩人親手製作的便當。

相較於味道濃郁的醬煮，艾雅女士似乎更喜歡油炸澤蟹和鹽煮小蝦。

不知為何，負責解決飯糰的僅我一個人，但我無意抱怨些什麼。

最重要的是，儘管這段期間僅能在傍晚之後陪伴她們，但蕾伊和優妮亞兩人似乎都在波爾艾南之森玩得相當盡興，這讓我有些放心了。

「對了，今天有什麼要事嗎？」

喝完飯後的一杯茶，我向艾雅女士這麼詢問來意。

至於蕾伊和優妮亞則是表示從中午開始要向家庭妖精棕精靈們學習香草的培育方法，於是臉上帶著笑容回去了。

「對了對了，差點忘記。你在打聽治療部位缺損的魔法藥對吧？我們的工房裡有一瓶備用的，所以就拿來給你了哦。」

艾雅女士將裝在大瓶子裡的魔法藥放在桌上。

儘管義足白白浪費了，但相較於加入了奇怪機關的義足，我想卡吉羅先生還是更希望讓自己的腿再生吧。

「像這樣的貴重品，真的可以嗎？」

「嗯嗯，無所謂。畢竟多虧佐藤你的贈送而有了聖樹石，等光船修復結束後倘若世界樹還有餘力的話，雅潔大人就能製作好幾瓶哦。」

——哦——是這樣嗎。

從她的語氣聽起來，方才所言似乎是真的。

「那麼我就感激地——上級的體力回復藥？」

在道謝的途中，ＡＲ顯示的情報讓我不禁這麼脫口而出。

「是啊，手腳的部位缺損，只要一大瓶就能治好哦。」

這怎麼可能——儘管艾雅女士的說法讓我大受衝擊，我仍搜尋了手邊的資料。

果然，這本書裡的記載正如我印象中一樣，上級魔法藥或下級萬靈藥是無法治療大規模部位缺損的。

「怎麼了，佐藤？」

面對疑惑的艾雅女士，我從道具箱拿出剛才的書籍加以確認。

結果——

「啊啊，那是誤植。」

——卻得到了這麼輕描淡寫的回答。

「是抄寫時的誤植哦。想不到還留有誤植後未更正的書籍呢。」

原來如此，是人工抄寫的時候搞錯否定句，把「治療」和「無法治療」弄反了。

我用筆訂正了該部分，並在欄外加註了訂正的日期和提供情報的艾雅女士之名。

「佐藤你所提到的要治療人族的一隻腳，上級魔法藥就是一大瓶，而下級萬靈藥只要一小瓶就很夠了。」

什麼啊。既然這樣，靠著之前在寶箱獲得的下級萬靈藥，負責房子警備任務的卡吉羅先生早就可以把腳治好了——不，不對。

倘若沒有這個誤植的話，儘管卡吉羅先生的腳已經治好，但在火災中差點喪命的蒂法麗莎就無法治療眼睛了。

既然卡吉羅先生的腳可以用這次的藥來治療，所以我還是當作誤植的結果幫了我一個大忙吧。

「不好意思，佐藤。我居然會把內容誤植的書籍交給你。」

「不，沒有這回事哦。」

面對艾雅女士的賠罪，我說出了剛才的想法並表示結果圓滿，然後雙方一起笑了出來。

「那就太好了。部位缺損的修復會消耗魔力和體力，所以當使用者的保有魔力較少時，在讓對方喝下魔法藥之前先用加入骨粉的麵包和肉填飽肚子比較好哦。不然會因為消耗甚鉅而躺上好一陣子的。」

我對艾雅女士的建議表達了感謝之意。

「不過，你應該當下就能識破誤植才對。」

「您太過獎了哦。」

這麼回答艾雅女士之後，我才想起了誤解的理由。

我之所以誤會上級魔法藥無法治療部位缺損，是因為在公都遇見的歌姬精靈希莉露多雅小姐仍然利用活體義肢來彌補失去的手臂。

所以，我就以為精靈們要修復部位缺損也是很困難的一件事。

「艾雅女士，我真的可以收下這個上級魔法藥嗎？」

「嗯嗯，當然。有什麼問題嗎？」

我試著詢問艾雅女士是否優先治療希莉露多雅小姐比較好。

「你見過那孩子了嗎……那個頑固女孩就不用擔心了哦。你知道之前在迷宮都市有許多年輕精靈喪生的事件嗎？那孩子，希雅和尤亞就是那次事件的少數倖存者呢。」

艾雅女士語氣平靜地告知了過去的事情。

她口中的尤亞，似乎就是在聖留市擔任萬事通屋店長的尤薩拉托亞先生。

「當失去孩子的精靈們出於感情因素而放逐托亞的時候，她說既然如此我們也必須贖罪。希雅於是沒有再生手臂，裝上托亞留下的活體義肢後貿然離去。而尤亞也追趕著托亞和希雅離開而不再回來。」

儘管她沒有明說，但遭到放逐的托亞應該就是製作了「搖籃」的精靈賢者托拉札尤亞先生了。

他遺留在「搖籃」裡的手記裡也有類似的記述，所以應該沒有錯。

話說回來，「贖罪」嗎。

等到有能力製作部位缺損的治療藥品之後，我原本打算一併向她提供，但既然是出於這種理由，我的舉動似乎就變得多管閒事了呢。

我對於害得艾雅女士說出了難以啟齒的過去表示歉意，然後換了個話題。

「說到這個，您剛才提到倘若世界樹有餘力，雅潔小姐就能製作上級魔法藥——」

這件事情也讓我非常在意呢。

「是啊。雖然萬靈藥所需的真玉的精靈珠必須四位以上聖樹大人才能辦到，但若是上級魔法藥所使用的精靈珠碎片，雅潔大人一個人就能讓世界樹製作了。」

而只要有了那種精靈珠的碎片，艾雅女士她們似乎就能鍊成上級魔法藥的樣子。

我很好奇這是否可以解釋為雅潔小姐有能力製作出上級魔法藥，但既然當事人是這樣的認知，我也就不多嘴了。

——等一下。

聖樹大人——只要是有四位高等精靈的精靈之村，就可以製作萬靈藥嗎？

既然這樣，若拜託波爾艾南之森以外的高等精靈，是否就能獲得萬靈藥了……

我將雅潔小姐感嘆自己能力不足的悲傷表情，以及確保同伴們有個萬一之際的保命手段放在了天秤的兩邊。

儘管煩惱了些許，天秤還是傾向了後者。

雖然對雅潔小姐很不好意思，我還是拜託其他村子的高等精靈製作萬靈藥好了。

自認為監護人的自己竟然沒有當下做出這個選擇，我覺得實在有些窩囊。

「要是有精靈珠或血珠的替代品就好了呢。畢竟透過伴隨大量屠殺的邪法所獲得的魂魄珠和靈珠製作而成的萬靈藥很有可能會遭到詛咒——」

艾雅女士面帶愁容說道。

那個我也敬謝不敏。

實在很像是統治者會選擇的那種身敗名裂的下場。

「——況且對古龍或天龍製作的龍力石或真龍珠下手的話，大概整個國家或森林都會被燒掉吧。」

艾雅女士聳聳肩膀這麼苦笑。

古龍或天龍？

……怎麼可能呢。

我這麼心想，腦中同時掠過了當初發現蒼幣而非聖樹石的事情。

抱著一絲希望，我嘗試搜尋了儲倉裡的「龍之谷／墓地」資料夾以及「龍之谷／戰利品」資料夾。

——有了。

確認搜尋結果的同時，我一邊詢問艾雅女士：

「艾雅女士，所謂的龍力石和真龍珠，是殺死古龍或天龍後得到的物品嗎？」

「不，你說的是讓下級龍或成年龍的心臟結晶化後的龍心血晶，至於龍力石和真龍珠，據說是龍將支配的源泉魔力及龍的生命力編織起來後結晶化而成之物。」

原來如此，這樣一來就跟蒼幣一樣用不著客氣了吧？

我從儲倉的「龍之谷／戰利品」資料夾中將龍力石和真龍珠分類到其他的資料夾裡。數量相當多。前者為數萬，後者也是數百個以上。

其中還有名叫龍神珠的東西，但總覺得很可怕所以並未觸碰就放著不管了。

「艾雅女士，您知道使用龍力石的製作法嗎？」

我從儲倉取出了最小號的龍力石——沙灘球大小的藍色透明寶石向對方出示這麼問道。

光是拿著，就感覺得到魔力和活力正在流入手裡。

不過我一直將魔力填充完畢的聖劍當作電池使用，所以並不特別需要就是了。

「什麼——」

艾雅女士見到龍力石之後大吃一驚。

「為何會有那種東西？莫非你去過古龍或天龍的住處了嗎？」

難得的美少女臉龐，請不要做出像搞笑漫畫那樣的怪臉好嗎。

「真是的，你實在很不怕死呢……算了，製作法幾乎直接照搬就行，不過有幾點需要注意。」

艾雅女士頂著疲憊的表情說著，然後告訴我上級魔法藥和萬靈藥的製作方法。多虧如此，我就不用去拜託其他森林的高等精靈，也不至於讓雅潔小姐徒傷悲了。

「即使是下級，萬靈藥製作起來也很累人呢。」

「唔，是很累人沒錯——」

這次因為有艾雅女士盛情分享給我事先準備妥當的素材所以比較輕鬆，要是從零開始製作的話感覺至少要花費一個月。

「——這可不是僅僅告知製作法之後，毫無失敗就能製作出來的東西呢。」

順風耳技能捕捉到艾雅女士喃喃的低語。

畢竟為了不浪費對方提供的素材，過程中我都很小心謹慎呢。

「一共完成了十八瓶，所以就留一半在村裡吧。」

「不，有兩三瓶就夠了哦。」

就算只有一瓶也行——艾雅女士這麼說道。

包括在迷宮進行探索的同伴們以及拉庫恩島的蕾伊她們共計只要預留九瓶就行，但艾雅女士卻婉拒收下三瓶以上的數量。

「話說回來，活了那麼長時間，我還是第一次見到最高品質的下級萬靈藥哦。」

艾雅女士鑑定完收下的藥瓶後感嘆地呼出一口氣。

「是這樣嗎？」

「真是的，年紀輕輕到底是怎麼修行的……」

對不起。

我只是用特殊技能分配了點數而已。

艾雅女士的稱讚實在讓我有點心痛。

「接下來終於要挑戰萬靈藥了嗎？」

「不，那個已經——」

「已經製作出來了嗎？」

因為，基本製作法就跟下級萬靈藥一模一樣。

雖然魔力調整稍微出現一點失敗，導致沒能成為最高品質，不過我已經掌握到了訣竅，所以從下次開始應該就能製作最高品質的萬靈藥。

只不過，萬靈藥有部分的素材欠缺因此只能做出一瓶而已呢。

等待材料湊齊後再來挑戰吧。

另外，考慮到有時要讓這些藥外流，我於是先將製作者名保持為空欄。

瓶子也加上了阻礙認知系的小手腳，使製作者名之類的詳細情報難以鑑定。

「接下來我想量產上級魔法藥，可以借用一下大型的鍊成裝置嗎？」

「嗯嗯，工房裡的暫時不會用到，你就盡量使用吧。」

我將交流欄的名字改為空欄後便開始作業。

由於材料有大量庫存，我於是不斷量產出上級的體力回復藥和魔力回復藥。

大量製作的時候還是大型鍊成裝置比較方便。

「真是的，像製作下級魔法藥一樣速度那麼快……真虧他的魔力跟得上呢。」

在我製作上級魔法藥之際，身後傳來了艾雅女士欽佩卻又傻眼的喃喃自語。

這些藥品就留下一半送給波爾艾南之森的精靈們好了。

◆

「簡直就像是怪獸大決戰。」

在我的目光盡頭處，貝西摩斯和沙巨人雙方扭打在一起。

儘管是不容錯過的賽事，但可惜的是在我透過轉移用的「妖精之環」抵達修行場之前，戰鬥似乎就已經結束了。

從戰場返回的同伴們正在接受精靈老師們的訓示。

「莉薩，別忘記剛才的感覺。」

「是的，老師！」

察覺我的身影後，莉薩喊了一聲「主人」並跑了過來。

「請聽我說！我終於成功了！」

莉薩一臉驕傲地向我報告自己成功施展出魔刃砲了。

那似乎是一種將劍上魔刃擊出的漫畫般招式。

「很厲害嘛，莉薩！今天晚餐我會煮很多妳喜歡的肉類料理哦。」

聽我這麼說之後，莉薩笑容滿面地回答：「是的！」

這種契合她這個年紀的笑容真是不錯。

這時，小玉和波奇也踩著小步伐跑過來。

「小玉，學會了短劍亂擊～？」

「老師教了波奇必殺技的型喲！」

「小玉也是～」

兩人都向我展示了如何出招的動作。

那種慌慌張張的動作無法看出有何過人之處，但想必一定是相當厲害的招式。

「要努力讓自己能施展自如哦。」

「系！」

「我也一樣很看好波奇啊。」

「是喲！」

小玉的武士老師西亞先生和波奇的老師波雅小姐出言激勵後，小玉和波奇兩人都擺出「咻答」的姿勢回應。

而在波奇和小玉的對面，可以見到亞里沙正在和空間魔法使的精靈長老交談。

「亞里沙小姐，今天教妳的咒語不可用在人世的戰爭當中哦？」

「當然了！我會用來打倒魔物和魔族這些強大的敵人！」

亞里沙似乎學到了相當駭人聽聞的空間魔法。

之後她才告訴我，那是一種在指定範圍進行原子分解的極凶惡魔法。

也難怪空間魔法使的老師會叮嚀她不可用於戰爭了。

「佐藤。」

精疲力竭的蜜雅軟綿綿地一把抱住了我。

「貝西摩斯，學會了。」

「妳的魔力還不夠，不可以一個人施展哦。」

「嗯，知道。」

對於蜜雅的報告，雅潔小姐這麼囑咐道。

從剛才的對話聽來，之前雅潔在虛空中施展的精靈魔法「魔獸王創造」似乎已經傳授給蜜雅了。

儘管現在無法獨自施展，但等級提升後魔力增加應該就能解決吧。

「主人，希望提高浮遊盾的追隨速度——這麼告知道。」

結束訓示後返回的娜娜提出了這樣的要求。

「我應該設定得很極端了，還是太慢嗎？」

「身體強化時做出急速動作，會遭到些許的阻礙——這麼報告道。」

我讓她實際示範後，得知與浮遊盾匹配成對的基點道具會有應力作用其上，稍微妨礙了娜娜的動作。

儘管確認了問題點，但以如今使用術理魔法系機制的浮遊盾來說，理論上沒辦法再改進了。

若要追求更佳的性能，就必須摸索空間魔法系的機制。

「沒辦法立刻辦到，但我會盡快解決的哦。」

「是的，主人。」

目前的浮遊盾先給後衛使用，然後從今晚開始設計娜娜專用的新浮遊盾好了。

另外，關於試作後已經證明沒有問題的那些裝備，接下來還必須讓蜜雅和亞里沙學習新的魔法道具製作用魔法，這一點實在讓我很過意不去。

不過，畢竟是為了充實同伴們的裝備，得想點獎勵的方式讓她們欣然同意才行。

「主人！我和妮雅小姐製作了巧克力糕點和巧克力夾心糖！因為要當作飯後甜點，晚餐請不要吃太多。」

「嗯嗯，我很期待哦。」

巧克力夾心糖據說已經揮發掉了酒精，不過在發放給同伴們之前得用鑑定技能檢查一下才行呢。

「主人‧佐藤。」

正在和露露交談之際，優妮亞從蜜雅的相反側向我抱來。

在她的身後，她的姊姊蕾伊和教授兩人防身術的妮雅小姐也走了過來。

「佐藤先生，妮雅大人給了我們防身術初級證書。」

「很厲害哦，蕾伊。優妮亞妳也非常努力呢。」

我這麼誇獎滿臉自豪的蕾伊和優妮亞並撫摸她們的腦袋之後，兩人就像貓咪一樣瞇細了雙眼。

儘管兩人沒有血緣關係，不過這種動作還真是相似。實在很有姊妹的感覺。

了。

◆

就這樣，以剛才的沙巨人戰作為壓軸，長達十天的修行以及物品製造的日子就此落幕了。

在修行的途中為了更新回歸日，我曾一度返回了迷宮都市，但除此以外的時間都待在波爾艾南之森努力製造。

從樹屋啟程時雅潔小姐看起來有些落寞，但在我告知很快就會再回來玩之後，便換上了笑容送我們離去。

臨別之際，雅潔小姐曾經邀請蕾伊和優妮亞以後在波爾艾南之森生活，但兩人都表示拉庫恩島才是自己的家而堅決推辭了。

「再見，主人，佐藤。」

「佐藤先生，請隨時過來玩。」

「嗯嗯，我一定會來的哦。」

帶著兩人贈送的向日葵和許多的南國水果，我們利用「歸還轉移」返回了賽利維拉的迷宮。

「呼——總覺得好久沒回來了呢。」

亞里沙這麼說著伸了一個懶腰。

「向日葵想要種植在育幼院——這麼告知道。」

「說得也是呢——」

莉薩點頭同意娜娜的發言。

不僅種植簡單，孩子們的笑容和向日葵也非常相襯呢。

「——畢竟還可以當作緊急糧食。」

理由和我猜想的有點不一樣。

「距離預計回歸日還有充足的時間，要先返回房子嗎？」

我的問題讓同伴們面面相覷。

亞里沙代表同伴們向前踏出了一步。

「我們想要戰鬥！希望透過實戰來實際感受修行的成果哦！」

「那麼，我們走吧。既然想測試修行的成果，前往敵人數量多且實力差不多強的眷屬所在地比較好吧？」

見到同伴們點頭，我一邊挑選著候補地點。

「選擇傑利爾交手過的甲蟲系嗎？另外雖然需要防範鱗粉，不過蝶蛾區的眷屬也比較強哦。」

雖然軍隊蟻區和騎士螳螂區也很難割捨，不過兩地的「區域之主」都很有個性，所以就沒有列為候補了。

「嗯～就攻略和暫定勁敵傑利爾一樣的敵人，藉此來測試實力吧！」

「說得也是呢。既然是甲蟲就能盡情發揮槍術了。」

「勢均力敵的對手喲。」

亞里沙的提議陸續獲得同伴們的贊同。

眷屬雙雷甲蟲和雙嵐甲蟲都比其他區的眷屬強上一等，而且這裡的「區域之主」真硬角甲蟲僅雷魔法和風魔法比較危險而沒有奇怪的特殊能力，所以同伴們既然想要挑戰也沒有問題。

況且真硬角甲蟲的區域周邊還有魔法無效的吸魔海葵以及物理攻擊難以生效的泥人偶區，所以用來驗證修行的成果應該很合適吧。

「說到這個，在進迷宮之前，雜魚林他們不是盯上了『區域之主』嗎？會不會已經打倒了呢？」

「以期間來說，就算討伐結束也不足為奇了呢。」

我這麼回答的同時一邊透過地圖搜尋薩里貢的名字。

他所在的區域，其霸主是名為招雷公鹿的巨大鹿，好像還沒討伐完畢的樣子。

——姆姆！

「什麼？又有麻煩了？」

「嗯嗯，真是傷腦筋呢。」

攻略真硬角甲蟲區的事情，看來要等我們先雞婆一番之後了。

我找出最近的刻印板，和同伴們一起實施了「歸還轉移」。

魔誘香

「我一心想要離開從早到晚工作也僅能勉強活下去的農村。跑出村子後，我拚死不斷努力成為了探索者。不過，卻只是讓我體認到能夠成為英雄的僅有限定的一小部分人而已。」

「現在怎麼辦啊，貝索？」

「閉嘴，塔赫列。別打擾我思考。」

我將塔赫列探過來的那張怪臉推了回去。

前往獵殺迷宮油蟲時，我抱著必死的覺悟順便弄到了作為魔誘香材料的魅油涎，結果地下市場那個叫泥蠍史考畢的新負責人竟然說已經不收購魅油涎。

就算聲稱願意高價購買魅油涎的迷賊已經不在了，這種事情誰會相信啊。

那傢伙一定是想要從我們這裡低價買入魅油涎。

聽說地下市場的那些老朋友都被衛兵抓走，魔人藥也變成那種離譜的價格，這個世界簡直沒有一個正常的傢伙。

「我們得罪了可辛老爺，特洛伊和新人們也一定都死掉了。向可辛老爺預支的錢這個月雖然付得出利息，不過下個月根本就沒著落啊。」

「這種事情我知道啦。」

打從我們接了貴族發布的採集蟻蜜委託就開始倒楣的日子了。

都怪那些顧著逃跑的獸人和兩個連誘餌也不會當的女人，差點連我們也沒命。

而且還吃上把魔物的連鎖暴走帶到迷宮方面軍駐地的罪名，被課了離譜的罰款。

雖然最後把獸人跟那些女人都牽扯進來所以罰款只有不到一半的數目，但還是付不出來啊。

——難道要賴帳嗎？

腦中閃過這種念頭，但我立刻就甩甩腦袋打消這個想法。

要是真的賴帳的話，就會像盜賊一樣遭到通緝，再也進不了任何城鎮了。

以前從當過盜賊的探索者那裡聽說過，那種生活我絕對不幹。

「喂，貝索。」

我瞪了一眼出言抱怨的塔赫列。

不過，那傢伙卻望向和我不同的方向。

「那個不是薩里貢他們嗎？」

「以赤鐵探索者大人來說，未免也太落魄了。多半是在跟『赤龍的咆哮』競爭，跑去挑戰『區域之主』了吧？」

「原來就連那群怪物般的傢伙也贏不了啊。」

我對語帶欽佩的塔赫列嗤之以鼻。

這傢伙什麼也不懂。

「要是這麼簡單就能擊敗的話，世上的探索者早就不獵殺螳螂或青蛙，改去打倒『區域之主』翻找寶箱了。」

——寶箱……嗎？

我聳聳肩膀，腦中浮現出來的點子一邊逐漸成形。

塔赫列似乎正在說些什麼，但我卻充耳不聞繼續策劃著餿主意。

「喂，塔赫列。那個你沒丟掉吧？」

「嗯嗯，在迷宮裡拿出來根本就是自殺行為，這還用說嗎？」

「跟我來。」

「啊，喂，貝索！起碼說一下去哪裡啊！」

我懶得告訴塔赫列自己的作戰計畫，直接前往住在後巷破屋裡的非法鍊金術士老頭那裡。

目的是為了讓對方將魅油涎製作成魔誘香。

至於工錢就是我自己留作殺手鐧的魔人藥。

要是對方帶著東西跑掉就得不償失，所以我在完成的這三天期間都住在臭死人的破屋裡。

「——那就是魔誘香嗎？」

「嘿嘿嘿，沒錯。放在這個管子的期間很安全。只要拉扯這繩子就會冒出煙來。記得丟掉繩子啊？不然繩子上沾染的魔誘香可是會吸引魔物過來的。」

我收下了三根管子和兩根小管子。

「這邊小一點的是什麼？」

「還剩下一些，我就裝起來了。你應該想找個地方確認有沒有效果吧？」

「嗯嗯，就這麼辦吧。」

我將小管子塞進口袋裡，一腳踹起了正在地板呼呼大睡的塔赫列。

「起來了，塔赫列。藥已經完成，先塞進你的倉庫裡吧。」

「哦，完成了嗎？『寶物庫』，開啟吧。」

塔赫列打開倉庫，收納了三根管子。

雖然平常只用來裝水或食物之類的東西，但空間卻足足可容納四個木桶的水。

隊。

我之所以一直跟塔赫列這個蠢蛋一塊組隊，就是因為這傢伙擁有這種技能。

「我去跟薩里貢交涉。你就挑選五六個逃得快的探索者過來吧。」

「嗯嗯，知道了。就找『逃矢』或『脫兔』的那些人。」

我把跑腿的事交給塔赫列，經過拚命交涉後成功地溜進了薩里貢的「區域之主」討伐隊。

可惜的是以搬運工的名義而非討伐隊員，但我可不想在「區域之主」出沒的內地跟魔物戰鬥所以正合我意。

反正最重要的是讓他們護送我們前往「區域之主」所在的場所，以及在我們翻找寶箱的期間負責吸引「區域之主」的注意力。

「貝索！」

我搞定這些事情後正在喝著麥酒解渴之際，塔赫列跑了過來。

「找到幾個了？」

「不行。奇怪的謠言已經傳開了。『逃矢』或『脫兔』都沒有人肯來啊。」

「說服他們然後把人帶過來，這就是你的工作吧！」

我這麼斥責沒用的塔赫列，然後一口氣喝光麥酒。

所謂奇怪的謠言，好像就是跟我們一起探索的話就會被捲入魔物的連鎖暴走，然後遭到拋棄云云。

「不管是老手或者新人，每個人都已經知道了。」

塔赫列說得彷彿事不關己一樣。

「怎麼辦，貝索。」

「你偶爾也動動腦筋吧。」

遭到斥責後縮了縮腦袋的塔赫列，他的後頭可以見到一群擺明就是剛從鄉下出來的小鬼們。

而且恰好是看起來腳程很快的獸人小鬼。

「喂！那邊的小鬼！你們是新人探索者嗎？」

「我是烏沙沙！不系小鬼！」

還是老樣子，獸人說起話來很難聽懂。

「很有活力的傢伙嘛，我喜歡。你們是青銅嗎？」

不過，似乎可以用來當作誘餌的樣子。

「還……還沒有。」

「怎麼，是木證嗎？」

「不是。」

「喂喂，難道是搬運工啊？」

「我……我們只要有武器的話……」

小鬼們被傻眼的塔赫列這麼一說紛紛垂下腦袋。

「閉嘴，塔赫列。」

我的話讓小鬼們抬起臉來。

「我來教你們怎麼賺錢。包括成為探索者的裝備也是。」

「為……為什麼？」

「不是免費的啊。等你們獨當一面後要償還的。」

面對我的甜言蜜語，沒見過世面的小鬼們一下子就上當成為手下了。

我先幫他們購買中古的骨鎧和哥布林棍棒後讓他們取得木證，再利用實驗魔誘香的機會順便招來了哥布林，藉此讓他們戰鬥以取得青銅證。

「貝索，這樣一來就行得通了。」

「嗯嗯，超乎想像啊。」

魔誘香真是厲害。

平常不多見的哥布林和迷宮蛾竟然從四面八方聚集而來，差點以為沒命了。

幸好是挑在森多這個爛好人路過的時候使用，那些沒辦法應付的魔物就塞給他們處理，看來這種藥實在不能輕易拿出來用啊。

「大哥！」

在讓取得青銅證的小鬼們享用廉價的蟲肉作為慶祝之後，他們便開始稱呼我們為「大哥」了。真是一群現實的傢伙。

「有奇怪的人說要找大哥。」

三名看來很寒酸的男人從小鬼們身後探出臉來。

「你就是貝索先生？聽說你混進薩里頁的討伐隊了？」

「只是搬運工名義罷了。」

這些人經常在地下市場裡見到。

大概是之前的負責人被抓之後，他們連帶也丟了工作吧。

「能不能也帶我們一起去？」

不知是何時取得的，他們居然有青銅證。武器則是廉價的鐵劍嗎——

「這可是要賭上性命的哦？」

「我們知道啦。」

「那麼就歡迎加入。」

——歡迎加入誘餌的行列。

就這樣，我們獲得了三個新的僕人，混在薩里貢的討伐隊當中往迷宮出發了。

◆

「大哥，小鹿群好像又靠過來了。」

「嗯嗯，那些傢伙總是成群結隊啊。」

薩里貢的討伐隊所選擇的對手是位於滿是雜草和岩石的地帶，名叫「招雷公鹿」的超大鹿型魔物。

為了和那傢伙交手，如今正一點一點在遼闊的大廣場上清除魔物。

在這其中，會釋放雷電的小鹿群特別棘手。

「我們也想跟鹿戰鬥。」

「我已經受夠剝皮和割草了。」

僕人們紛紛發出了不滿。

你們也學習一下默默工作的獸人小鬼吧。

「吵死了。那種事情等你們學會割草後再說吧。」

所謂的割草就是打倒名為「旋轉雜草」的車輪般草型魔物。

雖然跟哥布林一樣弱小，但移動速度快且相當頑強所以打起來很累。

其他還有手掌般大小的羽蟲魔物，但這些都是只會掉落魔粒的小嘍囉。

聽到喀鏘的聲響回頭一看，只見一臉不耐的薩里貢踢壞了一個木桶。

「可惡！是哪個傢伙說鹿很軟弱所以輕鬆就能打倒了。」

或許是攻略遲遲沒有進展，薩里貢向周遭人出氣的次數也愈來愈多。

時候差不多了吧？

「薩里貢大人，請冷靜啊。」

我拿出了私藏起來的葡萄酒。

那傢伙二話不說地喝光葡萄酒，然後拋出一句「原來是便宜貨」。

真是讓人火大。

「我有個不錯的作戰計畫，願不願意聽一下呢？」

我向薩里貢提議了利用魔誘香將魔物們引誘至大廣場的相反側，然後由斥候吸引區域之主過來的作戰計畫。

「用魔誘香吸引魔物們……你沒發瘋吧？」

「嗯嗯，相對的，成功的時候請多給些報酬吧。」

「你就好好等著吧。只不過——」

一臉狐疑的薩里貢最後仍同意了實施我的作戰計畫。

他將出鞘的劍抵在我的喉嚨上。

「——要是你帶著引發了連鎖暴走的魔物回來，我會搶在魔物之前先把你砍了，可別動什麼歪腦筋哦？」

「嗯嗯，當然了。」

背部流出了冷汗。

我不斷點著頭，總算度過了這個場面。

「好多魔物啊……」

一名僕人望著懸崖下方全身顫抖道。

這裡是突出於懸崖的落腳處，可以俯瞰「區域之主」所在的大廣場。

位置就在薩里貢他們所布陣的場所對面。

「害怕了嗎？」

「一點也不怕！」

「安靜點，想被魔物吃掉嗎？」

我壓低聲音讓這些聒噪的僕人和小鬼閉嘴。

取得薩里貢的許可後，我們穿著燻上了驅魔物粉的斗篷，靠著薩里貢的斥候製作的地圖沿著牆邊的狹窄通道來到了這裡。

過來這裡的人只有我、塔赫列、獸人小鬼還有僕人們。

至於薩里貢派來監視我們的斥候，在通過廣場中間地帶時就回去了。

我讓塔赫列打開倉庫，取出四根管子。瞥了一眼管子上的繩子後，我背起其中特製的一根，然後將放有魔誘香的其他三根讓小鬼們背著。

「聽好，等我發出信號後就拉扯管子上的紫色繩子，然後拋下懸崖。在看到信號前絕對不能觸碰繩子啊。」

我將管子的使用方法教給這些僕人和小鬼。

從這裡開始要分頭行動，所以我不斷重複著直到背負管子的三人記住為止。

「拋下管子後就立刻逃走。繩子別丟掉，我會用金幣跟你們交換。」

「金……金幣!?」

「好棒——」

當然，我完全沒有意思要付金幣給這些這些僕人和小鬼。

這是為了讓他們確實拉出管子上的繩子並拋下而灑出的誘餌。

「為什麼需要繩子啊？」

「那是你們使用了管子的證據。我可不是個濫好人，還會付金幣給那種不拉繩子就拋下管子的人啊。」

疑心重的僕人這麼詢問，但聽我這麼說之後露出恍然的表情。

我們分成四個方向前進。

除了我和塔赫列之外，其他都分為每三個人一組行動。

「貝索，最遠處的人馬好像也抵達了。」

薩里貢提供的這種燻了驅魔物粉的斗篷實在是性能優秀。

今後也時常拿來使用好了。

「塔赫列，發出信號吧。」

「知……知道了。」

配合著塔赫列的信號，我拉出管子的繩子，就這樣將管子踢落懸崖底下。

四根管子拖帶著白煙掉落下去。

「貝索！聚集過來了！」

那當然。

要是沒有聚集的話就傷腦筋了。

被魔誘香吸引的魔物們紛紛往管子和煙霧處集中。

飛行的魔物們則是伴隨著煙霧飛上來，往那些僕人和小鬼處聚集。

可以看到那些貪得無厭的僕人們搶走紫色的繩子後跑了出去。

「哇啊！那個傢伙，居然踢飛獸人小鬼自己跑掉了。」

被踢出去的小鬼立刻就淹沒在羽蟲群當中看不見了。

弱肉強食。這就是探索者啊。

「你們就盡量掙扎吧。」

既然拿著沾有魔誘香的繩子，無論逃到哪裡魔物都會跟著。

那傢伙再也不可能回到薩里貢的所在處了。

「別輕舉妄動。」

我小聲安撫著驚慌的塔赫列。

現在可不能隨意活動，招致魔物的注意力。

我們屏住呼吸，等待魔物從我們眼皮下消失的那一刻。

因為我剛才踢下去的管子並非魔誘香，裡面只是裝了混入驅魔物粉的煙幕罷了。

「走吧。」

「走？」

「當然是去確保寶藏了吧？」

為了讓一臉茫然的塔赫列清楚了解，我將手中的紫色繩子丟下懸崖，指向位於大廣場中央的岩山。

那裡沒有霸主的身影。

牠和其餘的魔物都被魔誘香所吸引而聚集在三處的管子附近。

在沒有了魔物的草原上，我們謹慎地從岩石背後奔跑至另一塊岩石後方。

就在攀爬巨大鹿所在的岩山期間，可以見到格外巨大的招雷公鹿在受到斥候的挑釁技能影響後往薩里貢等人的方向而去。

「嘿嘿，努力打倒魔物吧。」

——幫我們開出一條回去的路。

在懸崖的相反側，往薩里貢等人方向的路徑就像是梯田一樣。

回程似乎會很輕鬆的樣子。

「貝索！這裡找到了！」

塔赫列的聲音從岩石的另一端傳來。

寶箱就在鹿巢的一處角落。

體積還挺大的。

「打……打得開嗎，貝索？」

「那還用說嗎？有勝算我才敢賭這一把啊。」

我雖然擅長開鎖，但這種鎖實在很棘手。

「貝……貝索，不好了。」

我朝著塔赫列焦急所指的方向一瞥。

目光盡頭處是「區域之主」的眷屬們往這邊折返的景象。

「怎……怎麼辦，貝索？魔誘香的效果好像快要中斷了。」

「安靜點。會被魔物發現的！」

我這麼怒斥塔赫列，在歷經一番苦戰後總算成功打開了寶箱。

「嘿嘿嘿，這次賭對了。」

我從裝滿寶石的寶箱中取出一把看似很昂貴的劍。

從劍鞘拔出後，只見上面散發紅黑色光輝。

——是魔劍。

這下子我也能成為大富翁了。

「寶……寶石下面還有短劍啊。也有魔法藥。」

令人驚訝的是短劍也是魔法武器。

我們太走運了。簡直是被幸運女神所眷顧。

「這邊的藥品也是好東西嗎？」

「啊？大概吧。跟短劍一起先收進你的倉庫裡。」

「啊，嗯嗯。光是藥品好像就能償還借款了。」

「別講得那麼寒酸。賣掉這把魔劍和短劍，我們兩人到死為止都是大富豪啦。」

我拍了拍塔赫列的肩膀這麼笑道。

好久沒有這麼發自心底歡笑了。

至於那些為了我們而死的僕人和小鬼，就在迷宮都市幫他們蓋座墳墓好了。

「啊？」

我們的上方忽然間投下了影子。

——是眷屬。

「貝……貝索。」

「別刺激牠。乘著我爭取時間趕快跑。」

「可……可是！」

「我可不打算在這種地方被魔物吃掉啊。你拚命跑就對了。」

我拔出魔劍，一邊叫塔赫列快跑。

「你……你一定要活著回來啊！」

說著令人感到安慰的這番話，塔赫列頭也不回地跑掉了。

原本俯視著我的眷屬，這時無視於手持魔劍的我轉而望向塔赫列的背影。

眷屬用緩慢的動作朝著塔赫列踏出步伐。

「笨蛋——我怎麼可能會死呢。」

我揮動著紫色繩子，一邊注視塔赫列的背影。

塔赫列的行囊裡緩緩冒出了細小白煙。那是從最後一根小管子裡冒出來的魔誘香煙霧。

「嘿嘿，再見啦。要是活下來以後再碰面吧。」

我丟掉手中的繩子，將入鞘的魔劍插入行囊背起來。

「哦哇！」

正準備邁出腳步之際，雙腿居然絆倒而整張臉撞上地面。

「嘖！我居然也會腿軟嗎？」

我這麼喃喃自語著一邊試圖爬起來。

腳動不了。

「難道骨折了——什麼？」

腳居然變成石頭了。

「這……這是什麼？」

我這麼低語時，眼前有個桃色的長形物體猛然動了一下。

——莫……莫非……

充滿腥味的風撲上臉龐。

轉頭一看，只見出現了一頭灰色的巨大蜥蜴。

是可以將人變成石頭的怪物。

蛇尾雞。

「別……別過來！」

我伸手打算從掉落地面的行囊裡取出魔劍。

伴隨啪滋的聲響，某物體掉落在地面。

是我的右手。

蛇尾雞津津有味地大口吃著我變成石頭的手臂。

別吃啊。

那是我的手。

腳下也傳來進食的聲響。

小型的蛇尾雞們正在啃食我的腿。

沒有痛覺。

明明被咬了也不會痛。

必……必須趕快逃跑才行。

我拚命擺動左手爬行。

左手染成了灰色。

接著眼皮處落下了粉末。

視野變成灰色，然後逐漸染黑。

我最後感覺到的，就是腥臭的氣息和蛇尾雞黏稠的唾液。

區域之主

「我是佐藤。戰鬥通常伴隨著代價，但不同於遊戲，現實中僅僅一次的失誤有時就必須付出終生的代價。基本方針終究還是『性命第一』呢。」

「對了，是什麼樣的麻煩呢？果然是雜魚林他們？」

「嗯嗯，應該是。敵人的動態有些奇怪。我再詳細調查一下看看。」

往最近的區域「歸還轉移」完成後，我這麼回答亞里沙並打開地圖。

薩里貢等人布陣的場所僅有「區域之主」招雷公鹿，至於其他大廣場上的魔物們則是很不自然地聚集在招雷公鹿的相反側。

「又——是連鎖暴走？迷宮都市的探索者難道都是鐵道迷嗎？」

或許是從開火車這個術語聯想出來的。

就目前來看，探索者根本就是「鐵道脫身族」了吧。

雖然不知道是不是真的有這種稱呼就是了。

想著這種無關緊要的事情，我一邊將魔物聚集場所的地圖放大顯示確認詳情。

「糟糕。好像有點不妙。」

我帶著同伴們前往了大廣場。

「前面～？」

「是羽蟲的蟲蟲喲！」

前方通道上躺了一個被羽蟲群聚之後變得黑壓壓的人。

——快要沒命了。

我粗暴地選擇魔法欄，利用治癒魔法連同羽蟲一併治癒。

羽蟲以外的魔物也附在上面，我便使用「麻痺水縛」而非「驅除害蟲」將其一併麻痺。

「接下來拜託妳們了！」

「是的！」

我將照顧傷者的任務交給露露她們，繼續前往營救其他人。

在三處地點，總共有六名獸人小孩差點就要喪命。

另外還發現三個男人，但遺憾的是他們都已經死亡了。

獸人小孩們之所以得救，大概是因為聚集他們全身的羽蟲型魔物較弱的緣故吧。

乘現場沒其他人看見，我便利用閃驅和「理力之手」迅速救出變成羽蟲丸子的孩子們。

「是魔誘香嗎……」

包括鹿和旋轉雜草在內的魔物，已經在懸崖下開始像蠱毒生物一般自相殘殺了。

裝有「魔誘香」的管子就掉落在牠們的中央處。

三個男人之所以死亡，大概是因為把沾染魔誘香的繩子當作寶貝一樣拿著吧。

至於大廣場的相反側，薩里貢等人正在那裡與「區域之主」戰鬥中。

「居然把這九人當成了棄子嗎——」

原以為對方只是個腦筋單純嘴巴不乾淨的傢伙，沒想到居然會這麼人渣。

就算他們快要死掉也一樣放著不管好了。

「主人，傷者醒來了——這麼告知道。」

對於娜娜來說，十三歲的小孩子似乎就不算是幼生體了。

由於剛才遭到羽蟲覆蓋所以看不出來，他們的組成似乎是四名兔人再加上犬人和熊人各一名。

「謝謝你們救了我們。我叫烏沙沙，是兔人。」

名叫烏沙沙的兔少年報上名字後，其他孩子們也紛紛報出「拉比比」、「托卡卡」、「基凱凱」、「嘎烏嘎魯」和「庫貝亞」這些名字。由於無法完全記住，我於是聽過就算了。

「可以問一下發生什麼事了嗎？」

兔少年張開嘴巴準備回答我的問題，但似乎察覺到什麼便四下張望起來。

「大哥呢？貝索大哥在哪裡？」

我在腦中修正著兔少年難以聽懂的發音一邊進行對話。

「很遺憾，你們以外的其他三人已經——」

「不對！不是那些可惡的人，是貝索大哥和塔赫列大哥！」

還有其他人嗎？

安撫了激動的兔少年後，我用貝索這個名字進行了地圖搜尋。

遺憾的是他已經死了。

不知為何，地點似乎不在大廣場的牆邊而是中央附近。

就算立刻告知對方也不會相信，所以還是假裝搜索一下吧。

「小玉、波奇，妳們用望遠鏡尋找大廣場上有沒有人影。」

「系系～？」

「收到喲。」

我從兔少年等人的口中詢問了詳情。

根據兔少年他們所言，貝索贈送了裝備給他們這些生活困頓的人，還協助取得了青銅證，似乎是個相當好心的人士。

「貝索就是那個開火車的慣犯吧？」

亞里沙小聲這麼確認，我於是點頭回應。

這個問題兒童在我們第一次進入賽利維拉的迷宮時引發了迷宮蟻的連鎖暴走，最近甚至又讓迷宮油蟲連鎖暴走了。

「會是那麼好心的傢伙嗎？之前的油蟲騷動時不是也把新人當成了棄子嗎？大概是為了把那些孩子當作誘餌才收為同伴的吧？」

我同意亞里沙的說法。

少年們的證詞，與可辛先生主辦的宴會上以及「美麗之翼」兩人那裡聽來的貝索形象有著極大的不同。

「「「不是！」」」

「妳根本就不了解貝索大哥！」

聽到我和亞里沙的悄悄話內容後，孩子們激動反駁。

對於這些孩子來說，這或許才是真相吧。

「唉呀──就是了解才這麼說的啊──」

我制止了想要上前揪住亞里沙的孩子們，發動空間魔法「眺望」試著確認遺體。

我想確認過死因後，應該就能找到些許的真相了。

——灰色？

貝索的屍體就在中央岩山上開啟的寶箱旁邊，以石化的狀態被蛇尾雞啃食當中。

貝索拿著魔劍並遭到石化的那隻手，還纏繞著帶有「魔誘香」效果的繩子。

倘若我的知識無誤的話，那把魔劍上似乎以鏡像文字刻有「招福」和「良緣」的符文。

這根本就已經是「不幸」和「惡緣」的魔劍了吧。

而貝索屍體所在的岩山和薩里貢等人所處的中間地帶，名叫塔赫列的男人被巨蹄踩死在那裡。

據孩子們所言，這個男人似乎是貝索的搭檔。

雖然已經被踩爛而難以辨認，但這個男人的腰上掛有「魔誘香」的管子，且當時似乎正逃往薩里貢的方向。

總覺得可以看清事件的構圖了。

這兩人恐怕是把孩子們和同伴當作誘餌，準備從寶箱裡取得寶物卻失敗了吧。

——原來薩里貢是清白的嗎。

透過眺望觀察，薩里貢一行人正在和「區域之主」拚命戰鬥中。實在是相當驍勇善戰。

「那就是『區域之主』嗎……簡直就像在消滅怪獸呢。」

亞里沙似乎也用空間魔法「眺望」來觀看薩里貢一行人的戰鬥。

「雜魚林還真有一套呢。」

面對招雷公鹿就連大盾手都能輕易撞飛的驚人猛衝，他們利用事前設置好的三層巨大金屬網抵擋住了。倘若只有一層大概攔不下來吧。

看準招雷公鹿停下動作之際，眾人使其暴露在魔法攻擊和投石機的攻擊之下。

在這其中，於最前線奮勇活躍的薩里貢發動最為猛烈的攻擊，透過大劍上附帶魔刃的必殺技突破了招雷公鹿的防禦給予傷害。

招雷公鹿從背部延綿至頭上的突起處開始發光，待頭部的巨大鹿角染成白色後，下一刻便伴隨猛烈的聲響在大廣場的相反側落下了雷電。

「——唔哦！」

剛才的雷電所造成的衝擊，似乎讓亞里沙的空間魔法「眺望」被迫解除了。

「雜魚林他們被剛才的攻擊打倒了嗎？」

「不，似乎準備了避雷針的樣子。」

我的「眺望」繼續維持著，所以將自己的所見告訴了亞里沙。

防止猛衝的金屬網，其支柱或許在無意中發揮了避雷針的作用，薩里貢等人的損傷相當輕微。

釋放雷電之後的招雷公鹿似乎防禦力會下降，只見薩里貢等人的反擊造成了比剛才更大的傷害。

猛衝和雷電都被擋下的招雷公鹿，好像改成了利用巨軀所蹬出的鹿蹄發動了踩踏攻擊。

至於薩里貢等人似乎還有預備戰力，所以照這個樣子應該可以打贏才是。

我在心中向剛才被我冤枉的薩里貢道歉，然後祈禱著他們能夠勝利。

「找不到～？」

「活著的人和死掉的人都沒有喲。」

利用望遠鏡搜索的小玉和波奇這麼向我報告。

「貝索大哥不可能死的！」

「是啊。說不定先返回據點了，我們也過去那裡吧。」

我找出比較安全的迂迴路線，帶著孩子們前往了薩里貢等人所在的場所。

◆

「真是傷腦筋呢。」

「怎麼了嗎，主人？」

聽到我喃喃自語的莉薩這麼問道。

「有點問題呢。」

根據地圖情報，薩里貢等人好像已經放棄大廣場附近的營地開始撤退了。

半個小時前確認時，他們應該處於相當的優勢正在削弱招雷公鹿的體力計量表，所以一定是發生了某種意外才對。

我們就這樣沿著路線前進，最後抵達了魔物徘徊的營地遺跡。

堆積起來的行李和陣地遭到蹂躪，地面也因為破碎的飲用水木桶而泥濘不堪。

「哇啊！全都是魔物。」

「怎麼辦，烏沙沙。沒有人在哦。」

「我們已經回不去了嗎？」

見到完全變了個樣的營地，兔少年們發出不安的聲音。

雖說滿是魔物，但除少數以外都是個位數等級的小嘍囉。

「不用擔心哦。我會讓你們和薩里貢他們順利會合的。」

萬一薩里貢考慮將這些孩子當作拋棄式的肉盾，我就會把他們直接帶回地上，但薩里貢等人撤退時似乎並未捨棄任何重傷的搬運工，所以我想這應該是多慮了。

「你們先躲在這塊岩石後方，知道了嗎？」

我這麼吩咐後將孩子們藏在岩石後方，然後對同伴們下達指示。

「莉薩，妳負責開闢前進路線。」

「知道了。」

莉薩帶領著小玉和波奇前往掃蕩營地的敵人。

畢竟若要追上薩里貢他們，就只有通過營地的這條路線了。

「喝呀～？」

「斬首喲！」

小玉先用苦無擊瞎蛇尾雞的眼睛，踹著牆壁使出三角跳躍的波奇則是以延長後的魔劍砍掉其腦袋。

「■火，■風。」

蜜雅利用最下級的精靈魔法製造出火焰乘風而出。

小型的羽蟲燃燒四散，旋轉雜草也厭惡火焰而逃之夭夭。

「嘿！」

面對天花板附近飛行的迷宮飛燕和下級雞蛇，露露使用新的槍械加以擊落。

下級雞蛇擁有看似雞的外型卻似乎會飛行的樣子。

「砍頭～？」

「烤雞肉串喲！」

見到落下的下級雞蛇，小玉和波奇興沖沖地跑上前去砍掉腦袋。

莉薩靈活地運用了長柄，默默地將突擊而來的小鹿型魔物們殲滅掉。鹿群原本打算從額頭的突起釋放電擊，但似乎在發動前就被莉薩所打倒了。

娜娜和亞里沙則是逐一打倒了像車輪一樣滾動過來衝撞的犰狳型魔物們。

讓孩子們繼續待在岩石後方，我朝著掃蕩完魔物的同伴們所在處走去。

「新裝備怎麼樣？」

「Very～nice～」

「非常厲害喲！很大的對手也能大卸八塊喲！」

「光線槍在遠處也能很輕鬆命中。不過，這邊的反物資步槍在命中後魔物會向後飈飛，所以非常有趣！」

小玉、波奇和露露都是笑容滿面。

「良好。」

「抵擋魔物的衝擊變少了——這麼報告道。」

「後衛的禮服式鎧甲專用浮遊盾也很棒哦。就算遇到棘鎧鼠射出的散彈也會自動上前準備防禦——嗯，雖然在命中之前我就用空間魔法彈開了啦。」

對於蜜雅、娜娜和亞里沙來說大致上也是好評。

「亞里沙，有點事情要拜託妳。」

「ＯＫ——」

我拜託亞里沙在與大廣場之間的境界處架起空間魔法的結界。

為保險起見，還指派娜娜護衛著她。

「主人，可以將龍爪槍作為備用嗎？」

「那倒是無妨，莫非很難用嗎？」

「不。面對堅硬的敵人可以毫無阻力地刺入，魔力的流動性也和以往沒有兩樣，不過——」

莉薩看似欲言又止地垂下目光。

「——我的槍是魔槍多瑪。」

帶著清晰的聲音，莉薩這麼主張自己的意見。

總覺得她對自己的第一把槍有些執著。儘管性能上遜於其他的前鋒，但既然莉薩這麼表示就讓她繼續使用吧。

畢竟每當魔槍在戰鬥中受損，據說她都會包上浸泡了魔法藥的布塊來治療呢。

只不過我還進一步吩咐，遇到魔槍多瑪對付不了的敵人就要改用龍爪槍。

「呼～這樣暫時不會有增援過來了。」

「謝謝妳，亞里沙。」

和娜娜一起前往與大廣場的境界上用空間魔法加以阻塞的亞里沙回來了。

「雜魚林用來獵殺巨大公鹿的鐵柱和鎖鍊的陣地都溶化成爛泥了哦。『區域之主』果然不能等閒視之呢。」

亞里沙顫抖著這麼說道。

「這裡的『區域之主』放著不管沒關係嗎？」

我對亞里沙的問題點頭表示肯定。

畢竟薩里貢他們或許還會前來挑戰呢。

「真浪費──明明現在是用上級空間魔法很可能偷襲成功的最佳狀況──」

「亞里沙，雖說是魔物，但既然要打倒統治一個區域的霸主，就應該正面對決而非透過偷襲。」

「莉薩小姐，太帥了──！說得也是。第一次討伐『區域之主』我們比較想擊敗狀態萬全的對手，而不是受過傷的哦！」

傾聽著亞里沙和莉薩的戰鬥美學，我一邊確認地圖情報以再次確認移動路線。

「主人，要回收物資嗎——這麼詢問道。」

「薩里貢他們或許會折返回收，所以放著就好了哦。」

畢竟儘管是對方放棄的物資，但要是因此被冠上小偷的罪名也很令人火大呢。

取得了作為禮物的雞蛇肉後，我們便在打倒沿途魔物的同時追趕薩里貢一行人。

薩里貢一行人當中存在著擁有鑑定技能之人，所以我在快要追上之前便讓同伴們穿上具有阻礙認知效果的外套。

◆

「——小伙子。」

追上了在安全地帶稍做休息的薩里貢一行人後，我提出想見他一面的要求，結果竟然見到了模樣令我意外的薩里貢。

簡單來說，就是滿身瘡痍。

「我之前不曾報上姓名嗎？我是穆諾男爵家臣，佐藤·潘德拉剛名譽士爵。」

對方似乎並不記得我的樣子，所以我正式報上了名號。

「我知道，是公會長的酒友對吧？」

幸好沒有帶亞里沙她們一起過來見面。

不理會對方的虛張聲勢，我繼續說了下去。

「很嚴重的傷勢呢。」

「儘管笑吧。跟傑利爾競爭，跑去挑戰了沒有勝算的對手，最後落得被連霸主也算不上的敵人石化的下場。」

看似心灰意冷的薩里貢這麼自嘲道。

正如他所言，其右臂和右腳已經石化，而右腳自膝蓋以下都碎裂不見了。

身上也布滿了之前未曾見到的傷痕。

「其他的幾位傷勢好像也很嚴重，不用治療嗎？」

「放著不管會死掉的傢伙已經先治療過了。剩下的就等神官提伊和亞薩姆的魔力回復之後再說。」

薩里貢一行人的神官似乎是加爾雷恩神殿和赫拉路奧神殿的人。

雙方都是二十五級以上。

「石化也能用神聖魔法治療嗎？」

「好奇的小伙子。不要以為一直發問，別人就會知無不言啊？」

說得也是。

「那麼，我就提供魔法藥作為代價吧。」

我從萬納背包裡取出中級的魔力回復藥。

這是前陣子在波爾艾南之森製作上級魔法藥的時候順便製造出來的，也就是所謂「製作者：特里斯梅吉斯特」之物。

薩里貢向擁有物品鑑定技能的同伴打了個暗號叫對方調查。

「是……是中級的魔力回復藥！」

擁有物品鑑定技能之人誇張地驚呼道。

要是像之前的魔族魯達曼之戰時的公會長他們一樣陷入魔法藥攝取過量的狀態就很傷腦筋，於是我才選擇了中級，不過從對方的反應看來，似乎帶著下級的魔力回復藥會比較尋常。

「哼，也好。就回答你吧。」

薩里貢事先這麼聲明後，就回答了我剛才的問題。

「神聖魔法可以治療石化。只不過，對提伊和亞薩姆來說是辦不到的。迷宮都市的神殿長或王都的神官或許能夠治療，但這是不可能的。」

「難道需要介紹信嗎？」

「是時間。目前靠著亞薩姆的神聖魔法在抑制石化詛咒的進展，但過幾天後就會完全變成石頭了。到那個時候，就再也治不好了啊。」

詛咒？石化是詛咒嗎？

我試著開啟了瘴氣視。

的確是詛咒。並不像之前蕾伊和優妮亞身上的那種術式，似乎是相當原始且濃稠的詛咒。

總覺得可以解開的樣子，但我無意對自己人以外暴露特殊技能所以就忍住了。

「既然這樣，派人去購買萬能藥或石化解除藥的話呢？」

「豈能讓人去做這種自殺行為？況且又不是貴族，根本就沒有管道能弄到萬能藥吧？換成公會長的話或許還能取得石化解除藥……」

只不過離開迷宮時已經因為詛咒蔓延而產生後遺症了——薩里貢繼續道。

蛇尾雞專用的石化解除藥嗎……我有製作法和材料，但移動中製作似乎很麻煩。

「真是不走運啊。本來已經準備好了下位種專用的藥品，沒想到居然連毫無目擊實例的上位種也在場。」

對於自嘆倒楣的薩里貢，我將萬納背當中包取出的萬能藥和上級魔法藥擺在他的面前。

「真是沒辦法呢。欠我一個人情。」

這麼說畢後，我投以了微笑。

將孩子們當作誘餌的人並非薩里貢而似乎是貝索，況且他對亞里沙和蜜雅的友人米提雅公主又很有好感。

畢竟在米提雅公主遭受暴徒襲擊後，直到受傷的護衛返回崗位之前，他都和友人兼敵手的傑利爾先生一起無償地保護她呢。

所以，我準備以「欠一個人情」的代價來提供藥品給他。

反正同伴們還有我已經可以自行製作的下級萬靈藥呢。

「萬……萬能藥？」

擁有物品鑑定技能的探索者吃驚得快要昏倒了。

這也難怪。這可是連身為貴族的杜卡利准男爵使用時都要猶豫再三的物品呢。

「——還……還有，這邊是上級的體力回復藥！」

由於瓶子上的小手腳所以鑑定起來花了點時間，但對方似乎辨認出了那是上級的體力回復藥。

「你究竟是什麼人？」

「公會長的酒友哦。」

我這麼笑著回答後，薩里貢便換上極為苦澀的表情為剛才的無禮之言向我道歉。

「這是太守大人和我認識的貴族委託代為尋找的東西，但畢竟薩里貢先生看起來比較急需，所以相信太守大人他們會原諒我的。」

這麼說完後，我便勸薩里貢服下魔法藥。

之所以不惜拿出上級魔法藥，主要是因為針對負責房子安全的沙珈帝國武士卡吉羅先生缺損的腿部進行修復前，我希望能實地確認一下能否真的治好。

嗯，這是實驗。

並無他意。

絕對沒有。

「真的『欠一個人情』就好了嗎？」

「是的，絕不食言。」

我點頭肯定薩里貢的疑問。

「知道了。」

薩里貢喝光萬能藥之後，全身便籠罩淡淡的白光，好幾層類似魔法陣的東西在薩里貢的身體上下遊走著。

真是很有奇幻風格的特效。

待效果緩緩變淡，薩里貢彷彿石頭般的灰色手腳也逐漸變成了肌膚色。

見到薩里貢的腳解除石化後開始流血，他的同伴們便綁上帶子加以止血。

緊接著又喝光大瓶子裡的上級魔法藥之後，薩里貢的腳就如同影片倒帶一樣慢慢長了回來。

這麼說雖然難聽，但實在是相當噁心的一幕。

下次還是不要盯著看好了。

「「「薩里貢！」」」

見到不知為何整個人憔悴昏迷的薩里貢，他的同伴都靠上前去。

——糟糕。

鍊金精靈艾雅女士說過的話在我的腦中甦醒。

『部位缺損的修復會消耗魔力和體力，所以當使用者的保有魔力較少時，在讓對方喝下魔法藥之前先用加入骨粉的麵包和肉填飽肚子比較好哦。不然會因為消耗甚鉅而躺上好一陣子的。』

薩里貢因激戰之後所剩魔力很少，而且體力又下降才會變成這樣吧。

我偷偷將營養補給藥交給他的同伴，吩咐讓他喝下後靜靜休養。

至於兔少年他們，薩里貢一行人已經保證會代為送他們返回迷宮都市，我們便決定先行一步回去了。

「少爺，謝謝你！我們也一定會償還少爺的恩情！」

完成出發準備的遠征部隊，兔少年等人在行李搬運工的行列裡這麼喊道。

我則是回答兔少年他們：「我很期待哦。」

充滿暖意的耳朵裡，這時忽然傳來了雷鳴般的聲響。

「不……不好了——————！」

繼探索者們粗厚的叫聲之後，隊伍的後方可以見到人們慌張鼓譟地跑來的模樣。

「霸主追過來了！」

我打開地圖加以確認。

「區域之主」招雷公鹿似乎真的追過來了。

想不到竟然這麼快就突破了亞里沙以空間魔法布下的結界。

「拿出備用的大劍。我來爭取時間。」

「辦不到的！薩里貢！」

表情憔悴的薩里貢，整個人搖搖晃晃地想要從擔架上爬起來。

「拖著這樣的身體又能做什麼！交給我們大盾部隊吧。」

「你們才是，自豪的大盾都壞掉了吧！」

不理會互相爭執的薩里貢等人，我轉而確認同伴們的狀況。

大家都用一種期待般的表情望著我。

嗯，很棒的表情。

「這裡交給我們，各位請先離開吧。我們會負責爭取時間哦。」

我這麼說完後，薩里貢等人的目光頓時集中在我身上。

簡直就像是少年週刊裡登場人物的台詞。

「你在說什麼——」

由於沒有爭論的時間，我便以肉眼所無法及的速度毆打薩里貢的下巴讓他昏迷，然後催促他的同伴們趕快脫離。

「可別死了啊。」

「是的，適度拖延時間之後就會逃跑了哦。」

目送薩里貢一行人離去後，我便折返主迴廊準備迎擊招雷公鹿。

◆

「尺寸勉強才能擠進主迴廊嘛。真佩服牠還想要追過來呢。」

彎曲的迴廊另一端，可以見到踩著「轟隆隆」蹄聲的招雷公鹿身影。

話雖如此，除了擁有夜視技能的我之外，其他人應該都只能見到招雷公鹿的腳邊和發光的三隻眼睛而已。

——不。

黑暗中同樣浮現出帶有紫電的鹿角。

等級為五十，種族固有能力有「雷電招來」以及「眷屬強化」，技能則是「猛衝」、「刺突」、「雷魔法」和「雷屬性」，所以有防禦電擊的手段應該就能輕鬆應付。

彷彿從鹿角流洩至地面的紫電，讓招雷公鹿的輪廓浮現出來。

「……抱歉，主人。能打倒魔物的時候果然還是要先下手才對呢。」

亞里沙懊悔地喃喃道。

大概是因為剛才紫電流洩的時候，她在招雷公鹿的牙齒縫隙間看到彷彿人的手臂一般的東西吧。

由於氣氛太過嚴肅，我實在很難啟齒剛才那其實是達米哥布林的手。

「亞里沙，過去的事情再怎麼後悔也無濟於事。主人，可以冒昧請您同意讓我們與招雷公鹿戰鬥嗎？」

莉薩從自己的妖精背包裡取出了龍爪槍。

拿著龍爪槍的手，承受了她平靜的怒意而顫抖著。

看樣子，莉薩似乎也目睹了被吃剩的手臂。

話說回來，她們也太給自己壓力了一些呢。

儘管可能打擊她們的氣勢，看來我仍然據實以告比較好。

「既然想戰鬥就交給妳們了——」

「謝謝你，主人。」

「主人，感謝您。我們一定會替那些人雪恨的。」

亞里沙和莉薩抓緊了長杖和龍爪槍。

「不過，妳們真的要幫達米哥布林雪恨嗎？」

「——咦？」

「哥布林……嗎？」

「若是招雷公鹿嘴邊的那隻手，那是達米哥布林的哦。」

「原……原來是這樣……」

「討厭～既然知道就早點說嘛～」

了解實情的莉薩和亞里沙失望地垂下肩膀。

「嘛～？」

「是喲！」

至於模仿著亞里沙的小玉和波奇，似乎早就察覺到是哥布林的手。

我對陷入沮喪但心地善良的莉薩和亞里沙撫摸了腦袋後，轉頭望向大家。

即使知道了實情，她們想要和招雷公鹿戰鬥的想法似乎仍未改變。

「主人！」

聽見莉薩急迫的聲音，我將臉轉過去一看，只見招雷公鹿擺出一副就要突破而來的樣子。

——哦，真危險。

我在招雷公鹿的面前利用「地隨從製作」造出了兩具基本型魔巨人。

六公尺級的魔巨人在招雷公鹿的面前顯得相當嬌小。

「抵禦猛衝！」

——ＭＶＡ。

——ＭＶＡ。

兩具魔巨人邁出步伐準備抱住招雷公鹿。

「——來了。」

在亞里沙說話的同時，招雷公鹿一擊粉碎了兩具巨大的魔巨人，就這樣朝著我們這邊猛衝而來。

「護傘展開——」

娜娜的大盾前方，如打開雨傘一般產生了透明的魔力障壁。
被招雷公鹿踢飛而來的魔巨人碎片，在命中魔力障壁後就被反彈了。
至於足以將人壓碎的巨大碎片，我則是以網狀伸出的「理力之手」抓住之後將其收納至儲倉裡。
轉眼間，招雷公鹿已經逼近至眼前。
「——鑽頭痛擊——這麼告知道！」
傘狀的魔力障壁發出咆哮開始旋轉，與招雷公鹿的角劇烈碰撞產生了火花。
有聖樹石爐供應龐大魔力的魔力障壁，即使遭受招雷公鹿的猛衝後仍沒有碎裂的跡象。
不過，與招雷公鹿之間的質量差距實在無可彌補，娜娜在踩碎地面的同時被迫後退，鞋底的鞋釘跟著彈飛起來。
「腿部錨釘啟動。」
附在娜娜腿部的打樁槍外型發射機構，朝著地面擊出了真鋼材質的鞋釘。
後退速度雖然減緩，但這樣下去娜娜的腿似乎會被折斷。
「我來幫忙。」
「感謝——這麼告知道。」
我從後方抱住娜娜，然後以最大數量喚出的「自在盾」按住招雷公鹿的腦袋。

「各位，換一下地方吧。」

繼續下去的話，打著打著似乎就會波及到薩里貢他們的所在處了。

我用「理力之手」抓住同伴們和招雷公鹿，然後「歸還轉移」至之前獵殺枯竭的區域之一。

在同伴們完成戰鬥準備前，我便在大廣場的正中央與招雷公鹿玩著鬥牛遊戲一邊等待著。

居然連紅色斗篷都準備齊全，我不禁反省自己真是太得意忘形了。

「——主人！準備好了哦！」

亞里沙在遠處這麼揮手。

全員的支援魔法附加和魔力回復應該都完成了吧。

蜜雅的身旁則是站著利用精靈魔法製作出來看似擬態精靈的植物製巨人——巨從綠精。

——哦？

發現陷阱技能告訴我陷阱的存在。

在同伴們的陣地附近似乎準備了六處針對招雷公鹿的陷阱。另外還有防範猛衝用的戰壕以及後衛專用的陣地。

我在深感佩服的同時一邊閃避招雷公鹿的猛衝，然後以「歸還轉移」返回同伴們所在處。

「考慮得真周到呢。」

儘管精靈老師們吩咐我要停止過度保護，不過這次的對手強上許多，所以我還是施展各種強化魔法好了。

「嗯——因為用普通的方法，根本就無法擋不住那麼離譜的猛衝嘛。」

我在施展魔法的同時這麼稱讚陷阱後，亞里沙擺出一副不排斥的模樣擦了擦鼻子下方。

「主人，想要新型的腿部錨釘——這麼懇求道。」

「嗯嗯，我會開發的。」

事實上並非腿部錨釘，而是應該會變成應用了空間魔法「隔絕壁」之物。

「作戰計畫就按照剛才所說的哦。」

「露露，開始攻擊！」

亞里沙向同伴們發號施令後，戰鬥便在露露光線槍的狙擊之下展開了。

——DWEEEZRLYE。

被燒中額頭上第三隻眼睛的招雷公鹿發出了哀嚎。

整個跳起來的招雷公鹿將屁股朝向這邊，然後向後踹動地面。

「糟糕！『隔絕壁』！」

「護傘展開——這麼告知道。」

亞里沙和娜娜的防禦壁擋下了招雷公鹿踢出來的泥沙和岩塊。

簡直比戰爭使用的投石機還要猛烈。

「來了～？」

「肉的人來了喲！」

小玉和波奇報告了招雷公鹿的猛衝。

「蜜雅！」

「嗯，去吧。」

——MWOOOORYWEE。

蜜雅下令後，巨從綠精便坐鎮於陷阱後方。

「鹿肉啊！很適合當作烤肉的主角——這麼告知道！」

在巨從綠精的腳邊，娜娜用帶著挑釁技能的聲音這麼喊道。

或許是為了提防最初的猛衝，娜娜的身旁不知不覺中飄浮著四枚「自在盾」。

招雷公鹿逐漸逼近。

「乘現在！」

「好哦！『次元掃腳』！」

莉薩的信號讓亞里沙發動了空間魔法，但卻未能讓招雷公鹿跌倒，僅僅使其腳步踉蹌罷了。

「可惡——被擋住了。」

「不過氣勢減弱了——這麼報告道。」

娜娜安慰著不甘心的亞里沙。

「Oh hisse～？」

「被拉了就不要哭——喲！」

小玉和波奇拉動了設置在陷阱前方由粗藤蔓編成的繩子。

波奇的吆喝聲大概是跟「推擠遊戲」搞錯了吧。

原本倒在地面的支柱豎起，連結支柱的鎖鍊在灑落塵土的同時擋住了招雷公鹿的去路。

「唉～呀～？」

「Ouch喲。」

招雷公鹿和剛才亞里沙的「次元掃腳」一樣輕易地扯斷了鎖鍊，就這樣腿上拖帶著支柱及鎖鍊直逼而來。

被撞飛的小玉和波奇多虧有了新圓鎧的抗衝擊模式，整個人充滿彈性地滾動著。

「動手。」

——ＭＷＯＯＯＲＹＷＥＥ。

巨從綠精伸向前方的手臂處，朝著招雷公鹿發出了無數的藤蔓。

招雷公鹿見狀後加強了猛衝的速度。

大概是打算用角刺穿對方，以鹿蹄加以蹂躪吧。

其鹿蹄忽然下沉了。

——ＤＷＥＥＥＺＲＬＹＥ。

招雷公鹿陷入同伴們所準備的陷阱，猛烈撞上坑洞的側面。

——ＤＷＥＥＥＺＲＬＹＥ。

招雷公鹿怒吼般地咆哮，背上的突起陸續點亮，巨大的鹿角跟著發光。

「露露！」

「嘿！」

配合亞里沙的信號，露露扣下光線槍的扳機。

猛烈的光燒灼了招雷公鹿的臉部，就這樣傷及了其中一支巨大的角。

——ＤＷＥＥＥＺＲＬＹＥ。

招雷公鹿發出莫名疼痛般的叫聲，背上的突起和角上的光隨之消失。

「蜜雅！」

「嗯，堵住。」

——ＭＷＯＯＯＲＹＷＥＥ。

巨從綠精瓦解掉人的型態，塞住了整個陷阱坑以困住招雷公鹿。

「追擊的——次元樁！超粗版！」

亞里沙的空間魔法「次元樁」，固定住了招雷公鹿掙扎的頸部和腿部。

「鹿啊！跟馬排在一起變笨蛋吧——這麼告知道！」

娜娜拋出了帶有挑釁技能的呼喊。

莉薩當下跑了過去，以附帶魔刃的龍爪槍針對招雷公鹿的後腿發動連續突刺。

招雷公鹿的體表產生出紅黑色的魔力障壁，但龍爪槍視若無睹一般不斷地將其挖穿。

說到這個，龍爪槍是使用了青液的聖劍規格，不過莉薩卻是正常地施展了魔刃。

以前打算對聖劍施展魔刃的時候由於感覺到異樣的排斥感所以罷手，莫非是因為「神授聖劍」才會這樣嗎？

我從儲倉裡取出自製聖劍嘗試一下後，發現可以順利施展出魔刃。果然，那個似乎是神授聖劍才會存在的制約。

就在做這些事情的期間，陷入坑洞裡的招雷公鹿繼續被同伴們無情地削去體力。

特別是莉薩和露露給予的傷害值似乎都相當大。

——DWEEEZRLYE。

掙扎的招雷公鹿發出咆哮，再度讓背上的突起和鹿角發亮。

原本實施近戰的前鋒成員立刻以瞬動拉開距離。

「露露！」

「抱歉，魔力耗盡了。」

光線槍的威力十足，但續戰能力還有改善的空間。

以後乾脆一併追加脈衝雷射模式好了。

「既然這樣——『猛火焰彈』！」

亞里沙釋放出來的單體攻擊用火魔法撲向了招雷公鹿的臉部。

不過，其攻擊卻被招雷公鹿的魔力障壁抵銷了大部分。

露露的光線槍發射速度很快，所以搶在魔力障壁架起之前就已經命中了吧。

「避雷針。」

接獲蜜雅的謎樣指示後，巨從綠精便將綠色的藤蔓纏上招雷公鹿的頸部和鹿角使其向後倒仰。

閃光和轟隆聲充斥著四周。

大部分的雷電似乎透過纏住招雷公鹿的巨從綠精藤蔓流入地面，但從地面的慘狀看來，似乎已經有為數不少的電擊擴散到了周邊。

話雖如此——

「呼哈哈哈！笨蛋——！亞里沙的『反射守護』是完美無缺的哦！」

正如亞里沙自鳴得意的那樣，她利用空間魔法「反射守護」讓招雷公鹿釋放出的幾道雷電燒灼了招雷公鹿自身。

儘管如此，招雷公鹿具有雷抗性，所以看來並沒有造成多大的損傷。

「以我現在的感覺，還能再發動兩次左右哦！乘現在削弱敵人！」

亞里沙朝著同伴們這麼喊道。

我在公都地下交手過的紅皮魔族所使用的「反射守護」並沒有次數限制，這方面大概是空間魔法的技能等級差異所致吧。

「切斷腳踝～？」

「劈砍，喲。」

看準招雷公鹿掛在陷阱坑邊緣的腿部，波奇和小玉都伸長了真鋼合金的魔劍上前劈砍。

——DWEEEZRLYE。

「鑽頭痛擊——這麼告知道。」

「螺旋槍擊。」

面對噴出鮮血的招雷公鹿，娜娜的盾牌攻擊和莉薩的必殺技炸裂了。

招雷公鹿似乎相當耐打，即使挨了必殺技仍只減少了一成的體力。

「■　風。」

蜜雅將小小的種子送入風中搬運至招雷公鹿的附近。

小型的旋風在招雷公鹿的周圍飛舞著。

「■■■■　綠蔓束縛。」

蜜雅的第二個咒語發動後，種子轉眼間生長，化為比柱子還要粗大的藤蔓接連綑綁住招雷公鹿。

這大概是用來取代魔法完成的同時體力計量表也恰好耗盡的巨從綠精吧。

由於這次不需要防禦猛衝，而且擬態精靈的詠唱也很花時間，所以我認為這是很正確的選擇。

——DWEEEZRLYE。

招雷公鹿背上的突起再次發亮。

是雷電攻擊的預兆。

「……■■　刺激之霧。」

蜜雅的水魔法纏住了招雷公鹿的臉部。

儘管看起來絲毫不介意會伴隨劇痛的芥末霧氣，但在這種情況下釋放雷電的話，招雷公鹿本身似乎也會感電。

招雷公鹿的角發光，降下第二次的雷電。

「麻麻的～」

「有點麻痺喲。」

這次沒有充當避雷針的東西，使得同伴們稍微受到了電擊傷害的樣子。

反射守護能夠防禦的僅有雷電本體，透過空氣傳遞的細微放電好像就擋不住了。

「莉薩小姐，鎖定招雷公鹿背上的突起！摧毀那個應該就發不出電擊了。」

「知道了！」

亞里沙下達指示的同時，一邊施展著「隔絕壁」和「次元樁」努力不讓招雷公鹿離開陷阱坑。

蜜雅也用「綠蔓束縛」和「麻痺水縛」來加以輔助。

「亞里沙，回復了哦。」

「ＯＫ——！當背上的突起發光時就射擊臉部。」

「嗯，知道了。」

露露透過光線槍的望遠鏡盯著招雷公鹿的突起。

——DWEEEZRLYE。

招雷公鹿發出咆哮後，頭部的角發光，生出了好幾顆帶紫電的雷球。

「呃！居然還會施展雷魔法。」

「■■ 冰，■■ 暴風。」

蜜雅以精靈魔法在空中生出冰塊，然後透過暴風朝著雷球射出。

雖然成功破壞了幾顆雷球，但剩下的卻往獸娘們砸去。

「嘿！」

換上輝焰槍的露露擊穿了一顆雷球。

「來了。」

「瞬動～」

「緊急閃避喲！」

獸娘們以瞬動閃避接近的雷球。

然而，招雷公鹿的雷球卻似乎是用來燒斷蜜雅的「綠蔓束縛」。

「呃，跑出來了。」

招雷公鹿朝著地上爬出。

「波奇──！」

「小玉──！喲。」

在陷阱坑邊緣攤開雙手的小玉呼喚著波奇。

小玉躺在地面，將坐在身上的波奇踢了起來。

波奇在此同時也跟著跳躍。似乎是兩人之前在宴會上表演的招式。

「啊啊！搆不到！」

「還沒結束！喲！」

面對亞里沙的嘆息，波奇出言否定。

波奇以空中為落腳處再次加速，最後在招雷公鹿的背上落地。

是之前的迷賊戰當中波奇所施展的兩段跳躍。

「波奇！快破壞突起！」

「系！瞬動──魔刃突貫。」

舉著延伸為槍狀的巨劍，波奇挾帶魔刃以驚人的速度逼近突起，然後將其體無完膚地擊碎。

這是波奇在波爾艾南之森學習到，但卻尚未成功施展的必殺技。

在這種困境之下，波奇似乎終於完成了必殺技。

威力比起莉薩的螺旋槍擊毫不遜色。

「小玉也要～？」

這次以莉薩作為發射台的小玉撲向招雷公鹿的大腿根，沙沙地快速攀登至背上。

「魔刃雙牙～？」

小玉自雙手的魔劍處生出了巨大獠牙般的魔刃。

發動突擊的小玉彷彿陀螺一樣旋轉身體，同時針對招雷公鹿的頸部交互刺出雙劍，鑿出了啃咬般的痕跡。

一擊的威力雖然不如莉薩的螺旋槍擊和波奇的魔刃突貫，但總傷害量卻不遜色。

「唔哦哦哦哦哦哦——喲。」

波奇以魔刃雙牙製造出來的傷痕作為落腳處，跟在小玉的身後直衝而上。

「角．劈砍者～？」

「獵角喲！」

登頂的兩人對招雷公鹿的角發動攻擊。

「好硬～？」

「砍不動喲。」

兩人的魔劍攻擊，被招雷公鹿用來保護角的魔力障壁擋住了。

準備再次使出必殺技的兩人，這次被甩動腦袋的招雷公鹿用力往地上甩去。

「■■■　蔦葉床鋪。」

蜜雅用精靈魔法製作出來的藤蔓和樹葉構成的網子接住兩人。

兩人看似很開心地享受著彈力，但隨即想到還在戰鬥中，於是走下了網子外。

「在這裡——這麼告知道！」

面對改變地點後娜娜的隨口挑釁，招雷公鹿發動了突擊。

大概是因為背上的突起被摧毀而無法使用雷電吧？

「陽炎！」

亞里沙的火魔法籠罩了招雷公鹿的臉部。

這並非能造成多大傷害的招式，但急速加熱的空氣使得招雷公鹿的視線扭曲。

即使如此，招雷公鹿仍毫不減速地繼續往娜娜猛衝。

——ＤＷＥＥＥＺＲＬＹＥ。

「笨蛋——這麼大笑道。」

絲毫未揚起嘴角的娜娜這麼平靜告知後，招雷公鹿便在她眼前掉入了第二個陷阱坑裡。

亞里沙之所以施展「陽炎」，似乎是為了不讓對方察覺陷阱而跳過去。

「莉薩小姐！」

「知道了！」

莉薩丟掉喝光的魔力回復藥空瓶，跳至招雷公鹿的背上奔馳於頸部。

「跟上去～？」

「三連星喲！」

小玉和波奇也丟棄空蕩蕩的魔力回復藥，跟在莉薩後方追去。

「瞬動——螺旋槍擊。」

莉薩朝著鹿角擊出必殺技。

魔力障壁和剛才一樣現身準備保護鹿角，但莉薩的龍爪槍卻視若無睹地將其刺穿，漩渦狀翻騰的魔力之刃絞碎了鹿角。

「魔刃突貫，喲！」

「魔刃雙牙～？」

兩人的必殺技朝著剩下的另一支角炸裂，在粉碎魔力障壁的同時將其挖穿。

——劈啪！

我的順風耳技能捕捉到細微的聲響。

試作裝置製造出來的魔劍，或許無法完全承受兩人強大的必殺技吧。

嗯，雖然這場戰鬥的期間應該還撐得住才對。

——DWEEEZRLYE。

招雷公鹿瘋狂大鬧，甩掉了獸娘們。

被藤蔓纏住的招雷公鹿在發出咆哮的同時於陷阱坑內不斷掙扎。

——DWEEEZRLYE。

遠比剛才更為巨大的雷球出現在招雷公鹿的周圍。

只不過，數量只剩一半。

想必是失去一支角的緣故吧。

「露露，能瞄準角嗎？」

「不行哦。必須停下來一些。」

露露的回答讓亞里沙開始四下張望。

「娜娜！」

「鹿啊！我也喜歡蒸肉——這麼表白道。」

娜娜附帶挑釁技能的呼喊，讓招雷公鹿投以憎惡的眼神。

「——鎖定，發射！」

未放過招雷公鹿停止動作的這一刻，露露的光線槍猛然一亮。

這一擊準確地擊碎了小玉和波奇所留下的傷痕。

「好耶——！」

亞里沙意氣風發地環視同伴們。

同伴們的剩餘魔力已經不多，但就這樣硬撐下去應該沒有問題。

「接下來別讓牠逃出地形陷阱，就這樣關著打倒吧！」

亞里沙似乎也做出相同的判斷，在飲用魔力回復藥的同時對同伴們表示許可。

招雷公鹿的剩餘體力在不足三成之際似乎就會切換至暴走模式，全身噴發出紫電一邊掙扎起來。

話雖如此，重新利用一開始抵擋猛衝的鎖鍊使其放電後，就沒有什麼好怕的了。

「莉薩小姐！給予最後一擊吧！」

「亞里沙妳不動手嗎？」

「好像還會發生什麼事情，所以要先保留魔力哦。」

這次的招雷公鹿戰當中，亞里沙始終貫徹支援和妨礙的方針，所以莉薩似乎打算將最後的榮耀讓給亞里沙吧。

「——知道了。小玉、波奇，就進行剛才的連攜吧。」

「系系～？」

「收到喲！」

獸娘們朝著招雷公鹿發動突擊。

「■■ 綠蔦橋。」

蜜雅的精靈魔法從陷阱坑的邊緣建立起一條通往招雷公鹿的橋梁。

招雷公鹿掙扎著想要擊落橋梁，卻被亞里沙的空間魔法「隔絕壁」阻止了。

「魔刃雙牙～？」

「魔刃突貫，喲！」

小玉像陀螺一般旋轉並劈開招雷公鹿頸部的魔力障壁及毛皮，波奇巨大化的魔劍則是撐大了其傷口。

接著，最後是——

「瞬動，螺旋槍擊。」

使用了瞬動的莉薩彷彿就像一把槍，貫穿了招雷公鹿的頸部。

——DWEEEZRLYE。

發出哀嚎的招雷公鹿甩開獸娘們。

儘管招雷公鹿的動作愈來愈沒有活力，其體力計量表仍未耗盡。

「護傘閉合——長槍鑽頭模式——這麼告知道。」

展開於大盾前方的魔力障壁像雨傘一樣收起，接著發出咆哮開始高速旋轉。

「致命一擊——這麼通知道。」

閉合的魔力障壁所構成的長槍，接觸招雷公鹿的魔力障壁後迸出了紅色火花。

僵持不下的局面瞬間結束，娜娜的槍擊碎魔力障壁，從莉薩等人的相反側貫穿了招雷公鹿的喉嚨。

——DDWEERRYEEE。

招雷公鹿的腦袋在砸碎陷阱坑邊緣的同時掉落地面，造成了地響。

接著，原本泛著憎惡的眼神變得白濁，不久便停止活動了。

「Oh, Jesus～？」

「波奇的魔劍碎掉了喲。」

兩人以試作裝置製造的魔劍在多次的極限使用下似乎破碎四散了。

「主人，大盾的護傘模式不會重新啟動——這麼告知道。」

看樣子，娜娜這邊也因為負荷過重而壞掉了。

「我的靴子似乎加速機構的狀況也很差。」

莉薩確認自己腳踝一邊報告道。

果然，以試作裝置製造的裝備好像存在耐用度的缺陷。

「——喵！」

「主人！」

沮喪的小玉突然打直身子豎起耳朵。

同時察覺到的露露，指著位於大廣場對面牆壁發出紅光的東西。

「莫……莫非。」

「湧穴。」

面對驚訝的亞里沙，蜜雅將嘴巴抿成ㄟ字形這麼回答。

位於大廣場對面的牆壁開出了湧穴。

這件事本身並不足為奇。

是極為普通的事情。

「總覺得是不是愈來愈大了？」

正如露露所言，開在牆上的湧穴正在緩緩加大之中。

已經到了足以容納大型卡車通過的尺寸了。

「會……會跑出什麼東西呢？」

亞里沙顫聲喃喃道。

最後，終於——

「黑黑亮亮～？」

「是角喲。」

——開在大廣場對面的巨大洞穴中，出現了黑亮的角。

是接鄰區域的「區域之主」真硬角甲蟲。總覺得非常像海克力士長戟大兜蟲。

「噁噁！是海克力士。」

「噁噁～？」

「噁噁噁噁噁喲。」

後退一步的亞里沙，其發言被小玉和波奇模仿著。

心態這麼從容固然很好，不過得趕快判斷要交戰或是撤退呢。

「姆。」

「怎麼辦，亞里沙。」

「建議撤退——這麼告知道。」

蜜雅、露露和娜娜都望著亞里沙。

「真是的，沒辦法了呢。就交給亞里沙來困住牠吧。」

亞里沙擺出一副「真沒辦法」的表情舉起長杖。

「主人，請允許我使用特殊技能。我要用『力量全開』後認真施展的『迷宮』來困住海克力士哦。」

「特殊技能不行。」

「怎麼這樣～」

亞里沙的特殊技能使用太多的話會很危險呢。

「很適合當作我的對手。大家乘我爭取時間之際開始撤退吧。」

莉薩舉著龍爪槍怒視真硬角甲蟲。

「同生共死～？」

「波奇無論何時都一起喲。」

從妖精背包取出上一代魔劍的小玉和波奇也站在一起。

在眾人的目光盡頭處，真硬角甲蟲打開背甲展開翅膀。

「不行啊。妳們根本就沒辦法困住會飛的對手。」

亞里沙這麼勸說勇敢的獸娘們。

「所以，主人——」

面對我舉起來的手，亞里沙輕輕拍了一下。

「——接下來就拜託了。」

「了解。」

我用天驅飛上了天空。

真硬角甲蟲也展開翅膀緩緩地飛起來。

那彷彿海克力士長戟大兜蟲的角染成紅色。

似乎打算發動什麼大招的樣子。

「不好意思——」

我從儲倉取出量產的鑄造魔槍加以揮動。

「——這樣一來就將軍了。」

以更勝於風速擲出的長槍，挾帶鮮紅的軌跡貫穿了真硬角甲蟲。

位於真硬角甲蟲背後的牆壁粉碎，甚至連帶擊碎了湧穴另一端的牆壁使其凹陷後消失無蹤。

好像做得有些太過火，但要回收魔槍似乎也挺麻煩的。

我不經意轉動目光，發現空中喪命的真硬角甲蟲屍體開始朝同伴們的方向滑翔，於是便利用「理力之手」抓住後收納至儲倉。

「看來要跟主人並駕齊驅還需要很長時間了呢。」

「一起來修行吧，亞里沙。」

「Let's training～？」

「『漫漫』的修行喲。」

「嗯，鍛鍊。」

「是的，我也要更努力練習狙擊！」

「我也想要必殺技——這麼懇求道。」

順風耳技能捕捉到同伴們的這些聲音。

照這個樣子下去，要挑戰「樓層之主」似乎還太早了。

為了能夠隨時挑戰，我得趕快把同伴們的正式裝備完成才行呢。

尾聲

「我是佐藤。所謂的助人相當難以拿捏平衡。大家都是快樂的結局或許是幻想，但還是希望自己目光所及的範圍內都能幸福，這種想法會太奢侈嗎？」

「——我們要暫停攻略半個月左右。」

區域之主討伐二連戰之後，我們順勢和薩里貢一行人返回迷宮都市之際，對方不知為何做出了這樣的宣言。

想休息的話儘管休息不就好了嗎？

「這樣啊。的確是需要靜養呢。」

「哼，要是有什麼事就盡量說吧。有關探索者的紛爭，我都可以幫忙解決。」

對於我的回應嗤之以鼻的薩里貢留下這句話便離去了。

既然薩里貢在回程中也都正常地戰鬥，看來上級的體力回復藥真是出色。

「少爺～」

在遠方揮著手的人是紅髮妮爾。

她頂著虎牙發亮般的笑容呼喚著我們。

和之前不同，章魚燒店的攤車前已經排起了隊伍。

「多虧小玉老師的招牌，生意很興隆啦！非常感謝啦！」

「沒什麼～？」

面對妮爾的稱讚，小玉扭動著身體害羞道。

攤車的招牌「流轉的章魚燒」就和其他三家攤車的招牌一樣，都具有令人忍不住想要買來吃的神奇魅力。

「潘德拉剛勳爵。勳爵你跟薩里貢先生一起組隊嗎？」

這麼詢問我的，是身為攤車常客的太守三男跟班魯拉姆。

不知為何，聲音聽來非常愉悅。

「不，我並沒有這個打算哦。」

「什麼啊，原來是這樣……」

我的回答讓魯拉姆陷入沮喪。

大概就類似自己認識的人和人氣運動選手有所交情的心境吧？

「少爺，再見了！我們絕對會報恩的，要等著哦！」

遠征部隊的行李搬運工行列裡，傳來了兔少年們的呼喚聲。他們難以聽懂的發音我總是會在腦中自行修正。

「我拭目以待哦。」

我這麼回應後，兔少年們便露出孩子王一般的笑容。

「那些孩子，接下來該怎麼辦呢？」

亞里沙憂心地喃喃道。

「遠征隊應該會解散，不過既然持有青銅探索者證，大概會繼續從事探索者吧？」

畢竟我也建議過他們參加新人探索者講習會了。

「真擔心會不會又遇到像貝索那種吃人不吐骨頭的傢伙……」

亞里沙似乎對兔少年他們感情相當投入。

事實上，像他們一樣受騙的志願者或許很多吧。

「要是有針對希望成為探索者的孩子們所舉辦的講習會就好了。」

「啊——既然有這麼多探索者，似乎很有可能辦到呢——」

我和亞里沙聊著這樣的話題，一邊返回了房子。

◆

「歡迎回來，老爺。」

「我回來了，米提露娜。」

我向出來迎接的傭人們打招呼，然後在女僕長米提露娜小姐的陪伴下前往辦公室。

「有什麼要優先報告的事情嗎？」

「是的。」

不經意這麼詢問後，對方便立刻回答了。

「房子遭到了三次夜賊光顧。」

「然後，有人受傷嗎？」

「沒有。」

這個回答讓我鬆了一口氣。

「全都被卡吉羅先生和綾女小姐抓住了。」

實在是很優秀。

不過，要是治療好兩人之後大概就會離開，所以還是像迷宮別墅一樣配置監視用魔巨人比較好呢。

畢竟如今利用「石製結構物」和「地隨從製作」雙魔法就能輕易建立起軍隊了呢。

——對了，就利用這件事情好了。

「米提露娜，不好意思，可以幫我叫卡吉羅先生和綾女小姐過來嗎？」

「知道了。」

米提露娜小姐前往呼喚兩人的期間，我開始確認前往迷宮時所收到的信件。

有穆諾男爵領的來信。打開書信匣後，裡面放著男爵、妮娜執政官，還有男爵千金卡麗娜小姐和索露娜小姐的寄來的信件。

男爵和索露娜小姐是報告近況，妮娜執政官則是告知目前的重建狀況以及針對我從歐尤果克公爵領的貴族們那裡獲得了重建支援一事寫下了感謝之言。

至於卡麗娜小姐或許是不習慣寫信，整封信成了穆諾男爵領新人貴族講習中學到的教科書式範本，整理之後就是「很想去迷宮都市」、「想品嚐我的料理」之類的平淡內容。實在很有卡麗娜小姐的風格呢。

另外，前往王都的太守次男雷里先生的來信也收到了。

信中寫著貿易商品「天淚之滴」在王都已經銷售一空，還附上了收支報告。真是相當驚人的收益。

雷里先生似乎已經自王都啟程，算算差不多快要抵達交易都市塔爾托米納了。

其他還有迷宮都市以及歐尤果克公爵領的貴族們寄來的信，但其中卻沒有來自於聖留市的書信。畢竟距離很遠，收到回信應該還要一段時間。

「士爵大人，卡吉羅來此了。」

敲門聲響起，卡吉羅先生和綾女小姐抵達了。

「我從米提露娜那裡聽說兩位大顯身手了。」

「若是獎勵的話有酒就很夠了。」

「卡……卡吉羅大人！很失禮哦！」

面對卡吉羅先生坦率的要求，綾女小姐焦急道。

「話說我正好得到了美酒，稍後會讓人送過去的。」

我笑著這麼告知，然後詢問他們逮捕夜賊時的狀況。

夜賊的實行犯為平民區的無業遊民以及犯罪公會的那些人，但據這些傢伙供稱，委託人似乎是一群有外國腔的陌生人。

目標據說是備用的魔劍和魔物素材的裝備品。

似乎和大陸西方可能發生戰爭的傳聞有所關連。

身為衛兵們上司的太守夫婦應該也都知情，所以還是只告訴公會長他們好了。

我從懷裡取出上級魔法藥擺放在辦公桌上。

「魔法藥……嗎？」

「是的，這是透過一些關係獲得的。」

我點頭肯定卡吉羅先生的發言。

「很大的瓶子呢。」

望著裝在大瓶子裡的上級魔法藥，綾女小姐納悶地微微傾頭。

「這個是上級的體力回復藥。」

「——上級？」

「莫非！」

卡吉羅先生和綾女小姐頂著期待和克制的表情望向上級魔法藥的大瓶子，然後將目光轉向我這邊。

「請用這個讓腳再生吧。」

我對兩人這麼點頭說道。

「……啊啊！卡吉羅大人！」

綾女小姐感動萬分地抱住了卡吉羅先生。

這兩人平時毫無甜甜蜜蜜的跡象，但如今看起來實在很相配。

「等……等一下，士爵大人！」

儘管對於綾女小姐的擁抱感到吃不消，卡吉羅先生仍伸出手來制止了我。

「說到上級魔法藥，可是連皇族或上級貴族使用時都要猶豫再三的物品。對於像我這樣的一介武士來說太奢侈了。」

「沒有這回事哦。因為我是為了治療卡吉羅先生的腳，才會索取這個魔法藥的。」實際上並非索取而是自行製作，但這種細節就不重要了呢。

「可是……」

「莫非是擔心沒有保證書的上級魔法藥嗎？」

我這麼詢問表情苦惱的卡吉羅先生。

「不是！這種事我並不擔心。倘若把這個魔法藥獻給希嘉王國的王族或門閥貴族的話，飛黃騰達就會唾手可得了。據說這個國家的第三王子不是正被難治之症所折磨嗎？」

不不，第三王子那個是老化。

「殿下的難治之症用這種藥是治不好的。」

王族或門閥貴族當中或許有人因為部位缺損所苦，但相較於陌生的高貴人士，我自己認識的人優先度要更高得多。

「況且我不需要什麼飛黃騰達。對我來說，名譽士爵之上的爵位就不必了哦。」

能讓獸娘們住進旅館，然後方便進出都市，這樣的特權就已經很足夠了。

對於還想繼續推辭的卡吉羅先生，我試著挑釁道：「莫非是害怕付不起上級魔法藥的代價嗎？」

當然，我本來就打算免費送給對方了。

「只要這隻腳能治好，我一定會準備成百成千的金幣！」

「就是這股氣勢。」

面對看出我在挑釁而故意上鉤的卡吉羅先生，我微微一笑後將魔法藥塞給對方。

為了不重蹈薩里貢那時候的失敗，我決定將實際飲用魔法藥的時間訂在晚餐後。

另外補充一下，下級雞蛇的肉在風味上比起烤雞肉更適合拿來醬煮。

就這樣，當天夜裡——

「唔哦哦哦哦哦！」

卡吉羅先生充滿男人味的臉上浮現了痛苦的神色。

治療蒂法麗莎她們的燒傷時，蕾莉莉爾說過「舊傷無法治療」所以讓我很擔心，不過在切掉傷口並飲用上級魔法藥之後便順利開始再生了。

「嗚哦哦哦！」

「卡吉羅大人，再忍耐一點。」

但再怎麼說，以這種速度再生肉體難免會伴隨著痛苦的樣子。

綾女小姐緊緊抱著卡吉羅先生試圖減緩他的痛苦。

而對此，同伴們則是握緊拳頭給予打氣。

不久，失去的腿部恢復原狀，泛紅的皮膚逐漸變回肌膚色。

「咱的腳，真的——」

一臉疲憊的卡吉羅先生望著自己的腿喃喃道。

似乎完全沒有察覺自己的第一人稱變了。

「——嗯嗯，是真的。」

「卡吉羅大人！恭喜您，卡吉羅大人！」

我關注著靜靜感動抽泣的卡吉羅先生和淚如雨下卻面帶笑容歡笑的綾女小姐。

一起加油打氣的同伴們也在我的背後發出了歡呼聲。

待感動的餘韻結束後，我向卡吉羅先生出聲道：

「辛苦了。」

然後將類似口服脫水補充液的東西遞給滿身大汗的卡吉羅先生。

「士爵大人。我對您感激萬分！」

卡吉羅先生並不飲用，而是在我的面前叩拜。

「為報答這份恩情，我極．蓋因流的卡吉羅，以祖先席馬茲之名發誓，將終生為士爵大人效力。」

不不不，太誇張了。

話說回來，卡吉羅的祖先席馬茲先生總讓我好奇會不會是島津先生？

極・蓋因流的源流果然也是示現流嗎？

「我也會和卡吉羅大人一起世世代代服務士爵大人的家族。」

待在卡吉羅先生身旁的綾女小姐乘亂向卡吉羅先生提出了求婚，但卡吉羅先生和開口的綾女小姐雙方似乎都未察覺到這一點，於是我便以不冷不熱的眼神將其忽略了。

「兩位請抬起臉來。能獲得感謝固然很高興，但你們未免也太心急了。在繼任者決定前得先請你們繼續房子的警衛工作，不然我會很困擾的。更何況我的願望是卡吉羅先生能夠重新返回武者的道路上。」

我以平靜的口吻表示後，卡吉羅先生和綾女小姐喊了一聲「士爵大人！」便放聲大哭。

儘管他們的反應讓我有些不知所措，但似乎是被我希望他們返回武者之路的一番話所感動了。

同伴們也被他們所影響而跟著哭了起來。

「我，一定會成為名動這片大陸的劍豪。」

卡吉羅先生頂著淚眼汪汪的表情發誓道。

——呼，幸好岔開話題了。

僱用為普通的傭人還好說，要是家臣的話就有些太沉重了呢。

◆

「庫羅大人！」

「蕾莉莉爾，幫我叫蒂法麗莎過來。」

「知道了！」

治療了卡吉羅先生的腿之後，我變成庫羅的模樣造訪了「蔦之館」。

「庫羅大人，您找我嗎？」

「似乎打擾妳睡覺了呢。」

我向性感睡衣打扮的蒂法麗莎道歉，直接說明了來意。

「關於前陣子打消虧損的事情。」

我取出了好幾種的烙印。

蒂法麗莎見狀後瞬間縮了縮身子。

說到這個，她的身體好像被繼母和領主燒燙過吧。

看來我或許有些思慮不周。

「抱歉。這是用來在骨鎧所使用的骨頭上烙印強化符文的東西。」

比起正式刻印只有兩三成的效果，但施做起來卻非常簡單。

「這也是用來刻印符文之物，但性能提升，做起來也比較費事。」

第二種是青銅的樣板台和深度受限的符文鑿子。

只要使用這些，就算技術尚淺者也能對骨頭或木頭刻上符文了。

「要製作鎧甲的話，就必須加入防具相關的公會，否則會有問題的不是嗎？」

「僅僅是向防具店或鎧甲工房供應交換用骨頭也一樣嗎？」

「一開始我想會睜隻眼閉隻眼，不過等到有利可圖後一定會介入的。」

蒂法麗莎帶著確信的口吻說道。

說得也是。公會這東西原本就是為保護工匠的利益和權利而存在，這也是理所當然的。

「那麼就告訴波麗娜一聲，讓她加入公會。在這之前先賣掉這個吧。」

我將裝有大量水晶戒指的袋子從道具箱裡取出來。

這是利用在苔蟹蜂的區域大量獲得的水晶塊以「石製結構物」魔法加工之物。

儘管表面光滑沒有施以任何雕琢，但比起當作水晶片販賣應該價格更高才對。

我還融合了兩種以上的水晶嘗試製作出類似於威尼斯玻璃的東西，不過要是水準太高而被奇怪的人盯上就很危險，於是並沒有拿出來。

這些就等到在王都開設店鋪後作為商品即可。

「庫……庫羅大人，這是？」

「拿去當周轉金吧。」

「是……是的。我會讓商會裡有管道的人前去銷售。每個三枚銀幣可以嗎？」

「三枚銀幣？」

根據市場行情技能，ＡＲ顯示為一枚銅幣至三枚銀幣的價格幅度。

「實在很對不起。如果是更高的價格，就必須具備一些附加價值……」

「這樣就行了。」

畢竟在我設想中僅值一枚銅幣而已呢。

目前的周轉方法暫時就這樣吧。

反正等鍊金術士們可以穩定製造貝利亞魔法藥之後，就能夠批發給公會了呢。

對了對了——

「——關於貝利亞的事情，有事要拜託你們。」

我從道具箱取出了貝利亞魔法藥的樣品和製作法的殘片。

「告訴斯密娜，讓她把這些帶去公會。」

「知道了。」

我將帶入公會的流程以及發現樣品和製作法時的說詞寫在紙上交給蒂法麗莎。流程的最後，我指示她們對於收集殘片一事要提出懸賞的建議。相信斯密娜大姊頭她們一定能完美達成任務。

「我的重點就是這些。可以退下了。」

不知為何，被我催促退下的蒂法麗莎表情看似很不服氣。

是嗎，原來是這麼回事……

「蒂法麗莎。」

「是……是的！」

被我叫住後，她有些驚訝地回頭。

聲調似乎比起平常要高了一些。

「艾爾泰莉娜她們似乎順利抵達王都了。數日之內我也會前往王都協助那些人。」

「是……是的……」

原以為蒂法麗莎是在擔心，便告知了前往王都的艾爾泰莉娜等人狀況為何，卻獲得了心不在焉的回應。

「請問就這些嗎？」

「嗯嗯，就這樣。」

「那麼，我先失禮了。」

蒂法麗莎換上冰一般冷淡的聲音說完後便離開了。

年輕女孩的心真是難以捉摸。

「回去睡覺還太早了點……」

為轉換一下心情，我決定來製作設置於房子和育幼院裡用來防止犯罪的魔巨人。

我利用地下研究所的裝置將魔核格式化，然後寫入精靈之村裡用於船首像魔巨人的監視演算法和簡易的戰鬥演算法。

我打算以此魔核為中心，利用「石製結構物」和「地隨從製作」來製造魔巨人。

之所以特地加工魔核，是因為迷宮裡找到記載有魔巨人系製作土魔法的咒語集，當中竟然還存在著可以劫持他人製作的魔巨人或是強行插入命令的魔法，所以就對此提防一下了。

首先，我用「石製結構物」魔法製作一條手持藍水晶的筆型槍且大小尺寸與人類相仿的龍，以及十隻胖嘟嘟的石製狼。後者我打算擺放在育幼院所以就做得可愛一點了。

水晶材質很脆弱，因此我在龍身上刻了強化系的符文，還利用試作裝置來搭載了魔力障壁的產生迴路以及防止被識破為魔巨人的阻礙認知裝置。

魔巨人要是散發瘴氣就很令人討厭，於是我先搭載了以魔液製作的聖碑迴路。

最後再以「地隨從製作」魔法將其魔巨人化。

儘管都是三十級的魔巨人，但或許是搭載聖碑迴路的緣故，還加上了「受聖別的魔巨人」稱號。

我更進一步製作了四頭身左右圓滾且形狀簡單的基本型魔巨人共十具。

這些都是十級左右，並未搭載刻有演算法的魔核。

隔天早上，我以潘德拉剛家特許商人亞金多的身分前往交貨這些魔巨人。

石狼魔巨人配置為守護屋子和育幼院大門以及四個方位的石像，藍水晶龍魔巨人則是以擺飾品的名義設置於屋子的入口大廳處。

至於四頭身魔巨人就當作普通的魔巨人使用於房子和育幼院的警備工作。

前者負責排除入侵者，後者我就期待能發揮抑制犯罪的效果了。

另外，在設置魔巨人的同時，我也一併在育幼院設置了之前亞里沙拜託我的大型冰箱。

◆

「嗯，很有趣的魔法道具。」

在杜卡利准男爵家的接待室裡，我正介紹著果汁機型魔法道具。

「請打開這邊的蓋子，按照食譜放入蔬菜和水果，然後蓋上蓋子供給魔力。」

女僕聽了我的說明後提心吊膽地進行著作業。

最後注入魔力之際——

「呀啊啊！」

果汁機粉碎內容物的聲音和振動嚇到了女僕，情急之下把果汁機丟了出去。

「哦，真危險。」

我急忙按住蓋子一邊將其成功抓住。若不是等級提升後靈活度和敏捷度跟著提高的話，想必就無法做出那麼快速的動作了吧。

「不好意思，我忘記事先提醒聲音和振動的事情了。」

這麼道歉後，我改由自己來示範最初的測試。

「嗯，看起來很像濃湯啊。」

杜卡利准男爵在讓女僕試毒過後自己試喝了一下。

「比想像中還要順口。隱藏在水果的甜味之中，就吃不出蔬菜的苦味了。」

「這就是蔬菜汁的優點。」

正確來說是搭配水果的蔬菜汁才有的優點。

「這樣一來，不是就能讓令公子飲用了嗎？」

「嗯嗯，似乎沒有問題。」

我還事先提出了加入蜂蜜和砂糖或是變更水果種類等幾項食譜建議。

「不過，那麼粗暴地調理後，『維他命』的精靈不會死亡嗎？」

「請放心。魔法道具已經刻入了術式以防傷及維他命的精靈。」

我向懷有這種夢幻般疑慮的杜卡利准男爵保證道。

說到這個，他好像把蔬菜富含的維他命形容為「祕密居住在蔬菜和家畜內臟裡的好精靈」吧。

「那就好。從今天晚餐開始給我兒子喝好了。」

杜卡利准男爵滿意地點點頭。

……對了。

似乎還有一件要緊事。

「准男爵閣下，可以請您鑑定這個魔法藥和文件嗎？」

「你說鑑定？」

儘管感到疑惑，杜卡利准男爵仍叫來了具有物品鑑定技能的人前來鑑定。

「……真不敢相信。」

「別賣關子，快說。」

「這……這是真正的貝利亞魔法藥。我想性能應該和下級的體力回復藥沒有差別。」

不光是種類，還能看出回復量，看來對方具備了相當優秀的物品鑑定技能。

「貝利亞魔法藥？那邊的紙張又是什麼？」

「這是貝利亞魔法藥的製作法。」

「你說什麼？」

聽了鑑定先生的說明後，杜卡利准男爵激動地拿起放在桌上的製作法。

「這……這就是製作法嗎？」

「恐怕是殘缺的製作法吧。我也通曉鍊金術，這裡所記載的應該只是序文和所需的素材清單。製作法本體或許還在其他的殘片裡。」

對於腦中浮現問號的杜卡利准男爵，我說出了事先準備好的答案。

我將這種分割之後的製作法，連同貝利亞魔法藥的完成品一起放在迷宮淺層區的寶箱裡，打算讓年輕的探索者們以尋寶的形式加以發現。

製作法分成了八份，相當於過半數的其中五種會大量擺放，至於其他的三種我則打算少量放置於寶箱當中。

只要仔細閱讀序文，就可以知道製作法被分成了八份一事。

我也期待著有貪婪的中堅探索者過度沉迷於尋找寶箱而順便開拓出新的獵場。

「潘德拉剛勳爵，請將這個轉讓給我——不，轉讓給鍊金術士公會好嗎？」

「是的，我會帶來就是有此打算。我期待集齊這個製作法後，迷宮都市的魔法藥價格也會跟著下降，藉此修復鍊金術士公會和探索者之間的摩擦。」

在對方提出金額之前，我便告知了將製作法帶來此處而非探索者公會的理由。

「唔唔唔——知道了。我以王祖大和大人及杜卡利准男爵家之名發誓，一定會按你的期望去推動。」

杜卡利准男爵抱起手臂呻吟後，便這麼向我約定。

這樣一來需求量最高的下級體力回復藥就會以低價格普及才對。在這種情況下，探索者們的怨氣將會消失，生還率應該也將提高一些。

順便我也期待著嚮往成為探索者的梅莉安小姐，今後因為身為杜卡利准男爵的女兒而遭到厭惡的狀況也會跟著變少。

辭行的時候，梅莉安小姐帶著冀望的眼神目送我離開，但為了不豎起奇怪的旗子我還是予以忽略了。

畢竟從旁安慰她的工作，可是喜歡她的太守三男蓋利茲要去做的呢。

◆

「潘德拉剛士爵大人的委託嗎？請稍待片刻。」

離開杜卡利准男爵家，我在回去的途中到西公會露個臉，確認卷軸收集委託的進度。

櫃臺的職員翻閱清單，然後從房間內部拿出一個小盒子。

「就是這裡的三卷。您預先寄存的金額已經足夠，所以不需追加其他款項。這邊是明細和收據。」

職員流暢地說明著，一邊從盒子裡取出卷軸。

卷軸為「操沙」、「海市蜃樓」、「加速門」這三種。

前兩者跟「石製結構物」和「地隨從製作」一樣似乎是出產自沙塵迷宮的卷軸。

「操沙」正如字面所述是操控沙子的魔法，但「海市蜃樓」卻是在我手邊的魔法書裡找不到類似的記載。我想恐怕是任意製造出海市蜃樓的魔法，但除了在沙漠迷惑他人之外實在想不到其他的用途。

算了，偶爾遇到派不上用場的魔法也無所謂。

「加速門」的卷軸似乎是在一處名叫繁魔迷宮的地方發現的。

我手中的魔法也沒有與之相同的名字，我想應該是風魔法「加速」、爆裂魔法「急加速」和闇黑魔法「增速門」的變化版吧。

稍微分析了卷軸之後，感覺就像上述三種魔法的複合體。

嗯，等到前往迷宮或西邊的大沙漠進行測試就知道了。

「另外還有其他七件……」

據職員所述，這七件裡面有三件是市售品偽裝而成的卷軸，其餘四件則是仿造成卷軸的冒牌貨。

「這些已經都由公會處理掉了，請放心。」

我向職員道謝，並拜託對方繼續募集卷軸。

「知道了。只不過，卷軸本身不常出現在市面上，所以還請見諒。」

對方表示這次應該是有人拿出來的收藏品。

一旦知道有利可圖，應該就會有人不惜從周邊的都市或王都幫忙收集而來，所以繼續委託下去並沒有問題。

我對職員道謝後轉身離開。

「佐藤。」

「唉呀？這不是主人嗎。」

在人群中發現我的蜜雅和亞里沙跑了過來。

後方還有莉薩的身影。

「怎麼了？」

「孩子們當中有人說以後想當探索者，所以我們就來打聽有沒有探索者育成學校之類的地方。」

啊啊，說到這個，之前好像有個孩子在向卡吉羅先生請教吧。

「從迷宮裡收集魔核畢竟是國家事業，很可能會有呢。」

探索者雖然是危險的工作，但育幼院的孩子們可以多些選擇也是好事。

她們表示不知道接洽窗口，我便試著詢問偶然瞥見的公會長祕書官烏夏娜小姐。

「沒有。最多是針對剛獲得青銅證的新人探索者所舉辦的講習會呢。」

「國營或公會營運之外的組織也一樣嗎？」

「是的，一部分的探索者隊伍會招收徒弟或是見習生，在讓他們打雜的同時一邊學習，不過並沒有學校之類的機構。」

似乎只有師徒制度的樣子。

「雖然沒有探索者的養成學校，卻有許多教授武術的道場和私塾哦。」

都市裡似乎有很多粗暴的探索者，所以甚至存在著針對女性傳授防身術的道場。

「我們可以自行創辦學校嗎？」

「公會的規定裡並沒有特別限制，所以我想只要向太守大人取得開設學校的許可就沒有問題了。」

烏夏娜小姐這麼回答了亞里沙的問題。

倘若這樣可以確保教育人才的話，請求太守夫人後似乎就能獲得開設許可了。

——不不。

我修正差點被亞里沙牽著鼻子走的思考軌跡。

原本只是在討論育幼院的孩子們，所以用不著那麼大費周章，僅僱用通勤的教師應該就很夠了。

「——拜託！再給我們三天就好！」

「我們一定會支付利息的！」

一樓的接待櫃臺處傳來了女性們似曾相識的聲音。

「又是那些孩子啊。」

「既視感。」

正在向公會職員懇求的，不出所料正是「美麗之翼」的兩人。

不過，這次似乎有些不一樣。

「之前遲繳時已經告知過兩位，下次再遲繳的話就會淪為奴隸了吧？」

——真的假的？異世界真是毫不留情呢。

不過這個樣子，也可以理解上次幫忙代墊利息時她們為何會哭著道謝了。

「那……那麼，我當奴隸就好，先把捷娜的份付清。」

「等……等一下，伊魯娜！妳在說什麼啊！我根本沒想過要獨自得救哦。」

見死不救也太過殘忍，我於是謝過烏夏娜小姐提供的建議，走向了窗口。

「午安，伊魯娜小姐，捷娜小姐。」

「「少爺！」」

我一出聲之後，兩人的表情便看似遇到了救世主般淚眼汪汪。

「借款的總金額是多少呢？」

「八枚金幣及四枚銀幣。」

什麼啊，比想像中還要少。

「那麼我來全部還清吧。」

考慮到她們籌錢效率很低，早晚都會淪落為奴隸，我便決定代為償還所有的金額。

「少……少爺，您用不著這麼做。」

「是……是啊！只要借我們支付利息就好。」

「第三次我就未必會碰巧在場了哦！」

我向這麼推辭的兩人告知了現實後，她們便欲哭無淚地安靜下來。

看來再怎麼樣，她們也無法否定「沒這回事」了。

我向接待的職員支付九枚金幣，然後收下找回的銀幣。

「——謝謝您，少爺！我們會用身體償還這份恩情的。」

「那麼，就這麼辦吧。」

既然對方說了傻話，我也就盈盈一笑加以肯定。

「美麗之翼」的兩人僅是紅著臉不知所措，我的身後卻傳來了怒氣聲。

「姆，有罪！」

「毫無斟酌量刑的餘地！」

蜜雅和亞里沙這對鐵壁雙人組闖進了我和「美麗之翼」的中間。

「兩人都冷靜點。妳們應該很清楚主人不會用借款來強迫女性發生關係吧？」

「是這樣沒錯啦——」

「姆姆！」

莉薩幫忙制止了怒不可遏的亞里沙和蜜雅。

看來我的玩笑開過頭了。

「抱歉抱歉，我只是想讓妳們兩人著急一下而已。」

我向大家道歉後拋出了正題：

「其實是因為育幼院裡面的孩子有人想成為探索者哦。我正在尋找有誰可以擔任那些孩子的老師，這件事能不能拜託兩位呢？」

「是……是的！只要您不嫌棄我們的話！」

「我們會盡全力教導的！」

「美麗之翼」的兩人欣然答應了我的請求。

兩人都在新人探索講習會裡擔任過講師，人品也不錯，應該很適合當孩子們的老師吧。

倘若有餘力的話，再針對希望成為探索者的孩子們來舉辦講習會也不錯。

這樣一來，像兔少年那樣遭到貝索欺騙的孩子也會減少才對。

儘管我無意擴大規模，不過要是教師志願者增多而能夠確保足夠的教師人數，要開設亞里沙所提到的探索者育成學校也未嘗不可。

畢竟開辦正式的學校，就可以將範圍擴大至像杜卡利准男爵的千金梅莉安小姐和太守三男蓋利茲那樣想成為探索者的貴族了呢。

「在擔任教師的期間，妳們就使用房子裡傭人棟的空房間吧。」

她們的家似乎在平民區的城牆邊，通勤起來很費事，所以我提供了一點福利。

「少爺金屋藏嬌的本事真厲害——」

「更厲害的是完全看不出在動歪腦筋啊。」

「這樣一來對方要是農村姑娘，一下子就會受騙了啊。」

順風耳技能捕捉到探索者們不經大腦的閒話。

其他孩子們似乎並未聽到，但放著不管而傳出奇怪的謠言又會對兩人不好意思，所以我朝那裡邁出步伐準備加以訂正。

不過，閒話立刻就中斷了。

因為傳來了一個比這更為勁爆的消息。

「妳說貝利亞魔法藥！」

「嗯嗯，是啊！這東西是從迷宮的寶箱裡出來的！而且還有製作法的殘片哦！」

第一個聲音是職員，緊接著的大音量是大姊頭的聲音。

大概是過來實施我所委託的事情了吧。

「這個年頭還在講什麼貝利亞。」

「又是新的詐騙手法啊。」

探索者們沒有一個人相信。

即使如此，還是感覺得到他們話中的期待感。

「我才沒有說謊！先鑑定看看吧！」

「是……是真的！快向公會長報告！斯密娜，抱歉跟我去一趟公會長室吧。」

「噢！我就說吧！這是真正的貝利亞魔法藥！」

等到消息傳遍周遭的時候，大姊頭已經跟著職員前往公會長室了。

「居……居然是真的。」

「擁有鑑定技能的職員確認過了。那是真的。」

「太棒了——！這樣一來就能買到便宜的魔法藥了嗎？」

「那當然了！都市外面生長的貝利亞可是多到割不完啊！」

「就算割掉了，只要留下根部後半個月又會長回來啊。」

探索者們用歡快的聲音與周圍的同業者們交談。

我們身旁的「美麗之翼」也是一樣。

然後，又有一顆炸彈投下了。

就是便服打扮，與大姊頭分開前來的長屋裡那些孩子們。

「剛才，是不是提到了什麼製作法的殘片？」

「其他地方也有嗎？」

「她說是在迷宮裡獲得的啦！」

「這麼說，就得在『殘片裡獲得迷宮的寶箱』呢。」

語氣再不自然也該有個限度。特別是最後那個人，根本聽不懂是在講什麼。

即使如此，探索者們似乎都了解孩子們想表達的意思，聽懂這段對話的探索者們急急忙忙跑了出去。

大概是要前往迷宮尋找製作法吧。

「這是主人安排的？」

「要保密哦。」

面對在我耳邊悄悄詢問的亞里沙，我使了個眼色這麼回答。

那麼，等到將「美麗之翼」的兩人介紹給米提露娜小姐之後，我還得去藏妥貝利亞魔法藥的製作法殘片才行呢。

「今天一定要舉辦歡迎會了！」

「嗯，必要。」

「那麼，就在迷宮裡獵殺魔物肉吧。」

制止了幹勁十足的莉薩，我們返回房子替兩人介紹新的職場。

另外，面對吃不完的大量肉類和蔬菜，同伴們和「美麗之翼」兩人始終帶著盈盈笑容。

美味的東西果然會使人幸福呢。

EX-1：夢晶靈廟

「我原本以為自己一個人什麼都能辦到。可是，在無作弊能力的情況下被召喚到異世界後，就發現這是錯誤的。我不過是個毫無能力的小鬼。不過，我——」

「——醒來吧。」

異國的語言撼動我的鼓膜。

繼溫柔的聲音之後，緊接造訪的是燒灼舌頭及喉嚨的酒精強烈刺激感。

我忍不住開始咳嗽。

酒精是大敵。特別是在尤魯斯卡的街頭喝醉而差點就這樣淪落為奴隸之後，我便自我約束再也不喝酒了。

「我是No.1，你叫什麼名字？」

名字聽起來很像是代號。

那聲音如死神一般甜美冰冷。

「……我……我是——」

嘴巴因刺痛而無法順利說話。

「『隅』……不，不對……我的名字是——」

我頂著模糊的意識差點用日語說出本名但立刻就打住。

那個名字，在我被盧莫克王國這個綁架犯國家召喚之後就已經拋棄了。

——約翰史密斯。

這就是我現在的名字。

包括為數不多的友人賈洛哈爾、何澤，還有分開的戀人也是這麼稱呼我的。

漫無目的的思考在腦中浮現又消失。

莉莉歐——真想再一次——

「既然意識覺醒了，期待用聲音進行回答——這麼告知道。」

「No.1，建議使用理性衝擊的覺醒序列。」

在朦朧的小睡狀態中，傳來女人們口操奇怪說話方式的聲音。

雖然七嘴八舌雜亂無章，但感覺大概有五至六個人左右。

「——好痛！」

臉頰遭到拉扯的疼痛讓我跳了起來。

眼前是七個相同長相的美女包圍著我。

各人的髮型都不同，但要分辨似乎相當困難。

「醒來了嗎？」

「啊，嗯嗯。」

我傾倒著看似隊長的女人遞來的水袋。

在山中徘徊了三天，儘管很想一口氣咕嚕咕嚕喝下，但在充滿各種不合理的暴力異世界裡，可不能做出那種毫無防備的動作。

我控制在沾濕嘴唇的程度，刺探著這些少女們的來歷。

雖然外套底下是相同的旅行裝，而且還穿上了皮革胸甲，所持的武器卻完全沒有共通點。

跟我說話的女人後方背著大盾，腰部掛著細劍。

馬尾辮是戰鎚、側馬尾辮是刃槍、綁一條頭帶是大劍、散亂中長髮是凶惡的長柄斧、雙丸子頭是短槍，至於短雙馬尾則是彎刀。

這些女人就像是社群遊戲裡拿來重複使用的灌水角色一樣。

「希望明確告知倒在這種地方的理由。」

短雙馬尾以奇怪的說話方式這麼詢問。

說到這個，在滿是巨乳的女人當中，唯獨這傢伙是令人放心的尺寸。

我不會說胸部是裝飾，但小一點總是比較安心。

「迷路了嗎——」這麼詢問道。」

「不，我——」

——ＰＹＷＥＥＥＹＥＥＥ。

正準備回答散亂中長髮的問題之際，害我倒下的那個傢伙叫聲響徹了四周。

僅有枯死的直立灌木和岩石的谷底瀰漫著霧氣，看不見叫聲的來源。

「全員，警戒周邊！」

「№１！希望身體強化。」

「許可。全員，執行身體強化！」

「「「了解，身體強化。」」」

女人們的額頭浮現紅光魔法陣，其身體僅僅泛出一瞬間的光輝。

相較於技能上的身體強化，更近似魔法性質的身體強化。

「……居然是無詠唱？」

不，或許是詠唱廢棄也說不定，總之並不尋常。

「這個世界」的魔法使必定都需要詠唱咒語。

以前承蒙照顧的沙珈帝國間諜曾說過存在縮短詠唱的技術，但並未提到詠唱廢棄這種技術。

相對地，卻打聽到了一些關於無詠唱的事情。

根據那傢伙的說法，能使用無詠唱的似乎僅有勇者或轉生者。

沙珈帝國藉助神的力量進行勇者召喚而來的人，應該不可能在這種地方出現多達七個人才對。

「是轉生者嗎？」

據說轉生者的特徵是紫色頭髮，但這些人卻是金髮——不，或許是染過的。

就把這些傢伙當作暫定轉生者吧。

——PYWEEEYEEE。

伴隨振翅的聲音，可以見到飛舞於懸崖上方的影子。

是雙手為鳥類翅膀的女性上半身及猛禽類下半身的混合體。

只不過，跟一般聽到女性上半身所想像的大為不同。

倘若野生化的山姥再醜陋個五成左右，感覺應該比較接近現實中的形象吧。

「確認敵影！辨認為人面鳥。」

馬尾辮這麼叫道。

「偶數編號準備『箭』！」

「「「知道了！」」」

在被稱為No.1的丸子頭指示之下，四名少女的額頭生出紅光魔法陣。

四人的眼前出現了籠罩著白光的透明箭。

彷彿是裝在十字弓上面的短箭。

很類似之前一度見過的術理魔法「魔法箭」。

——PYWEEEYEE。

「發射！」

鎖定猛禽般俯衝的人面鳥，四人的「箭」高速飛去。

人面鳥在空中扭動身體閃避了其中半數。

「醜陋的鳥兒啊！不怕我們的刀刃就放馬過來吧！」

丸子頭舉著大盾這麼呼喊後，人面鳥的軌跡便換成了那裡。

恐怕是因為丸子頭擁有「挑釁」技能的緣故吧。

「要上了，No.3。」

「開始斬首——這麼告知道。」

面對猛烈撞上大盾的人面鳥，刃槍手和長柄斧手將其翅膀砍斷。

——BYWEDZEEE。

「致命一擊！」

看準發出哀嚎的人面鳥胸部，丸子頭的細劍刺入其中。

即使在這個類似遊戲的等級制世界裡，被貫穿心臟後仍能存活的也僅有高等級的魔物而已。

人面鳥的眼中失去光彩，巨軀無力地趴在地面。

真是精湛的手法。面對必須有好幾名持弓的士兵才勉強有一戰之力的對手，竟然能毫髮無傷地單方面將其打倒。

「No.1，魔核回收了——這麼報告道。」

「謝謝，No.8。妳的臉上沾了血。用這塊布擦拭吧。」

「請幫我擦拭——這麼告知道。」

聽了短雙馬尾這麼撒嬌，丸子頭於是擦拭了對方的臉。

實在是很有百合味道的光景，但兩人的表情缺乏變化，所以總覺得就像在看某種3D電影或人偶劇一般。

「再度詢問，你叫什麼名字？」

馬尾辮補充了一句「我是No.2」之後，其他女孩們也陸續報上名字。

這些傢伙的代號似乎是從No.1到No.8的樣子。

好像沒有No.7。

「我叫約翰史密斯。普通的約翰史密斯。」

我這麼自我介紹後，幫No.8擦完臉的No.1來到我的面前。

「你知道通往山下的道路嗎？」

「我們遇難中——這麼告知道。」

「在山中迷路快半個月，已經精疲力盡——這麼發牢騷道。」

「No.1是路痴——這麼揭發道。」

繼No.1發問之後，其他女人們也陸續傾訴著慘狀。

「閉嘴。說到路痴的話妳們也一樣吧？」

雖然知道她們很強，但在山中徘徊了半個月，真虧這些人能毫髮無傷呢。

「所以是希望我帶妳們前往街道嗎？」

「肯定——這麼告知道。」

「我們必須完成將前任主人遺物送達的使命——這麼宣告道。」

「已經獲得現任主人的許可——這麼補充道。」

明明面無表情且說話方式奇怪，這些傢伙卻挺嘮叨的。

「帶路的報酬呢？」

我絕口不提自己倒地獲救的事，打著在生存艱難的異世界裡學到的等價交換至上主義。

「可是我們的盤纏不多……」

「沒錢的話，就用身體來支付吧。」

有了這些傢伙的實力，就能克服我所放棄的險地了。

「我們的胸部是屬於主人的——這麼拒絕道。」

「不是。我正在尋找據說位於這個山谷某處的遺跡。妳們就一路保護我到那座遺跡的入口處。這就是報酬了。」

在列瑟烏的酒館裡，我打聽到這座山谷裡存在著王祖大和被稱為「夢晶靈廟」的墓地。

雖然酒館的人們都不相信，但我卻深信不疑。

因為祭祀墓地的歌曲中，藏有日本人才會知道的暗號。

「No.2，妳知道嗎？」

「先等一下。我用『信號迴響』調查。」

至今不發一語的No.2在額頭上生出魔法陣。

從剛才的模式來看，應該是使用了某種魔法。

「那邊存在某種結界。」

她似乎用魔法調查了遺跡的方向。

看來，我之前放棄的人面鳥巢穴所在方向似乎就是正確答案了。

「走吧。」

No.1對我招手道。

我知道這些傢伙之所以都是路痴的部分理由了。

「走反了。」

「走反了？」

「方向倒是沒錯，不過不能從那邊。要走這裡的隘道。」

會飛的話還無妨，但人是不能以直線距離前進的。

「那就是遺跡——這麼報告道。」

短雙馬尾No.8挺起單薄的胸膛告知。

「……是啊。」

好累。

這些傢伙並不只是路痴那麼簡單。

明明僅沿著山谷前進，每當發現稍微感興趣的東西時就會溜達不見，而就在尋找這個人的期間，這次又換成其他人不見了。

簡直就像著帶著一群成人模樣的幼兒。

倘若不是戰鬥力夠高，我早就拋下她們一個人先走了吧。

事實上，來到這裡的一路上遭遇了好幾種魔物，不過她們都像對付最初的人面鳥一樣輕鬆殲滅了。

「那麼，該怎麼做才好呢……」

我嘆了一口氣甩開後悔的念頭，將意識轉向眼前的現實。

從目前所在的隘路出口前往遺跡約有一百公尺的距離，其中間是一塊零星生長著枯樹和枯草的荒地。

它們都染成了彷彿被灑上石灰般的深灰白色。

而包括位於遺跡背後的牆壁在內，是四個方向陡峭的垂直懸崖，懸崖的各處都築有人面鳥的巢穴。

人面鳥們如今不斷嘎嘎啼叫的聲音經過反射後相當刺耳。

「很多人面鳥呢。要殲滅嗎，No.1？」

側馬尾辮——大概是No.3——向隊長No.1這麼問道。

「數量這麼多是不可能辦到的。約翰史密斯，要折返嗎？」

「妳們在這裡等我吧。接下來我一個人過去。」

我這麼回答No.1的問題。

所幸前往遺跡的路上有許多可以藏身的岩石和倒樹。

「約翰史密斯有自殺念頭嗎——」這麼詢問道。

「約翰史密斯太魯莽——」這麼告知道。」

「約翰史密斯死掉的話，就沒有人帶路了——」這麼指摘道。」

丸子頭、散亂中長髮和短雙馬尾紛紛這麼開口。

「我有十拿九穩的勝算，妳們就放心等著吧。」

我從背包裡取出槍並裝上散彈。

這把中折式裝填槍，是在尤魯斯卡救我一命的賈洛哈爾聲稱是祖先傳下來的古董並送給我的。

儘管所剩子彈不多，僅僅牽制的話應該可以派上用場吧。

我將意識集中於「埋沒」技能，埋藏在岩石後方及倒樹開始於暗處之間移動。

我的「埋沒」技能儘管稀有，卻並非多麼優秀的技能。

遠遠還比不上據說勇者或轉生者才會持有的特殊技能。

不過，人面鳥們目前沒有察覺的跡象。

這樣就很夠了。

——ＰＹＷＥＥＥＹＥＥＥ。

懸崖上方傳來人面鳥們警戒的啼聲。

每隻人面鳥都展開翅膀擺出警戒動作。

糟糕，怎麼會被發現？

——ＰＹＷＥＥＥＹＥＥＥ。

——ＰＹＷＥＥＥＹＥＥＥ。

人面鳥的啼叫聲陸續增加。

「應該趕快行動——這麼告知道。」

「巧遲不如拙速——這麼賣弄知識道。」

這樣的聲音貼緊我後方傳來。

「妳們怎麼會跟來！」

No.８居然就在我背後。

而No.８的後方，No.６也猛然探出臉來。

「全員身體強化！No.６和No.８負責搬運約翰史密斯。其他人在上方展開『盾』！」

從後方跑來的No.１這麼叫道。

「朝入口全速奔跑！」

女人們用「盾」魔法抵擋人面鳥們的俯衝攻擊，但或許是為了保護我，不時被人面鳥們的銳利鉤爪所劃傷。

「妳們是笨蛋嗎！」

在被No.6和No.8搬運的同時，我將槍身塞進「盾」的縫隙間。

「嚐嚐這個吧！」

然後順從著怒氣扣下扳機。

轟鳴聲和後座力。

血花及羽毛，然後是人面鳥們的哀嚎聲響起。

成功嚇到牠們了。

不過，造成的傷害卻很少。

「乘現在快跑！」

我聲嘶力竭地呼喊，最終每個人都順利跌進了遺跡當中。

「——呼。」

摔在冰冷的石地板上，我連同怒氣一併呼出了嘆息。

「約翰史密斯。」

No.8將臉探過來。

那鄭重的表情彷彿要說些什麼。

看來這些傢伙起碼也會反省的樣子。

「別放在心上——」

「說別人笨蛋，自己才是笨蛋——這麼傳授道。」

還以為她想講什麼……這是小孩子嗎？

◆

「似乎被盜掘殆盡了呢。」

「嗯嗯，是啊。」

根據告訴我此地的大叔所言，自從三百年前被發現之後就派遣過多達七次的調查隊前來。

我在製作地圖的同時一邊往最下層走去。

「是廣大的迷宮——這麼告知道。」

在彷彿謁見廳的通道裡，存在著大約是腰部高度看似石柱展示台的東西。

「目的地在哪裡——這麼打聽道。」

牆上也有長方形的凹洞，但就跟展示台一樣布滿了灰塵。

「遭到無視令人傷心——這麼懇求道。」

我瞥了一眼No.８。

「妳能保證不擅自採取行動嗎？」

「肯定！——這麼約定道。」

No.８不停上下點著頭。

總覺得不能信任，但這次就原諒她好了。

「走吧——」

「約翰史密斯，正面的牆壁寫有文字——這麼報告道！」

「所以說，別擅自採取行動啊！」

我抓住手指正面準備展開突擊的No.８衣領處加以制止，拳頭接著落在腦袋上。

「體罰很痛——這麼報告道。」

「就是要痛才行。妳這個笨蛋！」

「說別人笨蛋——」

出現在No.８背後的No.１，從後方以固定雙臂的狀態拉扯她的臉頰。

「No.８，沒有學習機能的瑕疵品就必須懲罰哦？」

「對……對不起——這麼賠罪道。請不要進行懲罰——這麼懇求道。」

顫抖的No.８拚命傾訴著。

「下一次就會無預警懲罰了。要牢記在心。」

「是……是的，No.１。」

淚眼汪汪的No.８抱住No.６，將臉靠在她身上不斷摩擦。

看來這次真的在反省了呢。

「好像是希嘉國語，不過不認識……」

雖然拚命學會了簡單的讀寫，但這裡所寫的文章完全搞不懂意思。

以不同字體和大小所書寫的「手貼石板，出示迎接的正當性」一文倒是看得懂。

促使我來到這裡的歌謠中有「同鄉者啊，前來迎接吧」這一段，所以還以為會存在我這個日本人在場就能得知的機關，但看來現實並沒有這麼簡單。

「YAKASUTOMABERASITOROSEMA。」

No.８開始唱出謎樣般的咒語。

「No.８，語言迴路損壞了嗎——這麼詢問道。」

「我在唸這篇文章——這麼向No.５抗議道。」

她唸得出來？

啊啊，原來只是把意味不明的文字排列用音讀唸出來嗎——等等。

「真的假的……」

我雙手撐住地面全身失去力氣。

居然要在異世界裡斜著唸文章，原來王祖大和並不是以前的人物嗎？

「怎麼了嗎，約翰史密斯？」

我並未回答No.1的問題，直接將手貼在石板上。

『——川。』

我以日語簡短告知後，石板便泛出起伏的淡淡光輝。

這是因為用音讀唸出的石板上傾斜地寫著「說到山想到什麼？」的謎語。在希嘉王國，說到「山」就一般是回答匹配的「谷」字，所以至今才未能答對過吧。

這應該只有轉生者或歷代勇者才能回答。

既然這樣，這後面就還存在著祕密才對。

貼著石板的手忽然下沉。

「約翰史密斯，你做了什麼——」

不待回答No.1，我便被拖進了石板當中。

◆

「身體動不了。」

我使盡力氣擺動手臂和腦袋。

手上傳來冰冷地板的觸感。

「——魔燈。」

某人開口的同時，周圍變得明亮起來。

看來No.1等人在抱住我將我拉住的同時，就這樣子一起被拖到石板的另一端了。

身體之所以動彈不得，是大概是因為No.1她們壓在我身上的緣故。

「我們好像穿過石板了。」

站起來的No.1拉著我的手讓我起身。

「嗯嗯，說得也是。」

我環視著變亮的房間。

裡面有許多彷彿超先進的藝術家所製作出來的謎樣物件。

這些謎樣物件都和地板融合在一起，似乎無法移動。

地板上則是嵌著每邊一公尺左右的大型地磚。

『同鄉者啊，前來迎接吧。』

牆上大大寫上我在酒館裡聽到的歌詞。

看樣子，過去也曾經有人來過這裡。

「約翰史密斯，這裡寫著『時機成熟大亂之時，吾將自長眠甦醒』——這麼報告道。」

No.8指著天花板道。

那裡用彷彿花紋般裝飾起來的平假名寫著一段文章。

「No.8，回答我。」

「回答什麼——這麼詢問道。」

「為何妳『認得用日語所書寫的文章』？」

這些傢伙果真是來自日本的轉生者嗎？

No.8對於我的問題傾頭不解，求助般地轉頭望向No.1。

「因為包含在語言包一當中。」

「閱讀前任主人的書籍時所需——這麼告知道。」

「我喜歡古典科幻——這麼宣告道。」

「少女漫畫比較有趣——這麼主張道。」

繼No.1之後，其他女人也紛紛開口。

「製作出我們的前任主人是轉生者。」

既然是轉生者就能理解了。

不過，如今還有比這更想知道的事情。

「製作妳們？」

所以才會長得一模一樣嗎？

她們所謂轉生者身分的前任主人，莫非是用魔法或鍊金術製造出了複製人嗎？

「是的。我們魔造人在精靈賢者托拉札尤亞放棄製造後，由前任主人接手了。」

「除了妳們之外還有其他魔造人嗎？」

「No.7目前與現任主人同行中——這麼告知道。」

太好了。

似乎不像之前看過的輕小說那樣有存在著一大堆。

倘若具備這種戰鬥力之人多達兩萬名，就算要竊國也易如反掌了。

「約翰史密斯，這裡有奇怪的圖案——這麼告知道。」

綁一條頭帶——大概是No.4——站在謎樣物件後方朝我招手。

差點忘記辦正事了。

相較於這些傢伙的來歷，調查遺跡才是最優先的。

要是沒有拿到任何值錢的東西，就枉費我冒著危險來到這種地方了。

「是時鐘的字盤嗎？」

No.４注視的似乎是一種以懷錶為創作主題的物件。

大概是從天花板的那句「時機成熟」所聯想而來的吧。

「沒有指針——這麼告知道。」

No.８啪啪地拍打著。

「別太粗暴了。」

我敲了一下粗枝大葉的No.８腦袋。

要是有墳墓的守衛者跑出來怎麼辦？

「為何沒有指針呢？」

喃喃自語的同時，我不經意觸摸了字盤。

就在這時——

字盤上浮起巨大的眼球，伴隨彷彿會發出「咕溜」聲的動作環視著我們。

「約翰史密斯！」

「危險——這麼告知道。」

No.4和No.8穿插至保護我的位置上。

眼球見到我之後停下動作，眨了兩三次眼，然後瞬間變化為巨大的嘴巴。

『——時機成熟。』

房間內響起巨大嘴巴冒出的日語聲音。

地板的大塊地磚翻騰般移動，將我們和謎樣物件驅趕至房間角落。

中央開了個漆黑大洞，從中升起發出淡淡藍光的水晶柱。

「王祖大和——不對？」

水晶當中封閉了一名黑髮如同波浪般起伏的美女。

嘖，重點部位居然被長髮遮住了。

「是裸婦——這麼報告道。」

「禁止凝視——這麼宣告道。」

No.8和No.6逼近我。

「我……我才沒有看。」

脫口而出的這句話讓我感到了絕望。

我居然會使用這種處男的藉口。

——嗯，雖然是處男沒錯啦。

早知如此，當初被莉莉歐倒貼的時候就鼓起勇氣了。

「約翰史密斯！」

No.1發出急迫的聲音，我腳下的板塊也同時動了起來。

朝著完成上升的水晶柱方向，板塊以剛才截然相反的動作倒回。

「哦哇！」

我勉強保持平衡不至於跌倒，但移動完畢後突然停下的板塊讓我再也無法維持住姿勢，整個人倒在了水晶柱上。

在我觸碰的瞬間，水晶柱失去實體，美女從上方猛然落下。

正當感到不知所措之際，美女的聲音傳來。

「……一郎……哥哥？」

美女頂著朦朧的眼神仰望著我。

「咦，什麼？」

觸碰了裸體的罪惡感讓我大腦無法運作。

「終於……見到了。」

那彷彿花朵盛開的笑容令人炫目。

接著，美女喃喃說完這句話後就昏過去了。

對於那個笑容所針對的某人，我感受到了些許的醋意，但在No.8粗暴地將她奪走之前，什麼也做不了的我僅能呆呆注視著對方的側臉。

◆

「約翰、約翰。那裡有很多人哦。」

夢晶靈廟的水晶柱中出現的美女——美都指著霧氣繚繞的山腳說道。

美都從道具箱取出望遠鏡查看了一下。

「那面軍旗——是當地的領軍嗎？」

「不過這些人的裝備不像正規軍，倒是很令人在意呢。」

我思索著記憶這麼開口後，No.1便指出了對方看似民兵的打扮。

「約翰，這一帶還是希嘉王國嗎？」

「嗯嗯，沒錯。這裡是列瑟烏伯爵領。」

「是不是正在跟誰打仗呢？」

「並沒有呢。列瑟烏伯爵領與希嘉王國的貴族領三方接鄰。剩下的那邊是後面的富士山山脈。根本就沒有什麼不惜動員民兵發動戰爭的對手哦。」

回憶著當初在聖留伯爵領時莉莉歐向我出示的軍用地圖，我一邊這麼回答。

「約翰史密斯，左翼部隊的旗幟種類不同——這麼糾正道。」

No.5指著在樹林陰影處布陣的其他部隊。

「聖留伯爵領的軍旗？」

位於兩個領地之外的伯爵領軍隊為何會出現在其他領地上？

——有種不祥的預感。

「借我一下。」

我搶過美都手中的望遠鏡，將焦點對準了聖留伯爵領的軍隊。

——有了。

紅色的短髮。

那好勝的眼眸正搖曳著不安。

「莉莉歐。」

那個是——

原本應該待在聖留伯爵領的她，為何會出現在這種地方？

「認識的人？」

「嗯嗯，在聖留市……見過幾面。」

面對美都的問題，我做出了無可挑剔的回答。

「哈哈──看你那麼難以啟齒的樣子，莫非是暗戀的女孩？告白後被對方拒絕？抑或是前女友呢？」

對於表情頗為來勁的美都，我移開了視線。

「──這個反應，一定是前女友吧！」

美都猜中了正確答案。

不理會她的話一直盯著臉看也很煩人，我便告知答對了藉此打發對方。

即使如此她依然窮追猛問，於是我就簡單說出了分手的經過。

「美都，告白是什麼──這麼打聽道。」

「前女友──卡諾一定是加農砲的縮寫──這麼推測道。（註：「女友」日語縮寫發音近似「卡諾」）」

No.6開口詢問美都，No.8則是說出了離譜的推測。

嗯，雖然也幫我扯開了話題啦。

「──約翰，不好了！」

正在向No.6解釋的美都忽然大叫道。

位於地平線的另一端，可以見到破開霧氣突擊而來的各式各樣魔物。

「是魔物的連鎖暴走——這麼告知道。」

透過望遠鏡觀察的No.5補充道。

「我們走吧，約翰！」

全員的目光頓時集中在美都身上。

「美都，妳是認真的嗎？」

「那還用說！因為，那裡有約翰你喜歡的人對吧？」

美都頂著毫不嚴肅的表情這麼告知。

「既然如此，就得去救人才行！那女孩的勇者可是只有約翰一人哦！」

「毫無能力的我會是勇者？」

為了不與周遭發生衝突，僅能將自己埋沒於集團當中的我？

「所謂的勇者啊，並非是因為實力很強哦。能夠為重要的人而鼓起勇氣來奮鬥，才算是勇者哦！」

美都揮動著不知從哪取出的白色長杖。

「對於展現勇氣的孩子，我會提供一些幫助哦——」

美都注視我的眼睛彷彿在催促著做出決定。

——讓大家見識一下你的骨氣吧，約翰史密斯。

我用雙手拍打自己的臉頰鼓起幹勁。

「助我一臂之力吧，美都。」

灌注於聲音中的力道超乎了我的想像。

「ＯＫ——！為了紀念甦醒，今天就來大放送吧！」

聽我這麼說之後，美都便換上「做得很好」表情點點頭。

美都一揮動長杖，光粉隨即包覆了我的身體。

全身湧現出了力量和勇氣。

這是無詠唱的魔法。

僅「勇者」和轉生者才會施展的祕數。

不過，美都的身分如何都無關緊要。

我以平常三倍的速度跑了出去。

妳要等我，莉莉歐。

我現在就過去！

EX-2：潔娜隊的受難

「儘管明知危險仍加入前往迷宮都市的遠征隊，但我從來沒想過一路上會發生如此多的事件。而這些事，比起接下來將發生的事情——」

「潔娜，魔物群來了哦。飛行型有五十隻以上。從地面過來的有大型三隻、中型十隻，小型則是很多——數之不盡，大概是我們部隊的兩倍。幾乎都是蟲型哦。」

從斥候處回來的莉莉歐，報出了令人頗為絕望的數字。

而且，這還只是敵人的一小部分。

我們所屬的左翼部隊是以聖留市的迷宮選拔隊當中的戰鬥部隊二十四人為核心，加上徵兵自鄰近農民和農奴的三百人民兵所組成的。

他們同樣感到了膽怯。

這也難怪，畢竟大家平時很少見到魔物，如今還是在沒有什麼裝備的情況之下被要求戰鬥。

「聽好，大家要活下來！不要想去打倒敵人成為英雄！」

麗蘿副隊長鼓舞著自己人。

「你們很幸運，這裡有曾經和翼龍飛龍甚至是真正的成年龍及上級魔族交手過並存活下來的精銳。根本沒有必要害怕小嘍囉魔物和中級魔族。」

儘管說得稍微牽強了點，民兵們的臉上似乎少了一些悲壯感。真是太好了。

會被捲入這種戰鬥中，是當初從聖留市出發的我們所始料未及的。

◇◇◆◇數天前◆◇◆◆

「終於抵達列瑟烏伯爵領了呢，潔娜。」

「是啊，莉莉歐。」

「莉莉歐，私下還無妨，行軍中要稱呼潔娜分隊長哦。」

「是～伊歐娜真是頑固呢。」

伊歐娜這麼斥責莉莉歐。

被正式稱呼為潔娜分隊長的話總覺得有些難為情。

我們歷經千辛萬苦被選入迷宮選拔隊——迷宮都市賽利維拉研習選拔部隊的簡稱——是

幾個月前的事情了。

原本預計在早春出發，但由於伯爵大人的意向而最終比預計時間提早出發了。

迷宮選拔隊裡有兩支由四名騎士與隨從構成的騎士分隊，三支以一名魔法兵、兩名護衛和一名斥候組成的魔法分隊，然後是一隻工兵分隊。另外還有兩名文官及其傭人總共四人同行的大陣仗。

德利歐隊長和麗蘿副隊長在出發前曾經提到季節如何，所以或許是因為今年的雪來得比較晚而強行決定出發的吧。

不過，彷彿在嘲笑我們的這種想法，旅途一路上苦難連連。

大概是因為有八匹騎乘馬和五輛馬車的大團體，就連山間裡出沒的盜賊們也並未襲擊我們，直到離開聖留市為止都相當順利。但在越過領境的瞬間，苦難便露出了它的獠牙。

或許是想起了那件事，魯鄔喃喃開口道：

「真希望能夠平安通過這裡啊。」

「因為負傷的許德拉堵住了主街道而改走迂迴用的山路，真是錯誤的決定呢。」

莉莉歐頂著厭煩的表情這麼回答魯鄔。

「雖然雪崩和暴風雪害得我們被困在深山的城鎮裡一個月以上也是無可奈何的，但那個也太扯了——」

「妳是說操控低級魔族的召喚師？」

「那不是被德利歐隊長直接打倒了嗎？妳應該是說死靈術士把一整個村子變成活屍體的那件事吧？」

「兩者為了收拾善後都花了不少時間呢。」

伊歐娜和莉莉歐陸續列舉出了魯鄔所指的「那個」。

「啊——那個也很累人，不過我說的是在谷底棲息有大得嚇人的史萊姆，把經過吊橋的人全部吃掉的那件事哦。」

「啊——那個非常麻煩呢。」

「火魔法使羅多利爾看起來倒是很愉快呢。」

一想到當初火勢蔓延差點連我們也被火吞噬，最後才用風魔法拚命控制住火勢，心情便不禁煩躁起來。

就在望著開在路旁的小花治癒躁動的內心之際，莉莉歐冷不防將臉探過來。

「——對了，潔娜。」

「什麼事？」

回答的語氣中帶著警戒。因為，每當莉莉歐用這種方式問人的時候，一定都沒有什麼好事情。

「拖得這麼晚，他會不會已經等得不耐煩了呢？」

原本極力保持著平靜，最終卻沒能制止整個人猛然一顫的反應。

怎麼辦？要是問她「妳說誰等得不耐煩」就會被更加窮追猛打。但自己又不願意回答「根本沒有人在等」。

「妳說誰等得不耐煩？」

就在我苦惱於如何回答之際，魯鄔搶先問了。

伊歐娜明明就一直保持沉默，魯鄔也真是的。

看吧，莉莉歐正頂著非常邪惡的笑容嘻嘻地忍住笑意。

「那還用說嗎，當然是少年了。」

莉莉歐將佐藤先生稱呼為少年。

對方的確年紀小且看起來比實際年齡還年輕，但應該還不至於被娃娃臉的莉莉歐稱呼為少年才是。

這種特別的稱呼總覺得令我感到不開心。

——這是在吃醋嗎？

「少年？」

「就是潔娜的戀人哦。」

伊歐娜這麼回答了魯鄔的問題。

伊歐娜對於戀愛話題似乎也喜愛得不得了。

「哦——是這樣嗎，潔娜？」

「不是的，我們還不是戀人。」

光是回答魯鄔的確認就用盡我全身的力氣。

「她說還不是。」

「好像還沒呢。」

討厭！伊歐娜和莉莉歐真是過分。

請不要再拿我來尋開心了。實在太難為情、太令人痛苦，腦袋彷彿要爆炸一般。

——像這樣和平的旅程在持續了好一陣子後，突然就迎接了尾聲。

◆◆◇◆現在◇◆◇◇

「我們要乘敵人的地面部隊被陷阱拖住的期間打擊空中部隊。這次的弓兵很少，就用潔娜和諾莉娜的風魔法將其擊落地面。接著以騎士隊一口氣蹂躪並衝過去。其他人則是交給副隊長麗蘿指揮。大家要全力接戰，爭取多解決一隻敵人。」

德利歐隊長向大家傳達作戰計畫。

「潔娜和諾莉娜兩人在使用魔法後，就留在原地努力回復魔力。兩人的分隊則是專心進行護衛。千萬不可被其他人所影響而跑上前線——開始了嗎。」

那凌厲的目光瞪向了薄薄晨霧的另一端。

位於中央處的列瑟烏伯爵領的某某男爵大人部隊似乎已經遇敵了。晨霧的彼端可以見到揚起的塵土。

「開始詠唱。」

德利歐隊長的騎士隊已經出發，因此改由麗蘿副隊長對我們下達指示。那強而有力的聲音很有男性的風格。

我和諾莉娜開始詠唱風魔法。

我用「落氣槌」，諾莉娜則是施展「亂氣流」。

以「亂氣流」擾亂飛行，再用「落氣槌」將其砸落地面，是對付飛龍的必勝戰術。

問題在於飛行的敵人實在太多——

「亂氣流」還無妨，但「落氣槌」的效果範圍太小了。

我謹慎調整法杖的角度，使其盡量對準群體的中心處。

「……■　亂氣流。」

「……■■■　■■■　落氣槌。」

遲了諾莉娜一些後，我的魔法發動了。

——很好，準確命中。

幾乎將飛來的四十隻牙虻全數成功擊落地面了。

這時，隊長們再以楔形的密集陣形從側面加以蹂躪牙虻。在空中的話還另當別論，但來到地上動作就變得遲鈍，只能任憑馬上槍和馬蹄的摧殘。

「全軍突擊！」

「「「唔哦哦哦哦哦！」」」

麗蘿副隊長的號令之下，除我和諾莉娜的分隊以外都發動了突擊。

至於我們則是開始在原地冥想以回復魔力。透過軍中所學到的特殊呼吸法，魔力回復得比平時還要快。

相對地，冥想中會完全處於無防備狀態，所以需要有人護衛。

面對數隻牙虻和遲一些過來的暴食蜻蜓，莉莉歐的十字弓和伊歐娜的大劍似乎正在迎擊牠們。

我躲在魯鄔的大盾後方專心回復，所以並沒有目睹這方面的活躍表現。

像這樣子在比較有利的情勢下展開戰鬥的似乎只有我們而已。

一開始是右翼崩潰，接著中央也彷彿尾隨一般開始崩潰了。

這時的我們僅僅擊退眼前的敵人就很吃力，根本未能一併掌握友軍的狀況。或許是因為這樣，導致錯過了開始撤退的時機。

我們慢慢陷入了被迫擔負起殿後任務的境地。

下意識之中，我將手貼在皮甲的胸膛處。

在那裡，擺放著折疊起來的披肩。

是我最心愛的護身符。

「……■■■　氣槌。」

我用風魔法掃除背後直撲而來的魔物。

無論打倒了多少，魔物始終沒有枯竭的跡象。

魔力也到了令人憂心的地步。

倘若沒有奇蹟發生，我們大概無法擺脫這個困境了吧。

即使如此，我仍相信在我們掙扎的期間裡可以拯救友軍的性命而詠唱出咒語。

「……■　■■■　氣壁。」

我用僅剩的一點魔力施展了最後的魔法。

面對甚至無法發揮止步作用的魔法，魔物們迂迴而來。

魯鄔的盾牌、伊歐娜的大劍也無法完全阻擋如濁流般湧來的魔物。

魔物的爪子鑽過莉莉歐的小劍向我逼來。

這個時候——

伴隨著飄浮感，閃光和衝擊籠罩了我們。

◇◇◆◇數天前，傍晚時分◆◇◆◆

「發生什麼事了？」

還不到休息時間，馬車竟然就停下了。立即前往領頭馬車進行確認的莉莉歐回來之後，我便這麼詢問。

「聽說是遇到了列瑟烏伯爵的軍隊。」

「在列瑟烏伯爵的領地上有其領軍也不足為奇吧？」

「這個……自稱伯爵的是個少年哦。」

「伯爵大人不是應該正值壯年嗎？」

「而且，感覺就像是殘兵敗將一樣——」

就在大家這麼閒聊之際，我收到了隊長的傳喚。

隊長告知的內容為領都列瑟烏市毀滅的消息。而且據說還是魔族帶領著魔物發動襲擊的。

「魔族好像是四十級以上的中級魔族。據說對方所率領的魔物有飛行型兩百隻，地上型則是高達一千兩百隻。」

「實力大約如何呢？」

「魔物當中似乎夾雜著數隻強大的個體，但基本上都比士兵強上若干。魔族的詳情不明，但好像是個擅長火焰系魔法的馬頭魔族。列瑟烏市的伯爵軍據說就是在一隻魔族的偷襲之下毀滅的。」

德利歐隊長的發言讓大家的表情蒙上了陰影。

若是下級魔族，即使打不贏也有一戰之力的把握，但換成中級的話以目前的戰力很有可能完全不是對手。

除了德利歐隊長和麗蘿副隊長是二十五級以上，其他人都是十幾級。

如今無法奢求聖留伯爵領最強的奇果利大人或擔任宮廷魔術師的老師會出現在這裡。但最起碼，要是有擅長魔法砲擊戰的專職魔法使或弓兵隊的話……

這裡僅有包括我在內的三名魔法兵和手中十字弓不適合用來連射的莉莉歐等人。

而我們的魔力容量很少所以也無法大肆進行射擊。

實在不是足以面對大軍的陣容。

「新的列瑟烏伯爵以『蒼之誓約』的名義要求我們也參加魔族討伐戰。我們不能違背誓約，非戰鬥人員我會讓他們連同馬車到附近的村子避難。總比都市地區安全吧。」

隊長所說的「蒼之誓約」是希嘉王國建國之初貴族間締結的最古老誓約。

內容是在面對魔族之際，必須超脫領土的界線進行軍事上的相互協助。

誓約很少發動，上課時曾經學到過，在我出生之前的最後一次便是在穆諾侯爵領發動的。

就這樣，我們不由分說地被編入了列瑟烏伯爵領的第二都市所編制的臨時軍。

戰力僅有正規兵八百人和民兵兩千人。儘管為魔物的兩倍，但以民兵灌水之後的這個人數來說必定會陷入苦戰。

倘若是魔族直接發動攻擊就一切結束，但利用市壁堅守的話應該還有勝算。

所幸這個都市裡也有緊急時的通知專用魔法道具，所以王都和鄰近的領地都已經收到了急報才對。

——接著就是等待援軍了。

大家都這麼認為。

而年輕的列瑟烏伯爵做出和魔物們進行野戰的決定，則是在隔天的事情。

隊長等人似乎都未能改變他的決定。

佐藤先生。

在迷宮都市重逢的約定，我可能無法遵守了。

◆◆◇◆現在◇◆◇◇

「潔娜，還活著嗎？」

「是的，勉勉強強——」

記憶模糊不清。

記得自己應該在撤退軍的最後方清除魔物才對。

「好像是魯鄔保護了我們。」

「等一下，莉莉歐。妳怎麼只擔心潔娜一人啊。」

「魯鄔妳不是最重裝備的嗎？況且伊歐娜是不可能會死的哦。」

「看來我似乎深受信賴的樣子，真是太好了。」

伊歐娜從瓦礫的彼端回來了。

「果然，剛才的閃光好像是魔族釋放的戰術級上級魔法。倘若沒有潔娜的防禦魔法，我們早就加入死者的行列了哦。」

大家都沾滿了塵土變得黑漆漆。

儘管好不容易保住了一命，但也只是勉強而已。

魔物們的腳步聲逐漸逼近。包括位於上空的魔族，只要我們展開行動的話必定會無情地從高空利用魔法狙擊。

聚集在魔族周圍的牙虻和暴食蜻蜓的群體分成了三個集團。

「伊歐娜，要是那個過來就完全無法擋住了。」

「是……是啊。潔娜，妳能施展防禦魔法嗎？」

「氣壁的話勉強可以。」

儘管在昏迷的期間回復了少許，但頂多只有一發氣壁的量。

不過，如今沒有時間以冥想來增加魔力回復量了。

因為，魔物們即將從天上降下。

「糟糕，地面上也過來了！」

瓦礫底下出現了好幾隻大顎蟋蟀。

「……■　■■■　氣壁。」

面對濁流般的大顎蟋蟀群體，僅憑我的風魔法是無法抵擋的。

「魯鄔，加把勁。」

「噢！」

魯鄔的大盾擋住了突破我的氣壁之後的大顎蟋蟀，伊歐娜暴風般的大劍則是將其掃除。

即使如此，要擋住一切終究是不可能的事。

有幾隻大顎蟋蟀溜過兩人的腳邊朝這裡過來了。

「我不會讓你們傷害潔娜的！」

莉莉歐對著大顎蟋蟀刺出小劍。

我最多僅能揮動小劍來牽制大顎蟋蟀。

另一隻大顎蟋蟀，朝著莉莉歐的死角啃咬而來。

「莉莉歐！」

聽到我的大叫而察覺逼近的大顎蟋蟀，莉莉歐的表情僵住了。

「——莉莉歐——————！」

伴隨這個呼喊聲，挾帶白色光輝的某人闖入了其中。

黑頭髮的少年。

——佐藤先生？

雖然長得很像，但不是他。

佐藤先生並不會露出那種急迫的粗暴表情。

「約翰？」

「可別東張西望啊。」

在彷彿快要接吻的近距離下，黑髮少年和莉莉歐彼此交談著。

新的魔物逼近了這兩人。

「你們兩人，右邊！」

在我出聲的同時，有十枝以上玻璃般透明的箭飛了過來。

箭轉眼間將地上的魔物變成了屍體。

「稍後再卿卿我我吧。」

「現在是戰鬥中——」這麼忠告道。」

「什麼卿卿我我，才沒有——」

身穿外套的七名魔法戰士，此時手持帶有神祕光輝的武器蹂躪著周圍的魔物們。

其動作甚至凌駕於德利歐隊長和麗蘿副隊長，以彷彿感受不到武器重量的凌厲動作將魔物一刀兩斷的手法，直逼聖留伯爵領最強的奇果利大人。

救了莉莉歐的那名黑髮少年動作雖然笨拙，但他手中那把耀眼的劍同樣僅僅一揮便輕易砍斷了魔物的身體。

「美都的支援魔法很厲害——這麼稱讚道。」

「嗯嗯，是啊——話說美都跑去哪裡了？」

「在上面——這麼告知道。」

「上面？」

受黑髮少年的影響仰望天空後，只見一名黑髮女性站立在空中的模樣。

下級貴族般的服裝，手中還拿著彷彿隨處可見的棍子一般直挺的長杖。

明明在空中與魔族相互對峙，那側臉卻看不出一絲的壓力。

她所散發出來的氣息，不禁讓我想起了佐藤先生。

「喂，天空的魔物上哪去了？」

「是那位黑髮女性出手打倒了哦。」

魯鄔和伊歐娜這麼交談著。

由於將注意力放在與魔物對峙的她身上而未能察覺，但剛才數量那麼大批的牙虻和暴食蜻蜓群的確都不見了。

——ＦＷＯＯＮＷＹＯＯＯＯ。

「太天真了！魔法破壞！」

面對中級魔族釋放出足以將天空燒焦的巨大火魔法，黑髮女性一揮動長杖便將其消除。

簡直就像是「傳說裡的王祖大人一樣」。

「理槍亂舞——」

黑髮女性釋放出了十五根玻璃般透明的短槍。

中級魔族則是拚命閃避著追來的短槍。

「——接著是——神威巨槍！」

結界柱尺寸的巨大長槍出現在黑髮女性的周圍。

「去吧————！」

掀起了女性的長髮，其中一根巨槍以驚人的速度逼近中級魔族。

中級魔族以飛燕般的動作閃避了巨槍，但理槍亂舞的短槍卻從注意力渙散的背後接連命中，穿透了其身體。

時間差飛來的第二根巨槍擊飛了中級魔族的上半身，第三根則是驅散了化為黑色霧氣的中級魔族殘渣，消失在天空的彼端。

「——糟糕。」

黑髮少年仰望著天空喃喃道。

可以見到站立於天上的女性身體搖搖欲墜的模樣。

「那個笨蛋，剛睡醒就這麼亂來！」

「全員，掃蕩殘敵的同時前往回收美都大人！」

「「「了解——這麼告知道。」」」

金髮的魔法戰士們朝著墜落的黑髮女性方向跑去。

「等一下！」

莉莉歐挽留住了準備一起跑去的黑髮少年。

「等等，約翰！你是約翰史密斯吧？」

——對了，那個少年是莉莉歐分手的戀人！

「抱歉，莉莉歐。詳情下次再說吧。」

黑髮少年——約翰史密斯粗魯撫摸著莉莉歐的頭髮。

「可別太勉強自己了哦。」

這麼輕輕一笑後，他便放開莉莉歐的手追上魔法戰士們的身後。

「活著的人快回答！我們要營救瓦礫下的同伴！」

瓦礫的另一端傳來麗蘿副隊長的聲音。

各處都有不見身影的同伴們傳出了回應。

看樣子，我們似乎得救了。

倘若沒有這種奇蹟般的幸運，我們早就像其他人一樣橫屍戰場了吧。

——我想要變強。

至少到達能夠與魔族對等戰鬥的程度。

連同死去同伴們的份一起努力，我們要變得更強。

下一次，就換我們創造奇蹟了！

後記

大家好，我是愛七ひろ。

感謝各位本次手中拿著《爆肝工程師的異世界狂想曲》第十二集！

由於是久久一次的少量篇幅後記，所以這一次就簡短述說本作的精彩之處吧。

在上一集阻止了魔族陰謀的佐藤等人，總算回歸至原本的修行時間，終於準備要挑戰「樓層之主」了。

眾人在這些準備當中將再度遇見懷念的人物，還將獲得新武器和新招式並與強敵戰鬥……

當然，溫馨的場面和助人舉動也如往常一樣存在。除了以網路版為基礎加入了新的情節重新建構，書末更是追加了兩篇那些懷念的人們大顯身手的短篇。

另外，動畫終於也要從下個月開始播出了（註：日本版出書時間為2017年12月），敬請期待！

那麼進入例行的答謝時間！責任編輯A小姐和I先生，還有Shri老師，其他參與本書的出版、流通、販賣，以及跨媒體的相關人士，我要向所有人表達感謝之意！

然後是各位讀者。謝謝各位從頭到尾閱讀完本作品！

那麼我們在下一集，收錄了未公開新稿的中篇及各種短篇的ＥＸ集再會了！

愛七ひろ

國家圖書館出版品預行編目(CIP)資料

爆肝工程師的異世界狂想曲 / 愛七ひろ作；蔡長弦
譯. -- 初版. -- 臺北市：臺灣角川, 2018.07-
冊；　公分
譯自：デスマーチからはじまる異世界狂想曲
ISBN 978-957-564-297-6(第12冊：平裝)

861.57　　107007891

Kadokawa Fantastic Novels

爆肝工程師的異世界狂想曲 12

（原著名：デスマーチからはじまる異世界狂想曲 12）

2018年8月16日 初版第1刷發行

作者：愛七ひろ
插畫：shri
譯者：蔡長弦
發行人：岩崎剛人
總經理：楊淑媄
資深總監：許嘉鴻
總編輯：蔡佩芬
編輯：吳欣怡
美術設計：李思穎
印務：李明修（主任）、黎宇凡、潘尚琪
發行所：台灣角川股份有限公司
地址：105台北市光復北路11巷44號5樓
電話：（02）2747-2433
傳真：（02）2747-2558
網址：http://www.kadokawa.com.tw
劃撥帳戶：台灣角川股份有限公司
劃撥帳號：19487412
法律顧問：寰瀛法律事務所
製版：巨茂科技印刷有限公司
ISBN：978-957-564-297-6
香港代理：香港角川有限公司
地址：香港新界葵涌興芳路223號
新都會廣場第2座17樓 1701-02A室
電話：（852）3653-2888